U0946037

花火
魅丽文化
花火工作室

悄悄遇他心

QIAOQIAOYU TAXIN

图样先森 著

江苏凤凰文艺出版社
JIANGSU PHOENIX LITERATURE AND ART PUBLISHING

图书在版编目（CIP）数据

悄悄遇他心 / 图样先森著 . -- 南京 : 江苏凤凰文艺出版社 , 2020.8
ISBN 978-7-5594-5001-2

Ⅰ . ①悄… Ⅱ . ①图… Ⅲ . ①长篇小说 – 中国 – 当代
Ⅳ . ① I247.5

中国版本图书馆 CIP 数据核字 (2020) 第 110525 号

悄悄遇他心

图样先森 著

责任编辑	张 倩
特约编辑	黄 欢 胡 蓉
装帧设计	46 设计
出版发行	江苏凤凰文艺出版社
	南京市中央路 165 号，邮编： 210009
网 址	http://www.jswenyi.con
印 刷	湖南天闻新华印务有限公司
开 本	880mm × 1230mm 1/32
印 张	10
字 数	190 千字
版 次	2020 年 8 月第 1 版
印 次	2020 年 8 月第 1 次印刷
书 号	ISBN 978-7-5594-5001-2
定 价	39.80 元

C O N T E N T S

目录

C O N T E N T S

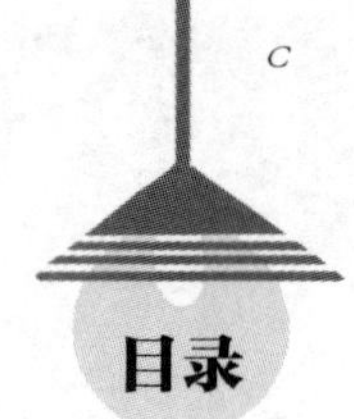

第一章
颜值夫妇

傍晚六点，天色还未完全暗下来。

霓虹灯已准点亮起，灯柱连成一片，装点了繁华的街巷。

市区正处于拥堵高峰，嘈杂的声音划过天空，中心商贸区车水马龙，人头攒动。

濠江公寓内，容榕对着化妆镜完成最后一步。

容榕将口红旋进管口，嘴唇“啵啵”了两下，她将目光从镜子前挪开，转向旁边的手机。

“化完了。”像是完成任务一般，她的语气无比轻松。

手机屏幕右下角的粉红泡泡不断升起，“22 娘”和“33 娘”乘坐着巨大的蓝色潜艇从屏幕上升起，挡住了她在屏幕里的脸。

瞬间，白色弹幕填满屏幕——

“你被迫营业的样子是认真的吗？”

“毫无灵魂的化妆时间。”

……

容榕挑眉：“我化了四十五分钟，一句话都没说，不无聊吗？”

化妆就跟画画一样，她的注意力全在化妆刷上，根本没空像其他博主那样，还能边化边唠嗑。

直播跟拍视频很不一样，没有剧本，也无法剪辑，所以容榕很不喜欢直播。

但粉丝不这么想。

“你不要低估‘颜狗’的忍耐力。”

“谁要听你说话，我们都是看脸的。”

……

这种话都说得出口，这届粉丝真的很难带。

“以后有空再给大家直播，我赶着去参加盛典，先关直播了，大家给我刷的礼物我都会折算成现金捐给红十字会。”容榕收拾着桌上的残局，眼睛没看镜头，重复着她说过无数次的话，“我还是说一句，不用给我充钱，也不用给我刷礼物，留着零花钱多看看我的种草视频，多买点化妆品。”

“重新定义‘有空’。”

“姐妹们，希望榕妹下次直播的时候我们尚在人世。”

……

容榕对着镜头挥了挥手，关掉了直播。

明明从头到尾都是容榕一个人在说话，这些弹幕又不能出声，但关掉的那一刻，容榕还是觉得整个房间就好像刚刚有过一场聚会，现在人去楼空，只剩下她一个人。

容榕伸了一个懒腰，从梳妆台下面的抽屉里拿出卷发棒。

评价两极分化的戴森卷发棒，容榕很喜欢用。

这种自带吹风功能的黑科技卷发棒，卷出来的头发自然又蓬松。

她喜欢自己的长发蓬松，就像一头海藻。

容榕刚卷好头发，桌上的手机就振动起来。

“狗榕！搞完了吗？！”“狗良”的声音从手机里传出来，“我可以出发了吗？”

“嗯，刚直播完，你在王府井的四号线出口那里等我，我开车去接你。”容榕简单收拾了一下桌面，一边打着电话一边走出卧室，又拐进了旁边的衣帽间。

“你不是不喜欢直播吗？说没话说，怕粉丝觉得无聊。”“狗良”顿了一下，随即语气带笑，“哦，我忘了，只有你一个人觉得无聊。”

容榕的手指扫过挂在衣钩上的包包："今天我直播了整整四十五分钟，一句话都没说。"

"不会有人说你无聊的，放心吧。""狗良"那边有窸窸窣窣的声音传来，"我现在出门，你快点过来接我啊，我今天的造型都是精心打扮过的，绝对不能挤地铁。"

"放心，我的车速度很快。"

"你是在炫耀自己的跑车性能吗？！"

容榕选定了一款带黑色亮片的手拿包，和她这一身黑色小裙子很配。

为了搭配，她特意穿了尖头亮片高跟鞋，一身亮晶晶的，适合M家夜色盛典的主题。

毕竟M家这年的圣诞限量，就是富丽堂皇的亮片系列。

容榕原以为不走最堵的公路，应该能准时到。可避过了高德地图上标红的路，其他路依旧堵到让人怀疑人生。

堵着车，保时捷718也无可奈何。

蓝牙耳机里是"狗良"生无可恋的请求："狗榕，你能不能去求求你爷爷，把清河市最堵的这几条公路都承包下来，以后只许你家的车队过？"

"我给你唱一首《梦醒时分》吧？"

"我穿着小裙子站在地铁口，再等下去，估计就会有人往我的脚边丢钱了。"

"不会的。"容榕笑意盈盈，"现在没人带现金出门，除非你的脖子上挂了一个二维码。"

容榕虽这么说，但还是用高德地图重新规划了一条路线。

此时绿灯恰好亮起，导航指引容榕往右开，绕过立交桥，容榕单手调整着右耳的蓝牙耳机，不小心碰掉了挂在耳垂上的耳坠。

"啧。"

细长的钻石链条耳坠，掉进柔软的车毯内就很难找出来。容榕左手扶着方向盘，往右侧弯腰，右手在毯子上搜寻。

她忘了打转向灯，也忽略了右边的后视镜里出现的黑色轿车。

直到车屁股被顶了一下，容榕才意识到为了一条几十分的钻石耳坠，把车子蹭了有多不值。

还好后面的车反应快，两车减速相撞，人并没有受伤。

此时周围已经围了不少人。保时捷 718 和宾利欧陆 GT 引起的交通事故，非常惹人注目。

明明只是轻微交通事故，但保时捷被蹭掉的那一点点车漆，以及宾利那有了裂痕的车灯，从金钱角度看来，一点都不轻微。

十字路口本来就有交警执勤，人一多，穿着荧光绿背心的交警立刻就骑着摩托车赶了过来。

两个车主都下了车，吃瓜群众集体“啧啧”了两声，光看两人的穿着打扮就知道这起交通事故很劲爆。

从宾利驾驶座下来的男人稍稍愣住了。

太漂亮了，眼前这个一脸歉意的女人。

有人小声讨论着，这到底是不是在拍电视剧。

“怎么回事？”交警轻咳了一声，语气严肃。

容榕连忙回答：“我变道右转，忘了打转向灯，是我全责。”

交警在小本子上记录着，努了努嘴示意宾利车主说话。

男人点头：“是这样，但我不是车主。”

交警皱眉：“这不是你的车？”

“这是我老板的车。”

男人走到车后座，敲了敲车门：“沈总。”

车门被打开，锃亮的皮鞋和垂感极佳的西裤最先出现在众人眼中。

因为坐着，西裤稍稍有些上移，男人的脚踝被灰色袜子包裹住，精致的腓骨外踝微微凸出。

车主一身笔挺的黑色西装，走了下来，利落干净的短发，五官深邃，容貌俊美，那双眸子沉静如水，流溢着孤傲和清冷。

容榕冲他鞠了一躬：“对不起，先生，是我的过失，但我现在真的很赶时间，能不能私了？”

车主走到车子前方，黑眸里没有一丝温度，容榕在他眼里的倒影越来越明显。

他侧头看了一眼两辆车的车尾和车头。

“私了。”车主的语气低沉，惜字如金。

交警又问了一遍："私了是吧？道路交通法第70条，你们自行协商赔偿事宜，赶紧把单子填了开走，别影响后面的车。"

如此一来，周围看戏的人纷纷散了。

有钱人都这样，能用钱解决的事情不愿意多花一秒钟。

交警走了，两辆车停在路边，这条路又恢复了畅通。

容榕在自己的车子里到处找笔，无奈找不到，她也不好意思问宾利车主要。干脆打开手拿包拿出口红，然后悲哀地发现她的车上连张便利贴都没有。

容榕咬唇，打开车内储物箱，发现上次去逛街的时候，在她车门上卡着的广告单。

当时周围没有垃圾桶，她就随手丢进了箱子里。

容榕摊开广告单，用手抚平了皱痕，用口红写上自己的电话号码。又觉得应该加个标识，比如写个"手机"之类的，但是汉字的撇折弯钩有折断口红的风险。

那就写英文吧，还得提醒那位沈先生，一定要记得打给自己。

写好后，她又走到宾利车的后座，敲了敲车窗。

车窗缓缓降下，露出男人轮廓分明的英俊侧脸。

容榕将广告单递进去："沈先生，这是我的电话号码，等赔偿单下来，请给我打电话。"

男人骨节分明的手接过广告单，和她柔软白皙的葱葱嫩指形成对比。

他一如既往，惜字如金："好。"

保时捷开走了。

他单手打开广告单，左上角硕大的医院标识，中间超大的宣传语——

"温馨入梦几分钟，无痛人流好轻松！"

火辣的口红勾勒出一排数字。下面是一串流畅的英文："Call me（打给我）。"

他挑眉，淡淡地看向窗外。

前排的司机听到了一阵短促低沉的笑声。

"沈总，怎么了？"

他没回答，将广告单递给司机："收好。"

司机接过广告单，没忍住，"扑哧"一声。

好别致的勾引方式……

容榕赶到地铁四号线出口的时候，"狗良"正在路边啃鸭肠，吃得满嘴都是辣油。

"沐良琴小姐。"容榕站在"狗良"面前，语气调侃。

"狗良"抬起头，瞳孔微微放大，随即咧开嘴对她笑了笑："来一串不？"

容榕无奈，从包里拿出纸巾，抱着裙子蹲下，给她擦了擦嘴角："快擦擦。"

纸巾是无香的，但因为放在容榕的包里，带着点淡淡的果香。

"你今天喷的小雏菊？" 沐良琴舔了舔嘴唇，"穿得这么高贵，怎么喷的还是少女香？"

"喜欢。"容榕的回答很简洁。

沐良琴眯着眼打量她。

容榕穿着剪裁大方的黑色小裙子，裙子的设计亮点在于蝴蝶结形状的两条肩带，脖颈处细长的牛头钻石项链点缀着她精致的锁骨，腰线设计比较偏上，显得双腿修长，裙摆过膝，露出她白皙修长的小腿。

她是冷白皮，穿黑色时，对比分明，皮肤被衬得像白玉一样。

"仙女。"沐良琴捂着脸花痴了足足半分钟，"你怎么还不出道？"

容榕耸肩："不行啊，家教太严。"

沐良琴知道容榕是个富二代，并且据她本人描述，她还是个混吃等死的富二代。

在这个网红大行其道的流量时代，容榕简直就是屹立在网红金字塔上的一朵奇葩。

几乎不接推广，不签公司，不出席任何活动，除了一个月发那么几个视频，容榕在网络上，将自己的三次元信息捂得死死的。就连直播赚的钱，她都一并捐给了红十字会。

所以沐良琴猜测，容榕家里肯定有无数座金矿。

沐良琴跟着容榕走到车子旁，眼尖地发现车屁股上有几道划痕。

“这车怎么了？”沐良琴一副痛心疾首的样子，“你对它施暴了？”

“出了点交通事故，不碍事，重新喷个漆就好了。”为了安慰沐良琴，容榕特意补充道，“跟我撞的是宾利，比我这车贵多了。”

沐良琴咽了咽口水：“谁的责任？”

“我的。”

“你们有钱人都这么糟蹋人民币的吗？”沐良琴谴责她。

两个人上车，沐良琴又问道：“你出了事故，怎么都没跟我说？”

“很快就解决了，虽然是我的责任，但是对方的脾气很好，同意私了。”容榕一边看着路况，一边跟她解释，“我给对方留了电话。”

沐良琴：“你的语气好平淡啊，车主肯定长得不帅。”

容榕想了想，非常中肯地评价：“还是非常帅的，不过我没兴趣。”

沐良琴没再继续问了，听着车载音乐看着路边一划而过的霓虹。夜色已经到来，城市的夜景依旧繁华。

在经过万向城的时候，沐良琴忽然喊了一声：“海报这么快就挂上了？”

容榕顺势看过去，很快收回了目光：“不算快，也有半年了。”

她们看到的是万向城M家的广告牌，几个漂亮的女人一人拿着一支口红，做出不同的表情和姿势。

其他几个都是当红的女艺人，只有一个是网红。

沐良琴的语气有些愠怒：“你干吗把这么好的机会推掉啊？当初你跟我说M家来找你的时候，我以为肯定稳了，结果忽然换成‘兔兔糖’。”

“兔兔糖”和容榕一样，都是B站美妆区的百大UP主（在视频网站、论坛等上传视频音频文件的人）之一，最近签了公司，流量有超过容榕的架势。

容榕B站的粉丝有两百万，比“兔兔糖”多了五十万，自从“兔兔糖”半年前成为M家的推广大使，豆瓣八组已经风风火火地撕了半年，“大榕榕”和“兔兔糖”到底谁才是现役美妆区的头号大佬。

“我不习惯。”容榕侧头对她笑了笑，“你知道，我有点认生。”

“她团队养的那几个营销号，天天发微博踩你，说你也就是靠着一张脸稳住了流量，不然早就被她吊打了。”沐良琴“嘁”了一声，“她也不想想，自己签了公司以后，真正的干货视频到底有几个？”

“那她想要吊打我估计还得等一段时间。”容榕的语气无波，说出来的话却很尖锐，“毕竟我这张脸暂时不会毁容。”

容榕当UP主两年，不算高产，除了唠嗑视频基本上不超过十五分钟，粉丝量却扶摇直上，两年的时间就坐上了美妆区头把交椅，原因无他。

她的脸好，巨好。

好到她什么都不干，对着镜头发呆，弹幕都能齐齐地发“愣着干吗？截图啊”，一直到视频结束。

号称B站“颜值山脉”的“大榕榕”，冷白皮，牛奶肌，樱桃唇，巴掌大的小脸。

她的五官并没有特别惊艳，但每一处都精致得恰到好处，眉形略微上扬，鼻梁挺翘，又带着点英气，不笑时显得清冷，笑起来时卧蚕绽放，少女感十足。

可高贵可冷艳，可邻家可少女的天然神颜。

沐良琴笑了：“狗榕，我发现你跟我在一起的时候很会怼啊。”

“跟你熟啊。”容榕鼓了鼓腮帮子，“不然我干吗陪你过来？一个人在家待着多舒服。”

这是容榕第一次没有拒绝公开活动的邀请。

沐良琴的语气谄媚：“活动结束后我请你喝奶茶。”

“可以，你负责排队。”

“没问题。”沐良琴拍了拍胸脯。

两个人在车上有一搭没一搭地聊着，车子很快就到了举办活动的大厦。

容榕将车钥匙交给门口的泊车小哥，和沐良琴一起走进去。

这次的盛典邀请了不少艺人和网红，目的不光是介绍这次M家推出的彩妆新品，更是为了促成M家品牌所属的YS集团和众润集团的经济合作。

众润集团是近几年在本省崛起的以房地产开发、项目投资、商业运营为核心业务的大型现代化企业集团，在两年前拿到了本市的第三个万向城招标名额。

这次合作，YS集团就是想将旗下所有的品牌，全部入驻万向城。

万向城的前缀多了众润的企业商标，众润的市值也在这两年内以肉眼可见的速度快速增长着，屹立行业尖端。

和众润一样传奇的，是它的CEO（首席执行官），据说非常年轻。

沐良琴跟容榕八卦着："听说众润的CEO长得很帅。"

"你听谁说的？"

"网友啊。"沐良琴眨了眨眼，"自从众润的股价在两年前以一匹黑马的速度飙升，好多人都在扒这位CEO的底细。"

"扒到什么了？"

沐良琴有些失望："清华计算机系毕业，其他的就什么也扒不到了，连一张正脸照都没有，不过有网友在众润上班，说开会的时候见过，帅得一塌糊涂。"

虽然沐良琴这么说，但容榕还是自动脑补了一口粤语味的普通话，戴着大金链的背头大佬。

两个人坐上电梯，沐良琴摸着下巴，一张嘴八卦到根本停不下来："YS集团上海总部的负责人今天也过来了，不知道会不会出席。"

容榕低头刷微博，发现热搜第三名是"M家夜色盛典"。

万年广告位，不知道到底要花多少钱。

电梯到了，容榕刚走进会场，就有个清脆的声音叫她的名字："榕榕！"

"兔兔糖"穿着一身白色雪纺礼服裙，配上她清秀可人的外貌，"小仙女"名号名副其实。

"我听负责人说你会来的时候，真的惊喜死了。""兔兔糖"亲昵地握上容榕的手，"你以前都不参加这种活动，我以为今天你也不会来呢。"

"我陪'良心妹妹'来的。"容榕笑了笑，"还没当面恭喜你拿到M家的代言。"

"良心妹妹"是沐良琴的B站ID（账号）。

"兔兔糖"摆了摆手："什么代言，只是个推广大使，差远啦。不过我也没想到，M家居然会选我当推广大使。他们跟我谈的时候，说也找你了，我以为我肯定没戏了。"

她的声音不小，旁边几个围着她的网红都听到了。

原来M家找过"大榕榕"，只不过被刷了，看来这美妆区的头把交椅确实要换人了。

谁让“大榕榕”放着钱不赚，非要塑造“白莲花”人设，坚决不和一般网红同流合污，签公司发展团队呢？

流量时代，清高是赚不到钱的。

容榕并不在意，只是淡淡地笑了笑，她和这里很多人都不熟，有的甚至都没见过，连开口打招呼的兴致都没有。

“待会儿我上台发言，你要在台下替我加油呀。”“兔兔糖”眨眨眼，笑得可爱。

容榕点头：“好啊。”

“兔兔糖”抱了抱她，在一群网红的簇拥下离开了。

一直站在“兔兔糖”旁边的一个美妆博主轻声嘲讽道：“真以为靠那张脸就能稳坐第一名呢，装什么白莲花？”

“兔兔糖”轻声制止：“别这么说，她确实漂亮啊。”

“漂亮有什么用？白莲花人设能立住多久？不知道背后有多少黑料。”

“兔兔糖”嘴角带笑，没再反驳。

沐良琴全程被无视，气得不行：“她也太那个了吧，我好歹也有五十万粉啊，不配有姓名吗？”

网上都盛传“兔兔糖”的性格特好，和很多美妆博主是好友，连“大榕榕”都和她交好。

每次有营销号拿两个人做对比的时候，“兔兔糖”的粉丝就在底下控评，说：“我们兔兔和大榕榕关系好着呢，拒绝挑拨离间。”

容榕都不知道这种流言哪来的。她从来不参加美妆博主的线下活动，更何况她和对方只有两面之缘。

此时主持人上台了，简单介绍了一下这次活动，接着便是代言人上台说话。

前途大好的小鲜肉，语气谦逊，仪态俱佳，说完以后台下都在鼓掌。

代言人之后便是推广大使，“兔兔糖”在几个女艺人后面上了台。

轮到“兔兔糖”的时候，沐良琴正好在刷微博，她低呼了一声：“这热搜买得够快啊。”

她递给容榕看，热搜第八名，“M家 兔兔糖”。

点进去就看见营销号夸得昏天黑地，其中一条微博下面的热门评论提到了容榕。

“榕粉别蹦跶了行吗？你们大榕榕颜值山脉又怎么样？连热搜都上不了，还不是被我兔兔吊打？”

容榕翻到最后面，也没看见有她的粉丝在蹦跶。

“……”

此时摄像头不光在拍台上，台下也一并带到了。嘉宾一路拍过去，在容榕这里停住了。

镜头对到她的脸上，容榕礼貌地抿嘴笑了笑，又继续看台上的人。

镜头并没有离开，容榕眨了眨眼，看向摄像师，后者也对她笑了笑。

一般电视节目里，镜头都会带到观众席，如果有个别长相出挑的观众，镜头就会多给几秒。

这个镜头和家里的镜头不一样，在家里拍视频，她放松，自在，想说什么说什么，就算说错了，还能剪辑掉。

容榕面上保持着笑容，眼神却稍稍躲避着镜头，微微侧过头，将别在耳后的长发放下，挡住了一部分脸。

镜头离开后，台上的嘉宾也说完了。

有工作人员忽然走到主持人面前，凑到主持人耳边，不知道说了些什么，然后就听见主持人有些激动的声音回荡在整个会场里。

“今天恰巧 YS 集团上海总部的负责人李文斯先生和众润集团的 CEO 沈渡先生来商讨合作，他们二位也来到了我们的夜色盛典现场，请大家鼓掌欢迎！”

台下有人发出惊呼声，这是真大佬。

沐良琴张大嘴，一脸呆滞：“我终于要见到传说中帅得惊天动地的男人了吗？”

上台的只有李先生，但是镜头在台下的时候就带到了两个人。

李先生他们熟，网上有照片，旁边那个面生的男人就不一样了。

清雅矜贵的男人出现在屏幕上。非常养眼的一张脸，纵使这种超级特写，也没有暴露一丝硬伤。

容榕愣住了，她的手臂都要被沐良琴抓红了，沐良琴最少喊了几十声“妈呀”。

“我爱了，我爱了，这也太帅了。”

喊“妈呀”的不仅是现场的人，还包括网上那些正在看直播的观众。

刚下台的“兔兔糖”被旁边的人戳了戳：“兔兔！上热搜了！”

“我知道。”“兔兔糖”微微皱眉，不愿意挪开目光。

“大榕榕和这个CEO上热搜了！”旁边的人补充道。

“兔兔糖”抢过手机，狠狠地攥住手机，樱唇紧抿。

热搜第一“B站大榕榕”，旁边一个偌大的“沸”字。

热搜第二“众润CEO”，旁边一个偌大的“新”字。

这二位，真的靠脸上了热搜。

她点进热搜第一名，第一条显示的微博就在十几分钟前。

发微博的是个未认证的追星号，这条微博评论已经过万了。

“现在的网红这么能打了吗？看直播的时候突然一个特写震得我的心脏差点停止跳动，我不允许首页只有我一个人品过这张脸，首页的各位，快来看仙女本仙在线撩人，啊啊啊……”

然后就是从直播上截下来的几张动图。

第一张，“神仙姐姐”对着镜头腼腆地笑了笑。

第二张，似乎是镜头拍得太久了，她有些呆愣，面露疑惑，嘴唇微张。

第三张，“神仙姐姐”面露羞赧，稍稍侧头，用黑色的长卷发挡住了脸，挡住了天鹅颈和线条完美的下颌线。

热评一：“一分钟，告诉我这是谁！”

热评二：“这是我们榕妹！B站ID‘大榕榕’，颜狗磕颜磕到原地打滚！”

沐良琴心情大好地刷着微博：“她买个热搜也才第八名，你靠脸空降热搜第一名，谁说脸好没用？”

容榕看着关于自己的热搜，头疼不已，又要被爷爷骂了。

她一边想着怎么应付爷爷，一边打开热搜第二名。

这一条微博也是个非营销号发的，但是转评赞已经过万了。

“我爱死今年的M家夜色盛典了！简直是颜狗的狂欢！本墙头草宣布我的新老公就是这位了！镜头只有几秒钟，特意放慢了！特邀首页跟我一起沉溺在老公的名品美貌里。”

不知道这位博主放慢了多少倍，从男人察觉到镜头，到看向镜头，再到眉头微皱，镜头抖了一下离开，全程没有一丝笑容，眼神清冷无双，禁欲到极致。

热评一：“六秒的动图，我流了十分钟的口水，快哭了。”

热评二：“西服控今天就死在微博里了！”

热评三：“这不就是之前网上一直在吹的众润总裁？”

热评四：“一直以为八组鹅那群人收了钱营销，是我太酸了，再见。”“太夸张了吧？”容榕嘴上这么说，眼睛却诚实地看了好几遍动图。

当时撞车是傍晚，天色有些暗，她急着去接沐良琴，没来得及仔细看那个沈先生到底长什么样。

唯一的印象就是，很好看，人也很冷淡。现在一看特写，“真香”。

“天啊，‘兔兔糖’过去了。”沐良琴用力推了容榕两下，“你说沈总会理她吗？”

容榕挑眉：“会吧，毕竟她跟M家有合作。”

“真理她了，还跟她握手了！”沐良琴的语气悲戚，“狗榕，我命令你现在过去，用你这张脸把那个女人挤开。”

容榕顺着“狗良”的目光看过去，“兔兔糖”正笑着跟沈渡说什么，嘴角的小梨涡缓缓绽开。

容榕还是决定坦白：“我跟你说，其实今天跟我撞车的那个车主……”

她的话还没说完，就听见沐良琴舒坦地说了一声：“沈总走了，哈哈。”

那个就连背影都高冷无比的总裁如同昙花一现。在“兔兔糖”之后，又有几个女艺人过去打招呼，估计也是被围困到受不了。

“兔兔糖”发觉有人在看自己，一转头看到是容榕，笑着朝她走过来。

她穿的白色长裙，用的却是G家的“罪爱惹火”，馥郁浓烈的浆果香气，和它的名字一样魅惑又妖娆，她走过来的时候，容榕身上淡淡的果香很快被覆盖住了。

“你怎么不去跟沈总打个招呼呀？”

容榕笑笑：“围着他的人太多了，他没空理我的。”

“兔兔糖”的嘴角带笑：“不会啊，我刚过去跟他打招呼，他就回我了。”

“你是推广大使嘛。” 沐良琴帮她解释。

“兔兔糖”眨眼：“我就是一个小小的推广大使，也是抱着试试看的心态跟他说话，没想到他会回我。啊，他说话的声音好好听。”

容榕附和：“是挺好听。”

“你听过？”“兔兔糖”有些惊讶。

“猜的。”容榕敛眸，语气平淡，“长得好看的人，声音不会太难听。”

“嗯，比如你呀。”“兔兔糖”亲昵地凑近容榕，细长的手指绕过容榕的蝴蝶结肩带，“要是你拿到了推广大使，上台说了话，现在的热搜第一点肯定不止沸点，估计服务器都要瘫痪了。”

要说内涵，还是她“兔兔糖”最厉害。

沐良琴站在容榕旁侧，气得肩膀都在抖。

容榕的性格软，从来不在乎别人怎么说她，但沐良琴是个暴脾气，就算这回她还能忍，沐良琴也必须把这一巴掌还回去。

沐良琴身子前倾，正打算说什么，容榕就先一步开口了。

“可惜我不是。”容榕轻轻覆上“兔兔糖”的手，将她的手从自己的肩带上挪开，“对了，那你要到沈总的联系方式了吗？”

“兔兔糖”微微愣住：“什么？”

“刚刚你们说了那么久，我以为你要到他的联系方式了。”容榕歪头，语气很天真，“如果是我，我肯定会要的。”

“兔兔糖”挑眉，神情里多了一丝嘲弄：“榕榕，你的目的也太明确了吧？”

“难道你不想要？”容榕微微一笑。

“你不会真的觉得，你能拿到他的联系方式吧？”“兔兔糖”反问。

“应该可以吧。”容榕摸了摸鼻子，表情有些羞涩，“我没买热搜，不是也上了吗？所以我对我这张脸还挺有自信的。”

“兔兔糖”依旧保持微笑，只是脸部肌肉有些僵硬。

沐良琴在旁边拼命憋笑，容榕生气的时候还是很扎人心的。

“兔兔糖”明里暗里内涵她只有一张脸，那她就干干脆脆地告诉对方，这张脸对方想要还没有呢。

“那你现在去问沈总要电话吗？”“兔兔糖”咧嘴一笑，“榕榕，别跟我说你只是说说啊。”

“好。”容榕答应得很爽快。

“那我叫上其他几个人，待会儿要是没要到，多些人还能安慰安慰你。”

“兔兔糖”说完，心情大好地转身去叫其他人。

沐良琴有些担忧：“她明摆着是在坑你啊，叫了人想看你笑话，你不会真要去找沈总要电话号码吧？”

容榕点头，皱眉：“她刚才气着我了，一时冲动。”

这脸是父母给的，她上热搜也很烦恼啊。

这个有点遭人唾弃的想法让容榕唾弃了自己两秒钟。

“网上说他是出了名的不近女色，活脱脱的工作狂魔。”沐良琴有些担心，“而且我看刚刚他被人围着的时候一脸烦躁，脸黑得不行。”

容榕咽了咽口水：“狗良。”

“怎么了？”

“我们要不跑吧？”

“你刚刚秒天秒地的那股劲呢？”

“兔兔糖”在这方面的行动力非常强悍，很快就从工作人员那里问到了沈渡的下落，生怕下一秒容榕反悔了。

容榕站在盥洗池前，从手拿包里拿出香水在手腕处喷了喷，涂抹到颈后。

要不还是跑了算了。容榕心里这么想，大脑随心，通过心给双腿下了命令。她没回会场，而是直接往电梯那边走。

容榕按下下行键，掏出手机打算跟沐良琴汇报一声：“姐们先走了，你一个人保重。”结果收到沐良琴的语音消息。

“容榕，我潜伏在她们之中，‘兔兔糖’叫了她的姐妹团，有人还说要给你拍视频，这帮人太狠了。”

她的姐们潜伏在“兔兔糖”姐妹团中，她却想跑。

容榕再一次唾弃自己，然后催着电梯赶紧来。

用脚指头都能想到，要是她们拍到自己搭讪失败的视频，肯定会发微博，狠狠地把她的人设按在地上踩踏，然后她被全网嘲，再被爷爷打断双腿，这辈子都出不了家门。

算了，还是跑比较实际。

此时电梯“叮”的一声，终于来了。

容榕的神情凝固了，老天绝对在玩她。电梯里，一个男人微微靠着电梯扶手，正在打电话。

他的左手手臂上搭着西装外套，皮带扣住他精瘦的腰身，往下望去便是两条笔直的大长腿，就算是穿着简单的白衬西裤，也盖不住他浑身上下散发出的荷尔蒙气息。

“沈先生。”容榕的笑容僵硬，勉强开口打了一声招呼。

沈渡瞥了容榕一眼，左手食指抵住薄唇，示意她安静，接着，便是他低沉清冷的声音：“热搜撤干净了吗？”

容榕心中一跳。

沈渡的声音又低了几个度：“联系那个发微博的，让她开价。”

说完，他就挂掉了电话。

眼看电梯门即将关上，沈渡又瞥了她一眼，深邃的眸子透露出一丝困惑，伸出手按下开门键。

电梯门又打开了。

沈渡往旁边挪了挪，用行动示意她进来。

容榕小心翼翼地走进去，在他对角线的角落里老实待着，两个人分别占据着两个角落，中间的距离仿佛隔着一条银河。

容榕刚刚好不容易鼓足了勇气开口，被他打断后，就跟泄了气的皮球似的，再想吹起来就很难了。

容榕的思绪神游间，鼻尖闻到了一丝淡淡的香味。

沈渡瞥了一眼窝在电梯角落，恨不得把自己缩成一只刺猬的女人，香味有些熟悉。

振动声在密闭的电梯里响起，沈渡看见她肩膀猛地抖了一下。

是语音，容榕悔恨自己居然忘了带无线耳机。

她调低了音量，将手机紧紧贴在耳朵边。

“狗榕，你别告诉我你跑了。”

容榕迅速回复：“嗯”

那边发了好几串省略号过来。

然后是一句：“所以你现在在哪里？”

“电梯里。”

那边又发了一句语音过来：“我刚想跟你说，‘兔兔糖’她们怕你跑了，已经到一楼大厅围堵你了。”

“她怎么知道我要跑？”

“刚刚工作人员跟她说沈总要走了，她就猜到你要跑，然后就下楼了，你现在到十六楼了吧？”

容榕看着右上角的楼层显示，十六楼。

“我跟着她们，就在你前面一趟电梯……”

容榕发誓以后再也不逞强了，她用最后的力气发出一条消息：“你有什么好办法吗？”

那边又是一串语音。容榕没开外放，但是沐良琴的狮吼功效果胜似外放。

“冲呀！拿下沈渡！勾引他、挑逗他、让他欲罢不能，坚挺无比！你可以的！”

这句加油打气的话在小小的电梯里，久久萦绕不散。

第二章
高攀不起

在死一般的寂静中，电梯里那个“被勾引被挑逗”的对象，正面无表情地看着眼前这个已经熟透了的女人。

是她啊。

沈渡终于开口：“容小姐。”

容榕双颊涨红，转过身，抬头冲沈渡绽放了一个自以为很优雅很得体但实际上很僵硬很勉强的笑容：“沈先生，赔偿单，出来了吗？”

身为一个中国人，说汉语居然如此烫嘴，这些年的语文可能白学了。

沈渡靠着电梯，神色深沉，语气平静：“没有。”

“沈先生，为了防止我关机跑路。”容榕像便秘一样，挤出自认为天衣无缝的理由，“要不，您告诉我一下你的联系方式吧？”

“你要是想跑，我给你留联系方式有用吗？”沈渡一针见血地戳穿她。

容榕从来没有搭讪过男人，她大胆假设，这应该是被拒绝了，但是她不能轻言放弃，于是她继续说道：“沈先生，我真的很需要您的联系方式。”

这样直白的话，终于让沈渡的表情出现一丝坍塌。

这个女人真的仗着自己好看，大胆得要死。他之前就该把那张写了电话的广告单丢掉。

沈渡的语气冷了下来，直截了当地拒绝：“抱歉。”

沈渡很明确的拒绝再加上他冷硬的表情，让容榕的心如坠冰窖，顿时觉得因为她这张脸而招致外界认为她“只有一张脸”的不实言论有多不实。

明明连这张脸都没用。

“您要不给我联系方式，我就不还您钱了。”容榕抬头，望进他毫无温度的眼里。

沈渡从鼻腔吐出一声轻嗤，微微侧头，语气淡淡的：“随便。”

此时电梯“叮”的一声再次响起，容榕犹如惊弓之鸟般颤了颤肩膀，然后发现电梯是在五楼停了。

电梯门口那个人似乎也察觉到气氛有些不对劲，犹豫着要不要进来。

容榕冲那人绽放出一抹笑容：“先生，我们有私事要谈，可以请您等下一趟吗？”

容榕说这话时语气有些虚，反倒添了一丝难以言喻的意味。

电梯门口的男人愣愣地点了点头：“二位慢聊，小心监控。”然后电梯门被关上了。

沈渡语气微愠：“容小姐，你到底想怎样？”

“想要您的联系方式。”容榕一鼓作气，手绞着裙摆，声音讷讷，“沈先生，实话跟您说，我跟人打赌，说一定要拿到您的联系方式。”

沈渡蹙眉：“你拿我打赌？”

“我要是拿不到您的联系方式，肯定会被他们笑死的。”

容榕深吸了一口气，捏着嗓子，咬唇，冲他眨了眨那双无辜的杏眼：“沈先生，您就给我一个假的也行，让我交个差，好吗？”

这样软软的奶音，除了爷爷，眼前的这个男人是第二个听到的，就像是奶油倒进了棉花糖，甜腻腻的味道混在一起，柔软又轻巧。

她为了贯彻到底，还特意撇了撇嘴，却没有得到任何回复。

容榕有些挫败，早知道就不该一时冲动，去主动挑衅“兔兔糖”，本来以为他们既然有过一面之缘，那么要联系方式应该不难。

容榕觉得自己天天被那帮粉丝吹“彩虹屁”，搞得她都没有自知之明了。

“手机拿出来。”沈渡拿起手机，“我扫你。”

居然不是电话！直接给微信！

容榕咧嘴，笑得开心极了：“谢谢您！”

“是工作微信，没有商业合作不要发信息给我。”沈渡嘱咐她。

“绝对不会。”容榕三指举天，语气郑重。

她刚把二维码调出来，电梯就到一楼了。

容榕的语气有些急切：“快点，快点，快点。”

沈渡挑眉，手机提示扫码成功，屏幕上出现了她的微信，名字叫“一棵大榕树”，头像是莫奈的《日出》。

他按下“添加进通讯录”。

容榕小步跑出电梯，冲他九十度鞠躬：“谢谢，沈先生，钱我一定会赔的。”

可能因为心情好，她离开的背影都显得无比欢快。

沈渡跟着走出电梯，微信上提示添加好友成功，他点开右上角的三个点，手指挪到界面下角的“删除”二字上。

算了，待会儿再删吧，看在她的香水味比较好闻的分上。

容榕刚走到大堂，就收到沐良琴的语音。

一条来自三十秒前：“拿到没？”

一条来自二十秒前：“别去大堂门口，也别去地下停车场，‘兔兔糖’那帮人分拨在这两个地方堵你呢，拿不到就到安全出口来，我在这里等你，我们一块儿跑。”

“你过来吧，我要到了。”

容榕往大堂门口走去。看见“兔兔糖”和她的姐妹团在那里等着，也不知道是谁最先发现了她，喊了一句：“大榕榕！”

一帮人望过去，大部分人的脸上都是看好戏的表情。

“兔兔糖”最先扬起笑容，冲她招了招手：“榕榕。”

容榕还没来得及说话，“兔兔糖”就先一步堵住她的话：“你去上个厕所怎么上到大堂来了？我还以为你想跑呢，其实要不到联系方式我们也不会笑你啊，大家都是朋友，偶尔吹吹牛而已，我们不会在意的。”

另一个一直站在“兔兔糖”旁边，叫“川南”的美妆博主跟着说：“就是啊，吹牛就吹牛呗，敢吹就不要怕打脸。”

容榕拿出手机，语气平静：“我要到微信了。”

“兔兔糖”只是愣了几秒，转而嘴角一勾：“不会只是工作微信吧？”

“工作微信？”“川南”意味不明地捂嘴，语气微扬，“工作微信不就是那种，只要说是商业合作，就能加上的吗？而且像沈总那样的身份，工作微信应该都不是他本人打理吧？大榕榕，你不是被沈总敷衍了事了吧？”

“兔兔糖”轻声阻止“川南”的话：“别瞎说，你又不是沈总，怎么知道沈总是怎么想的？”

“川南”嘻嘻一笑：“这不是很明显的事吗？”

“兔兔糖”的语气轻柔，看了一眼容榕的手机，有些疑惑：“榕榕，明明说好要当着我们大家的面展现你的搭讪技巧的，怎么就神不知鬼不觉地拿到了联系方式啊？”

“对啊。”“川南”又迅速接话，“不是说好当着我们大家的面要？你私底下问人要联系方式，谁知道你怎么要到的？”

其他几个人脸上都露出了嘲讽的神色，容榕注意到有个人从一开始就拿着手机在拍她。

容榕很少参加活动，和这些人都不熟，有的甚至都不认识，不知道为什么这些人就如此热衷看热闹。

容榕咬唇，心下有些黯然。刚刚白高兴了，她居然真的以为那个资本家会帮她。

“兔兔糖”脸上的笑容快藏不住了。

她扬了扬下巴，朝上看去，眼睫毛稍稍掀起，嘴角的弧度却忽然滞住了。

“沈总。”“兔兔糖”开口。

工作人员不是说他早就走了吗？

容榕惊讶地转过身。就在她们这群人的不远处，长身玉立的男人已经重新穿好西装，神色浅淡地看着这边。

大堂明亮的灯光，将他完完整整地送进她的眼中。他实在是太好看了，清朗深邃的眼睛里，纵使毫无温度，也让人挪不开目光。

沈渡缓缓踱步过来，其他几个人都愣愣地叫了一声“沈总”。

他低头看着一脸呆滞的容榕，她的脸颊还是红扑扑的，也不知道是气的还是因为别的。

“有笔吗？”

容榕没反应过来，声音有些迷糊：“啊？”

“没笔我怎么给你写电话号码？”沈渡的语气低沉。

容榕手忙脚乱地打开自己的手拿包，翻了好半天也没翻到一支笔。她双手捧着自己的几支口红，以虔诚的姿态献上。

“要不，您将就一下？”她抿唇，声音细细的。

所有人就这样目睹沈总略微苦恼地看着容榕手上的几支口红，似乎有些发愁选哪个颜色。

容榕还特别贴心地给他介绍：“这是M家的，这个是D家的999，还有这个是L家的505，您看您想用哪一个？”

沈渡适时地打断了容榕的话，挑了那支D家999。

他挑这个纯属是这支看起来长，好握。

沈渡转开管口，容榕离他最近，敏锐地捕捉到了他眼里的一丝嫌弃。

容榕将其他口红重新丢回手拿包，然后又听见沈渡吩咐：“手伸出来。”

她应了一声，乖乖伸手。

沈渡用刷头在她的手心写下一串数字：“手机号就是我的私人微信号。”

他写好后，将唇口红拧紧又还给她。

容榕连忙用另一只手接过。这不是口红，这是国王的权杖，救她于水火之中的魔法棒，她要带回家供养起来。

沈渡最后又嘱咐道：“不许跑。”

这句在众人耳中听起来如此暧昧的警告，不禁让所有人起了一身的鸡皮疙瘩。

只有容榕知道沈渡是什么意思，她用力地点头，眼神虔诚无比。

他似乎低笑了一下，然后转身离开大堂。

在所有人的注目礼下，沈渡坐上了一直等在大厦门口的黑色宾利。

刚刚那几分钟，就像做梦一样。

“川南”悄悄扯了扯“兔兔糖”的裙摆：“兔兔，现在怎么办？”

“兔兔糖”用力咬着唇，垂在身侧的双手用力捏紧，等再放开时，细白的手背上突出的青筋还未消去。

“榕榕，你真厉害啊。”“兔兔糖”鼓了鼓掌，“你这张脸，连沈总都把持不住。”

容榕简直佩服她的忍耐力，要是她有对方一半能忍，也不至于闹到现在这一步。

不过容榕还挺高兴，回过身冲她笑了笑：“谢谢夸奖。”

“但榕榕你还是要多创新。”“兔兔糖”的话锋一转，嘴角微扬，“毕竟也不能一辈子都靠脸啊。”

“我会多擦点保养品。”容榕的语气轻快，“争取一辈子靠脸吃饭。”

“兔兔糖”和她那一群姐妹脚步匆匆地离开了。

容榕赶紧掏出手机大致查了一下宾利的前车灯大约要多少钱。

查到后，她迅速加了沈渡的私人微信。

那边的通过也挺快。

容榕给沈渡转了一笔钱过去，还特意表达了自己的谢意和祝福。

“谢谢您刚刚的帮忙！祝您工作顺利，生活愉快，天天开心！”容榕忽然觉得要解释一下自己转钱的理由，于是又编辑了一句话发过去。

车上的沈渡正看着自己的手机。

前排的司机好奇地问道：“沈总，刚刚您在大堂干什么呢？”

“做慈善。”

司机不明意味地点了点头，虽然听不懂老板在说什么，但是点头准没错。

沈渡刚说完这三个字，手机又振动了一下。

他看了一眼消息，觉得自己不该一时心软跟在她后面，看她是不是真的被朋友刁难了。

“多余的钱您不用还我了，就当是我感谢您帮我这个忙，拿去吃饭吧。”

沈渡蹙眉，开口沉声问道：“车灯的维修单出来了吗？”

“出来了，四万八千元。”司机又说，“要拿发票给您看看吗？”

沈渡没再出声，看着容榕的转账金额——一棵大榕树向你转账88888元

这小姑娘够财大气粗的。

容榕一直保持着愉悦的心情，到晚上回了家，才又拿出手机随意瞥了一眼消息。

沈渡拒收了她的转账。

容榕不明所以，发了个问号过去。

——shen开启了朋友验证，你还不是他（她）朋友。请先发送朋友验证请求，对方验证通过后，才能聊天。

“……”

容榕又涨粉了。

盛典结束后的几天，她的B站粉丝足足涨了二十万。

容榕的热搜足足挂了一天，导致很多人在那一天里涌进B站搜索她的名字。

“慕颜”而来的路人们，从第一个视频打卡到最后一个，悲哀地发现，所谓美妆博主的妆容黑历史，在“大榕榕”身上根本不存在。

容榕每天晚上就躲在被子里偷偷看粉丝评论，自恋地笑出声。

原本就喜欢熬夜的她，毫无疑问又一次睡到了日上三竿。

早上十点，容榕刚起床就接到了从爷爷家里打来的电话：“小姐，老爷子让你中午回趟老宅陪他吃饭。”

她揉着眼睛，打了个哈欠：“就我一个人吗？”

“还有容二先生一家。”

叔叔也去啊，她下意识地想拒绝。

“老爷子说，如果小姐你今天不来，就停了你的卡。”

容榕撇嘴：“停就停呗。”反正她自己又不是没有小金库。

“购物卡。”阿姨语气带笑。

“……”容榕画风一变，语气乖巧，“好的呢，我一定去。”

挂掉电话后，容榕扒拉着头发走进厕所。她坐在马桶上，玩手机，

看到了许多催更的消息。

她最近咸鱼得很，并不想抽空出来拍视频、剪视频，所以很理所应当地忽略了这些催更。

刷了几下首页，跳出来好几个“兔兔糖”的视频，不是点赞过万，就是点赞飙升。

容榕和“兔兔糖”互关，偶尔也会给她投个币点个赞。

容榕点进了“兔兔糖”最新发的一个视频，拍的就是那天M家的夜色盛典。

几张大美颜出现在镜头里，弹幕都在嚎叫，最喜欢的几个美妆博主居然都互相认识。

容榕直接拖动进度条，发现“兔兔糖”居然也拍她了。

容榕象征性地点了个赞，后来视频还拍到了沈渡，弹幕里又是一阵疯魔。

容榕问沈渡要联系方式这件事，容榕早就猜到，一旦她成功了，就绝不会有任何风声流露。

毕竟大家都只想看热闹，不想看爱情故事。

容榕站在镜子前刷牙，电动牙刷在嘴里“嗡嗡”叫着，她陷入沉思，想着自己是不是该活泼点。

其实她本来就不爱说话，小时候学画画，坐在画室里一待就是一天，她也不觉得无聊。

后来在B站发了视频，渐渐地有人开始注意她喜欢她，亲昵地叫她“榕妹”，她才在镜头前逐渐开朗起来。

隔着网线，容榕反倒比现实生活中更自在。

容榕发了一条动态。

大榕榕：“给大家直播个化妆怎么样？”

榕妹今天鸽了吗：“你还是那个传说中的美妆区鸽王——大榕榕吗？”

喝杯冰可乐：“世界末日了吗？榕妹主动说要直播了？”

……

容榕迅速洗漱，拿着手机小跑回卧室，架好打光灯调整好手机，开始直播。

她的开场白依旧老套又僵硬："今天中午要出去吃饭，给大家随便化个日常妆。"

"榕妹，你要是被绑架了就眨眨眼，我们替你报警。"

"新粉赶上直播！"

……

容榕摸了摸自己的脸："我们先从护肤开始，今天用的都是老朋友，就不介绍了。"

然后容榕就不知道该说什么了，照例拿出化妆镜，开始对着自己的脸涂涂抹抹。她最近用的是嘉娜宝。

容榕看着弹幕有很多人问色号，酝酿了一下终于开口说："如果大家是刚开始化妆，千万不要盲目选最白的色号，因为粉底液色号和你本身的肤色相差太大，粉底液涂在脸上是不会发白的，而是发灰。现在国内很多的化妆品牌粉底液色号都做得太白了，这样走在大街上，脸和脖子的色差太大看着特别奇怪，就希望大家注意一下这一点。"

容榕说了一长串话，声音轻柔，咬字清晰，说完便对着镜头腼腆地笑了笑。

"我死在榕妹的嘴角上了。"

"榕妹第一次直播说了这么多话！录下来当闹铃！"

容榕说完后，又继续专注脸上的事业了。她说是日常妆就真的是日常妆，连睫毛膏都没有刷，就直接开始弄头发了。

容榕想着是去见爷爷，于是扎了个乖巧的丸子头。

弹幕里一片爱心飘过，容榕化完妆准备关掉直播。

"榕妹真的不考虑出穿搭吗？！"

容榕想了想自己那乱七八糟的衣帽间，懒惰的神经又占了上风。

"有机会吧。"她挑眉笑道。

粉丝一听这话，就知道她嘴上又跑火车，穿搭视频大概等不到了。

关掉直播后，时间已经接近十一点了，容榕匆匆忙忙跑到衣帽间，随便选了一套日常服，踩着樱花粉板鞋出了门。

穿高跟鞋开车有风险，肯定会被爷爷说。

她的保时捷718拿去上漆了，换了辆奔驰SLC开。去爷爷家不能太招摇了，这辆白色的刚刚好。

初秋季节，温度还不算太低，刮的是南风，开敞篷车也不会太冷。

容榕额前的碎发被风吹得到处乱摆，等红灯的时候，她下意识想起了前几天发生的事情。

沈渡的私人微信号把她删掉后，就再也没联系过她。难道他真的不要自己赔了？

容榕点开他的工作微信，倔强地转了八万元过去，转账理由是“商业合作”。

她将手机丢在副驾驶座上。没过两分钟，手机的提示音响了。

开车不能看手机，容榕的心里有些痒痒，好不容易等到下一个路口红灯，她连忙拿起手机。

沈渡退换回来了。

容榕挫败地发了条消息过去：“商业合作啊。”

他回得也快：“合作什么？”

她来不及打字，就发了一条语音过去：“合作拯救我于水火之中，免受人嘲笑啊，您是我的救命恩人。”

那边发了张图片过来，是宾利车灯的维修发票。

“不用多转，不差你那点钱吃饭。”

绿灯亮起，容榕来不及回消息。她怎么觉得，沈渡好像在说“把你的钱拿走，不要你的臭钱”这样的可爱发言。

等车子开到目的地，容榕终于有空看手机了。

她想了想，说道：“那要不，我请您吃饭吧？”

“不用。”

“那我怎么感谢您啊？”

“做个慈善而已，不需要回报。”

“……”容榕撇嘴，冷哼了一声，“不要就不要。”

她一时气愤，按照发票上的价格把钱转了过去，这回沈渡没矜持，收了。

一看他收了，容榕立刻手疾眼快把他拉黑了，想象着正拿着手机的沈渡一脸茫然的神情，她觉得大仇得报，于是心满意足地笑了。

她盯着手机穿过花园，抬头一看就看见老宅的大门口，有一个穿着羊毛背心，眼神清朗，头发花白的老爷子正板着脸看她。

容榕赶紧将手机塞进包里，稍息立正，昂首挺胸，语气恭敬："中午好，容老爷子。"

"大了，出息了。"容老爷子冷笑一声，咬牙切齿，"叫你回家吃个饭还不乐意了！明天我就把你那破房子连同你那些乱七八糟的破卡都收回来！"

"您哪只眼睛看到我不乐意了？"容榕小声控诉。

老爷子听力好，瞪着眼，语气铿锵："我站在门口这么久你都不知道叫我一声，就知道一脸傻笑地看手机！是不是偷偷谈朋友了？你眼里还有我这个老头子吗？！"

容榕二话没说，直接小跑着来到老爷子身边，把老爷子吓了一大跳。

她瞪大了一双杏眼凑近老爷子，语气真诚："爷爷，看到了吗？我的眼里只有你呀。"

圆溜溜的眼珠子里，真的只有一个虽然鹤发，但面色极好的老人家。

容榕的尾音稍稍上扬，说的话确实很真诚，那一丝调皮劲却没藏住。

"……"老爷子没忍住，一个闷笑，"油嘴滑舌，快进来吃饭，你二叔他们早就到了。"

容榕跟着老爷子进屋。放鞋子的时候，容榕发现鞋柜上摆着一双熟悉的红底细高跟鞋。

"姐姐回来了啊。"容榕的语气忽然轻快起来。

老爷子侧头瞥了她一眼："怎么？不是跟你说你二叔一家今天都来吗？"

"我以为就二叔二婶，姐姐不是出国办事了吗？"容榕顿了一下，又问，"怎么回来得这么快？"

"你以为谁都跟你这个小没良心一样，吵着嚷着要去国外念大学，要不是今年你毕业，我这老头子还不知道什么时候能跟你一起吃顿饭呢。"老爷子闷哼一声，指着她的鼻尖低声训斥道，"好好跟青瓷学着点，就知道花钱不知道赚钱，让你去公司上班也不肯。"

容榕撇嘴："我怎么没赚钱？您书房里挂着的画，不就是用钱买来的吗？"

"你这个臭丫头，我买你一幅画你还跟我上杆子了是不是？"老爷子一脸暴躁，眼睛里闪着心虚的光，"我要不是怕你一幅画都卖不出去，我至于托人特意去国外看你那什么乱七八糟的画展，还买你的画吗？”

那是学校当时举办的一个画展，容榕的画被选中放在展厅进行展览售卖，当时容榕还兴奋地跟爷爷打电话说她能靠画画挣钱了，结果老爷子哼了一声，笃定她卖不出去。

当天画展上，她的画是卖得最快的。

十八岁的容榕兴冲冲地给爷爷汇报了人生中的第一桶金，爷爷在电话里很不服气地勉强夸了她几句。

结果容榕回国，就看到老爷子古香古色的书房里，多了一幅极其违和的印象派油画，是她的作品。

听阿姨说，每回有客人来访，爷爷都指着那幅画骄傲地说：“这是我孙女的作品”。

容榕笑嘻嘻地挽着老爷子的手去了饭厅。

长桌上，正坐着二叔一家，一家子打扮正式，连头发都梳得一丝不苟，容榕一身休闲装扮，和他们格格不入。

容榕抿唇，乖巧地打招呼：“二叔，二婶，姐姐。”

神情严肃的二叔抬了抬眼皮，低沉地应了一声。

二婶微微蹙眉：“下次记得来早些，哪有长辈等晚辈的道理。”

“知道了。”

她又小心翼翼地看了一眼堂姐容青瓷。容青瓷一身职业装，微卷的齐肩短发，眼神倨傲，冷艳迷人，连一个眼神都没施舍给她。

爷爷坐在主位，容榕在他们一家人的对面坐下。

“行了，我特意叫厨房做了你们爱吃的菜，动筷子吧。”

容榕十分斯文地夹了一片青菜放进嘴里，小口咀嚼着。

坐在她正对面的容青瓷不经意地瞥了她一眼，声音轻佻：“哟，今天打扮得挺乖啊，和前几天热搜上的照片看起来截然不同啊。”

容榕心中一跳，她就知道会被提起。

老爷子蹙眉：“什么热搜？”

“爷爷，你还不知道呢吧？”容青瓷嘴角微挑，“你的乖孙女前几天出了好大的风头，好多人都在夸她漂亮呢。”

“榕榕，怎么回事？”老爷子的脸色忽然阴沉下来，语气严肃，“我不是跟你说过，不要瞎出风头，更加不许进什么娱乐圈，你要玩几年我让你玩，玩够了你就老老实实地回公司跟你二叔他们学管理。”

容榕扒拉着碗里的饭，语气有些闷：“我没想进娱乐圈，那是个意外。”

“意外不也照样上了热搜？”容青瓷的眼睛里流露出一抹嘲弄，双手抱胸，“到时候让人知道，华渊的容二小姐在外抛头露面，三天两头上个八卦新闻，你不就真的成人家茶余饭后的笑话了吗？”

容榕皱着眉，没说话。

老爷子烦躁地敲了敲桌子：“行了，再不济还有我这个老头子收拾烂摊子，都吃饭。”

容青瓷的语气愠怒：“爷爷，您就是太宠容榕了，她都二十一岁了，还在外面不务正业。”

“青瓷，你也别光顾着说你妹妹。”二叔的嘴唇紧抿，放下筷子，“我把万向城的投标项目交给你，结果你让众润得手了，现在我们被嘉源和众润两头夹着，我让你去跟众润的老总联系，你联系到了吗？”

“没有。”容青瓷搅动着碗里的饭，语气不善，“那个沈总架子大得很，我让助理连着约了他一个礼拜都没约到，爸，要不我们跟嘉源合作吧？”

“嘉源不行，他们的顾总最近风评不太好。”二叔沉声否决。

容青瓷皱眉：“他们是世袭企业，顾总不行，不是还有一对儿女？”

“儿子是继子，顾总唯一的独生女现在还在上高中，你让他去哪儿世袭？”二叔抬眉，语气淡淡的，“交给你这么点小事都办不好。”

“实在不行，”老爷子挑眉，忽然笑道，“青瓷，你也老大不小了，是不是该谈朋友了？”

“扑哧……”容榕一时没忍住。

饭桌上所有人将目光转向正在喝汤的容榕。

“你笑什么？”容青瓷不满地看向她。

容榕：“我觉得爷爷说得挺对，美人计也不失为一个好办法。”

容青瓷的脸色很难看，说话间都能听出咬牙声：“容榕，要说美人计，你比我更合适吧？”

“不合适。”容榕果然摇头，“我都被人删掉了。”

这话一说出来，她才意识到自己说漏嘴了。

“你认识沈总？”容青瓷心情大好，转过头就跟老爷子建议，“爷爷，让容榕去，她也该为公司出一份力了。”

容榕摆手：“我刚得罪他！”

“你一个小丫头片子能得罪他什么？”老爷子拍案，立刻做出决定，“你要把人约出来了，我就勉强原谅你上了那个什么热搜，不然我就把你的卡都停掉。”

刚把人拉黑的容榕：“……”

这顿饭，容榕成了最大输家。

吃完饭后，容榕在客厅里散步消食，手里攥着手机，心情复杂。

在客厅看平板的容青瓷窥见她的窘态，心情大好地出言调侃：“怎么？盛世美颜大榕榕也有为难的时候？”

容榕没理她，继续对着手机烦恼。

“放心吧，没哪个男人会不喜欢你。”容青瓷理了理头发，站起身来看她，“你跟你妈妈一样，别的本事没有，这张脸的用处倒是大了去了。”

容榕没看她，语气有些冷：“姐，我妈都走了这么多年了，提她有意思吗？”

容榕是四岁那年没的妈，那时她抱着史努比，坐在客厅的沙发上看《猫和老鼠》，想着妈妈什么时候来接她。

再然后，爸爸踉踉跄跄地走过来，红着眼睛抱着她，语气哽咽地跟她说，妈妈没了。

没过两年，爸爸也走了。

“不管你多讨厌我妈，她人也走了，你再讨厌她她也不知道。”

容青瓷拧紧眉头，咬牙，压抑着怒意：“你跟你妈妈一样讨人厌，你知不知道？”

“我知道。”容榕敛眸，语气轻轻的。

曾经亲密无间的姐妹，反目成仇的原因简直老土到让人匪夷所思。

因为男人。

高中毕业后，容青瓷向那人告白了。结果当场被拒绝，那人只是语气慵懒地说：“我对你没兴趣。”

骄傲如容青瓷，愤恨地直接问他："我们从小一起长大，你周围没有再比我更出众的女孩，你对我都没兴趣，那你对谁有兴趣？"

那人嘴角微勾，眼中尽是戏谑的光，伸手指向躲在一旁灌木丛里的容榕。

"你妹妹啊。"

从此，容青瓷就再也不是那个会带着她去上钢琴课，请她吃肯德基的姐姐了。

容榕这样软绵绵的语气，容青瓷只觉得一拳头打在棉花上，毫无兴味。

"众润那边不用你去联系。"她收敛了神色，侧头，不再看容榕，"我要是靠你才能做成这笔生意，那我也太窝囊了。"

容榕叹了口气，朝她伸出手。

容青瓷皱眉："干什么？"

"你去巴黎出差，帮我把包带回来没有？"容榕话锋一转，"你不会没帮我拿吧？"

容青瓷翻了一个白眼："谁跟你一样？在我车上。"

"哦，我以为你忘了。"容榕低头，没有再说话。

容青瓷看容榕那乖巧可怜的样子就浑身不爽，话里又开始带刺："你一口气买两个包，是不是觉得钱没地方花？合着我们拼命赚钱，就都是给你这个小公主拿来挥霍的呗？"

容榕一脸无辜："我用去年公司发的年终分红，还有卖画得来的钱买的。"

容青瓷语气一滞，没话说了。

这丫头刚成年，爷爷就分了公司股份给她，还给她过户了不少房产和商铺，尤其是前两年刚竣工的一套别墅，还没装修就先划给她了。这几年她在国外读大学，根本就不用操心生活费，每个月都会有盈利分红自动打进她的账户，活脱脱一个躺着吃老本的包租婆。

不是做生意的料，画展倒是开得勤快，也不知道怎么能卖那么多钱。

容青瓷正想着拿什么理由出来教训她，就听见容榕弱弱地说了句："我只买了一个，还有一个是送你的。"

"……"赤裸裸的贿赂。

姐妹俩走到车库，容青瓷打开后车门，车座上放着两个硕大的皮质礼盒。

上头印着烫金的马车与车夫，以及一排醒目的品牌名称。

容榕在十四个月前向S品牌总部定制了两款VIP（贵宾）专属的双拼色包，恰巧一个月前容青瓷要去巴黎出差，她冒死微信请求容青瓷帮她把包带回国。

容青瓷只回了个淡淡的“哦”字。

容青瓷拆开绒布袋，在看到包包时，终于没忍住眼神一亮。

女人，“包”治百病。

容青瓷虽然讨厌容榕，但也不得不承认，这个堂妹是真的漂亮。

小时候是一个粉团子，软软小小的，捏她的小手就像是在捏猫猫的肉垫，让人牵起了就不想放，她的性格又乖，平时老是喜欢抓着容青瓷的衣服，跟在容青瓷屁股后面走来走去。

徐北也头一回见容榕的时候，调笑着说：“容青瓷，你卧室里的洋娃娃变真人啦？”

她十几岁时，五官长开了，就更加漂亮了，容青瓷就不太爱带她一起玩了。

总有人对她旁敲侧击，问她妹妹多大，有没有男朋友，也难怪徐北也会喜欢她。

“我去公司一趟，你跟我一起走吗？”容青瓷抱着包，语气还是冷的，但是眼睛里没压抑住收到包包后的兴奋。

容榕看了一眼就停在她车子旁边的奔驰，果断点头：“嗯，你送我吧。”

容榕坐在副驾驶座，对着新包爱不释手。

容青瓷看着她，又白了她一眼：“最近不是喜欢G家的吗？怎么这么快就移情别恋了？”

“你怎么知道我喜欢G家的？”容榕眨眼，“你追了我的视频对不对？”

“……”容青瓷抿唇，语气冷硬，“B站天天推送，我屏蔽了都没用。”

“哦，这样啊。”容榕佯装懂了，语气却上扬了不少，潜台词就是不信。

容青瓷“啧”了一声，神情有些尴尬，此时车上的手机忽然振动起来，替她解了围。

她戴上蓝牙：“什么事？”

容榕听见容青瓷抱怨：“那个沈渡是国家总理还是世界首富啊，忙成这样？我就跟他约个喝咖啡的时间也没有吗？”

容青瓷的眉头紧蹙，炮弹连珠地吐槽着那位死都约不出来的众润老总，完了还不忘冷笑一声：“房地产这块还有华渊和嘉源两个龙头呢，市值千亿又怎么样？看把他能的，要他再这么端着，小心我放我妹妹勾引他啊。”

容榕：“……”

说好的靠她拿下生意就是窝囊废呢？

“加我微信？”容青瓷呵呵，“行，微信就微信，我还不信搞不定他了。”

容榕的眼神一转，小声冲容青瓷说道：“让他加我微信吧？”

容青瓷睨了她一眼，嫌弃地挥了挥手：“一边去，大人说话有你什么事啊？”

“我帮你勾引他啊。”容榕义正词严地说出这句话。

“等会儿。”容青瓷摘掉耳机，将车停在路边，撑着下巴打量她，“众润那老总出了名的不近女色，过得跟和尚没两样，你能勾引到？”

“能。”容榕点头，用大拇指和食指得意地在下巴处比了个V，“让我为公司出一份力吧？”

“行，吃了闭门羹别怪我没提醒你。”容青瓷又戴上耳机，语气调侃，“我们容家衣来伸手饭来张口的容二小姐表示，愿意用美色诱惑，你把她的微信给沈总吧？”

容榕心情大好。

——让你删我，臭资本家。昨天你对我爱答不理，今天我让你高攀不起。

此时，众润大厦，总裁办公楼。

沈渡从助理那里拿到了华渊负责人的微信。

“沈总，人家约您，您不去，加个微信总行吧？”助理魏琛言辞恳切，“毕竟也是上门求合作双赢的，他们那边的诚意已经很够了，您工作再忙也得抽空应付一下啊。”

沈渡看了一眼微信号，在查找那一栏输入。

熟悉的微信名，熟悉的微信头像。

沈渡：“……”

魏琛：“沈总，您怎么还不加啊？”

沈渡：“闭嘴。”

魏琛：“沈总，架子摆够了，是时候该谈合作了。”

● 第三章

以后别做这种事了

在助理期待的眼神下，沈渡拧眉，紧绷着下颚闷笑了一声。

“你确定这是华渊负责人的微信？”他沉声问道。

魏琛点头：“是啊，这是负责人刚给的微信。”

沈渡挑眉，声音颇低：“华渊的负责人，是个小姑娘？”

“啊？”魏琛挠了挠下巴，仔细回忆道，“就她这个职位来说，确实也算是小姑娘了。”

魏琛听见自家老板深深地叹了一口气。

他以为老板是拉不下面子加微信，也跟着叹了口气，语气里带着点苦口婆心：“沈总，华渊那边的态度，经过这么久的商业考核，想必您也看到了，他们确实是诚心合作，如果这您还要犹豫，就真的有点不太合适了。他们新拿下的那块地皮，需要不少的流动资金，正好我们万向城的项目今年的盈利创了新高，这对我们来说是双赢啊。”

沈渡的眉头依旧拧得很紧。

魏琛心里觉得奇怪，沈总向来杀伐果决，这种明摆着是美差的合作不可能拖这么久还不下手。

作为助理，要想老板所想，为老板排忧解难，一切站在老板的角度思考。

“沈总，您再不决定，华渊那边要是去找了嘉源怎么办？”魏琛言之凿凿，声音铿锵有力。

“啧。”沈渡按着眉心，冲他挥了挥手，“我知道了，你先出去。”

助理走了，偌大的办公室就只剩下沈渡一个人。

他按了按眉心，烦躁地叹了口气。拿起桌上的手机，先是登录了工作微信，给“一棵大榕树”发了条消息。

——消息已发出，但被对方拒收了。

沈渡：“……”

他抿唇，换了私人微信，快速地发送好友申请过去。

那边同意得很快。

刚加上就是一句阴阳怪气的话：“哟，这不是做慈善不求回报的大善人沈先生吗？”

刚回家没多久的容榕，换好了一身家居服躺在床上敷面膜，刚收到沈渡的好友申请就忍不住从床上跳起来蹦了好几下。

这句话发出去以后，更是捂着面膜笑得狂妄又小心。

沈渡不知道她高兴成这样，按着头，压抑住摔手机的冲动，回了个“是我”过去。

“沈先生有何贵干？”

“谈合作。”

“谈合作应该用工作微信呀，沈先生，你怎么能这么不严谨？！”

沈渡：“……”

真是嚣张到极点，就连每一个标点符号都在他的底线边缘不断试探。

“被你拉黑了。”

屈辱，太屈辱了。

“哦，不好意思，我忘了，Sorry（对不起）。”

最后的英文简直欠扁得无以复加。

沈渡按捺下情绪，直接拨了语音过去，提示音响了两声，那边就接了起来。

是女孩清甜的声音，还带着点藏不住的欢愉：“沈先生。”

“上次你说请我吃饭。”沈渡顿了一下，语气低沉，“我答应了。”

“您不是说做慈善不求回报的吗？”容榕佯装惊讶地问道。

沈渡默了半晌，声音低沉又充满磁性：“你是不想合作了吗？”

容榕也愣了，语气终于恢复正常：“没有，谁让你先删我的？”后面几个字她说得极轻，像是抱怨又不敢抱怨。

沈渡轻轻叹道：“我向你道歉。”

“不要你道歉。”容榕“哼”了一声，转而又说，“还是我请你吃饭，你什么时候有空？”

两个人约好时间后，沈渡等她的语音挂断，才微微舒了口气。

虽然有点孩子气，但也还是顾大局的。

容榕刚和沈渡约好，就立刻给容青瓷打电话。

“真约出来了？”容青瓷语气惊讶，“行啊，你这张脸的用处还真是大了去了。”

容榕笑嘻嘻地邀功：“我有什么奖励吗？”

“为公司出力是应该的。”容青瓷语气一变，“要什么奖励？”

“……”容榕皱起鼻子，“做人要厚道。”

容青瓷的声音里充满了嫌弃和无奈：“行了，行了，别委屈巴巴的，能约出来就说明众润那边是有合作意向的，我接下来忙着呢，没空理你。V家最近给我打电话，说这一季的新款到了，你自己去挑喜欢的，账单记我名下。哦，对了，我定了一条羊绒毯一直没去拿，你顺道去帮我拿了吧。”

容榕又问：“那我跟沈先生吃饭的钱呢？”

“我请，你们只管吃。”

挂掉电话后，容榕揭下面膜，拍了拍水嫩嫩的小脸蛋。

——我怎么这么机智啊？

和家人吃饭，穿得低调，朴素，不打眼最好。

和朋友吃饭，穿得讲究，精致，不夸张最好。

容榕看着这一房间的衣服，有点发愁。

沈渡不是家人，也不是朋友，更不是约会对象，感觉穿什么都不太对。

她果断走到客厅向沐良琴求助。

“我到底穿什么色系比较好？”

沐良琴正好上班轮休，没事做到她家来玩，坐在沙发上吃着零食，说话声也不太清楚：“你就说男的女的吧？”

“男的。”

“男的？”沐良琴放下零食，眼神警惕，“说好的‘对酒作伴’活得潇潇洒洒，策马奔腾共享单身时光呢？你要抛下我先一步品尝爱情的滋味吗？”

容榕摆手：“就吃个饭。”

“哦，那就好。”沐良琴又抓了一把薯片塞嘴里，脸颊两侧被撑得鼓鼓的，“当初你跟我说你母胎单身的时候，我就想着，终于找到一个跟我一样二十多岁了都没谈过恋爱的奇葩了。”

容榕冷哼一声：“我单身我骄傲。”

“看把你能的。”沐良琴无奈地摇摇头，凑到她面前又问，“所以你真是只吃个饭？不是约会？”

容榕摇头：“不是。”

“我不信。”沐良琴双手抱胸，双眼微眯，“上一次盛典的时候，你就瞒着我跟沈总认识的事情，害我还帮你规划了逃生路线，结果你把‘兔兔糖’那一群人的脸打得啪啪作响，反正你别跟我说你今天是跟沈总吃饭，不然我们就绝交。”

“那我们可能真的要绝交了。”容榕语气凝重。

“……”

气氛尴尬了很久。

沐良琴指着容榕的鼻尖大骂：“你还是不是朋友啊？！”

“如果我们绝交，就不是了。”

沐良琴“呸”了一声：“你真把沈总勾引到手了？”

“我没勾引他，我就是谢谢他上次帮了我。”

沐良琴扔下薯片，推着容榕的肩膀来到她的衣帽间。

等她打扮完毕后，沐良琴捂着眼睛，语气痛苦：“该死的！为什么这个女人怎么打扮都好看得要死。”

沐良琴一个人在家也没什么好玩的，就主动请求要跟容榕保持微信交流，随时查看约会实况。

结果被拒绝了。

“说了不是约会啊。”容榕再次强调。

“不是，不是，你说不是那就不是。” 沐良琴像哄孩子一样，将她哄出门。

容榕到得很早，但还是没有沈渡早。

无论何时，沈渡都保持着绝佳的绅士风度，没有一丝失礼的地方。

容榕被侍应生带着走到订好的餐桌旁，正埋头看手机的沈渡抬头看向她，微微眯眼。

她的眸子里嵌满细碎的星光，声音清甜：“沈先生。”

不知道她用的什么口红，一双唇像是泛着水光的草莓，比刚见面的时候要好看得多，像是邀人采撷的果子。

正在不远处看着这两个神仙的沐良琴，发出感叹的一声。

神仙配神仙啊。

她的嘴角泛起一抹神秘的笑容：“容榕，就让我来为你助攻吧。”

装潢精致的日式餐厅，灯光微暖，环境古典优雅，偶有交谈声响起，但很快就掩盖在弦乐的旋律中。

长相清秀的厨师将切好的牛排放进客人的餐盘中。容榕的目光全部集中在装点餐盘的西兰花上。

这顿饭真是尴尬到极点。

神户牛排的肉质香而不腻，入口即化，容榕只沉浸在这美妙的口感中大约三秒，就又偷偷侧头，看向她旁边的男人。

沈渡也正叉起一块牛肉放进嘴里，下颚微动，斯文地咀嚼着。

点餐完以后，他们就再也没说过话，两个人真的做到了食不言。

虽然坐在一起，但气氛和恰巧凑桌的陌生人没两样。

容榕叹气，放下竹筷，声音很轻：“沈先生，好吃吗？”

沈渡点头：“嗯。”

“这家店的牛排最正宗，虽然跟原产地不能相比，但已经是整个市区评价最高的日式餐厅了。”容榕微微一笑，“还合口味吗？”

沈渡看向她，深邃的眸子里倒映着她的脸。

“谢谢款待。”

“如果喜欢，要不要再点些别的？这里的天妇罗味道也很好。”容榕嘴角的弧度快挂不住了，但还是挤出了这句话。

这家店的牛排需要预定，且每日限量，就算想吃也吃不到第二块。

沈渡语气低沉："不用了。"然后就继续吃自己的了。

容榕在心里捶胸顿足，这个男人真是无趣到极点。刚刚的对话光是自己在心里重复一遍，都尴尬到要爆炸。

容榕没有吃饭时聊天的习惯，但和认识的坐在一起吃饭，不聊天比尬聊还让人难以忍受。

人生下来一张嘴，不光用来吃东西，还得说话。

包里的手机振动了几下，容榕舒了口气，稍稍背对着沈渡拿出手机。怪不得现在的人手机不离手。

是沐良琴发过来的消息。

"容榕，战况如何？"

容榕知道自己无论怎么解释，沐良琴都不会相信这不是约会，也懒得再重复说了。

"好无聊。"

"你挑话题啊，总不能两个人就这么光吃不说话吧？"

隐蔽在屏风背后的沐良琴正在不远处观察着两人。她坐在这里二十分钟了，那两个人双目对视的时间不超过两分钟。

沐良琴深深叹了一口气，转身给自己倒了一杯烧酒，仰头一口闷进肚子。

日本酒的后劲很足，刚喝下去没什么感觉，过了十几秒喉咙就开始烧了。

虽然她勉强算个小资，但这家店的价格实在贵到人神共愤。

她点了一份寿司，结果分量和价格不成正比，精致的小盘子里一共就六块寿司，她五分钟吃一块，眼看着都快吃完了。

"啊，万恶的日料啊。" 沐良琴愤恨地捶胸，决定待会儿出去以后去吃杨国福麻辣烫加餐。

沐良琴叫来服务员，又要了一瓶烧酒，她咬着酒杯边缘，继续监视着两个人的一举一动。

"沈先生，合作的事，您考虑得怎么样？"容榕想来想去，就想到这么一个无趣至极的话题。

沈渡这回有了反应，侧头看向她，目光淡淡的："我已经答复贵公司了，你没有收到消息吗？”

容榕一愣，她又不在公司上班，怎么会收到消息？

沈渡的眉头微微蹙起：“而且，是发到负责人，也就是你的邮箱里。”

“……”容榕张了张嘴，“哦”了一声，“我忘了。”

她的眼神躲闪，沈渡终于察觉到什么，开口问了一句：“容小姐是去年毕业吗？”

容榕摇头：“没有，我是今年毕业。”

“华渊很器重年轻人。”沈渡的语气平静。

容榕知道沈渡把她当成这次合作的负责人了，她又不能说实话。说了实话，她要怎么解释，为什么沈渡加上的是她的微信？

绝对不能说。

“这次贵公司加盟众润的新项目，容小姐应该已经知道我们这次要开发新地皮的情况了。”沈渡端起清茶放在唇边却没有喝，眉目微敛，“不知道容小姐有什么想法？”

容榕蒙了，沈渡说的每个字她都听得懂，但她就是回答不出来。

她根本就不知道，众润要开发的那片地在哪里，是红土还是黑土，要建游乐场还是高楼大厦。

“没什么想法，那块地挺好的，不然我们也不会上门求合作。”

反正不知道，一顿夸就对了。

从吃饭到现在，连微表情都懒得做的沈渡终于轻轻挑了挑眉，他抿了一口茶，清苦的味道在口腔里蔓延。

沈渡没有急着放下杯子，薄唇抵着杯沿，挡住了他的嘴角，也挡住了他淡淡的笑意。

容榕转了转眼珠子，想从沈渡的微表情中得知自己露馅没有，结果这男人还是面无表情。

只是那双骨节分明，修长白皙的手握着茶杯，指尖轻挪，带动着茶杯缓缓在他的唇边转动。

容榕没想到，沈渡还有玩茶杯的习惯。

她左手边的手机屏幕亮了起来。

容榕赶紧拿起手机，还是沐良琴发过来的消息。

沐良琴的五官皱在一起，看着那两个人之间能塞下一个小孩的遥远距离，拿起手机，指尖在屏幕上飞舞。

“去一趟厕所，我有话跟你说。”

容榕皱眉，小心翼翼地看了一眼旁边的沈渡。

沈渡似乎察觉到了她的视线，淡淡地瞥了她一眼，墨色的眸子里没有任何不对劲：“嗯？”

“我去趟厕所。”

“好。”

容榕拿起包就往厕所那边走去。

沈渡看着她的背影消失在白色帘子里，他叫来服务生：“账单。”

“好的，先生，请稍等。”

结账后，沈渡看着容榕盘子里还没吃完的牛排。

明明这家店是她强力推荐的，但是她的兴致看上去一点也不高，神户牛排吃进她的嘴里，味同嚼蜡。

“容榕，你刚刚的表现，真是太浪费你这张脸了。”

原本就安静的餐厅里，稍大的分贝很容易吸引别人的注意。

沈渡只觉得这声音很熟悉，而且这句话里的称呼也很熟悉，他起身，脚步轻踱，一步步靠近声音来源处。

和式屏风背后，是个年轻女人。

女人似乎也察觉到刚刚的声音有些大，一只手拿着手机，一只手捂着嘴小声训斥：“你韩剧看了那么多，怎么连撩个男人都不会？”

沈渡从上而下看着女人的发顶，好整以暇地站在屏风背后。

“他沈渡只要不是性功能障碍，就不可能对女人没反应。” 沐良琴“啧啧”了几声，又问道，“你们坐那么开干吗？不知道的以为你们拼桌呢。我对你太失望了，你今天涂的是斩男色啊，你连个男人都斩不到，我宣布，以后你不配涂这个色号了。”

沈渡的嘴角带笑，继续悠闲地听着。

沐良琴给电话那头勾引未遂的容榕认真分析道：“是不是今天的香水没选好？你今天喷的什么香水来着？英国梨？喷这么纯情的香水干吗？少女，你本来就穿得够纯情了，不喷个欲一点的香水，还怎么勾引沈渡啊？”

沐良琴苦口婆心地教训了一通，终于挂掉电话。

“关键时刻还是要靠我这个纸上将军啊。”

她摇摇头，又喝了一口酒，想起容榕去了厕所，沈渡还坐在那儿，就想看看他在干吗。

沐良琴一转头，脸上的表情全部消失了。

还有什么比刚刚说了一个男人的性功能，结果一转头那男人就站在自己后面更尴尬的事情呢？

沈渡垂眸看着她，嘴角微勾：“你好。”

“沈总好。” 沐良琴只觉得自己的双手双脚都在发抖。

“你是她的朋友？”

她是谁，不言而喻。

“嗯。”沐良琴僵硬地点点头。

“很高兴认识你。”沈渡的声音低沉，态度绅士，看上去好像并没有发火。

沐良琴心里悄悄舒了一口气，也许这个沈总没有想象中那么难相处。

沈渡淡淡地扫了她一眼，语气淡淡的，为自己解释道：“我很正常。”

“……”

沈渡说完这句话，转身就往厕所走去。

沐良琴看着他高挑清俊的背影，心中想着该用什么姿势向容榕求饶，才能保住她们之间岌岌可危的友情。

“别说你不想，你这个就知道勾引男人的小妖精，我看好你。”

厕所单间里，容榕盯着门把手，手机还贴在耳边，但已经没了任何回应，她叹了一口气，打开门走出去。

温水淋在手上，容榕看着镜子中的自己发呆，暗暗下定决心，等出去以后就跟沈先生说清楚。

她正要掀开帘子走出去时，恰好有两个年轻女人笑嘻嘻地手挽着手走进来。带着笑意的调侃声，似乎在讨论外面的某个人。

“外面那个男的是在等女朋友吧？”

“是吧，站了两分钟了。”

“长得好帅啊。”

“我也觉得，可惜我不敢上去搭讪。”

容榕有些好奇，走出来时下意识地往门口搜寻，想看看那个在等女朋友的男人有多帅。

她看见了熟悉的浅米色风衣。

沈渡不知道什么时候已经穿上了外套，就靠在对面的围栏上，低头看着手机。

比例优越的男人最适合穿过膝风衣。在容榕的印象里，对他的衣着印象就是西服、领带和精致服帖的衬衫。

也许是因为出来吃饭，沈渡穿着翻领双排扣风衣，没有系扣，腰带随意地垂在身侧。

容榕注意到沈渡搭在里面的羊毛衫似乎和自己身上的开衫是同一个品牌的春季新款。她的开衫是前两天去门店帮容青瓷拿羊毛毯时选中的。

他这一身打扮休闲舒适，看着年轻了很多，容榕之前一直对他用敬语称呼，心里忽然升起一股别扭。

沈渡抬头看她，声音清淡：“好了吗？”

容榕呆呆地点头：“嗯。”

“走吧。”

容榕指了指收银台：“我去结账。”

“我已经付了。”

“不是说好我请客吗？”容榕蹙眉，并没有因为他的绅士举动感到高兴。

“不用了。”沈渡收起手机，眼睛从她的身上扫过，“你是开车来的吗？”

“嗯，就停在门口。”

“坐我的车吧。”沈渡转身往门口走，见容榕一直没有跟上来，回头，眉梢轻扬，“不走吗？”

这人是不是听力不好？还是说他在玩绅士风度？

容榕跟在沈渡的身后走出餐厅，指着门口停着的那辆保时捷，再一次说明：“沈先生，你不用送我，我自己开车就行了。”

那辆车，沈渡还记得。

他看着她清亮的眸子："不说'您'了？"

"我们是平辈吧？"容榕抿唇，"就不用那么客气了吧？"

他挑眉，声音低沉，像是夜晚吹过的凉风："小姑娘，那是你觉得而已。"

没等她对这个称呼表示出什么不满，沈渡就径直往自己的车子方向走去："上我的车。"

上就上，还省了她的油钱。

容榕坐在副驾驶座上，主动系好安全带，然后才从包包里掏出手机。

"刚刚多少钱？"容榕的态度很坚决，"说好的我请客，就必须是我掏钱。"

沈渡根本就不搭理她，她有些生气了，那家店人均大约一千块出头，她二话没说直接给他的微信转过去四千元。

沈渡的手机亮了一下，他蹙眉："小姑娘。"

还没等沈渡说完，容榕就打断他："沈先生，我不是那种随便占人便宜的人。"

"哦。"沈渡点头，似乎挺赞同她的话，"原来你不是。"

容榕瞪大眼睛看着他："什么叫原来我不是？我本来就不是。"

"好，我知道了。"

容榕用鼻子"哼"了一声，语气硬邦邦的："我家住在濠江公寓。"

沈渡嘴角微勾，侧头轻飘飘地看了她一眼，语气很明显比刚刚柔和很多："我说过要送你回家吗？"

容榕的眼珠子转了两下，一瞬间全懂了。

原来他想泡她。

作为从小洁身自好，面对诱惑毫不动心的五好青年，容榕的抵抗力很强。

她皱眉，一副警惕的样子，语气很严肃："沈先生，对不起，我也不会随便让人家占便宜。"

"……"

气氛很尴尬。

沈渡挑眉看着她，眼中的神色意味不明，在容榕警惕的眼神攻势中，他终于破功了。

沈渡的喉结微动，闷声低笑：“小姑娘，我送你去我的公司。”

容榕没反应过来。

“谈谈合作细节。”沈渡的右手搭在挡杆上，加快了车速。

容榕愣了，双颊迅速涨红，张着嘴说不出话来。她好不纯洁，居然想歪了，都怪现在的网络太发达，到处传播不良思想。

沈渡用余光瞥她，声音低沉：“怎么了？”

容榕的声音低低软软的：“早说啊。”

“你约我出来，不就是想谈合作吗？”

容榕闭嘴不说话了。她不看他，盯着前面的车玻璃，鼓着嘴，从这里看过去，像一只生气的河豚。

车子开到公司楼下，眼见沈渡关闭了车子的发动引擎，容榕颤颤巍巍地解开安全带，心跳得厉害。

等真去了公司，就全露馅了。

容榕深吸一口气，和盘托出：“沈先生，我不是负责人。其实负责人是我的姐姐，她说一直约不到你，我就想既然我们见过面应该会比较好约到你，再加上我一直想请你吃顿饭，所以就主动请缨了，对不起，我不该骗你，耽误你的时间了。”

此时车子熄了火，地下停车场灯光昏暗，密闭的车厢里，这一大段话似乎还荡起了回音。

沈渡若有所思地点了点头：“嗯。”

“对不起啊，沈先生。”容榕咬唇，双手羞愧地藏进蝴蝶袖里，在他看不见的地方抠着指甲。

“小姑娘。”

昏暗灯光中，容榕只能勉强看清他的侧脸轮廓。

“啊？”

“说谎是不对的。”

这话说得好像班主任抓住想溜出去玩泥巴就谎称自己生病发烧的小学生，并语气严肃地告诉小学生，撒谎是不对的。

容榕心里发虚，垂眸没敢看他，肩膀耷拉着：“我就是想报复一下你前几天把我删掉，你不要那么小气嘛。”

她还不说实话。

“今天涂的是斩男色？”沈渡忽然提出这么一个风马牛不相及的问题。

容榕犹豫地点点头，他怎么知道？

“不是要勾引我？”

他的声音和长相一样，说话时透着一股清淡，安静的环境中，声线迷人低沉，说“勾引”的时候，就好像在说“今天吃什么”一样淡定。

容榕憋着气，气氛尴尬到爆炸。

“我……”容榕咬着下唇，眼中有水光，盈盈亮亮，“没有啊。”

“那句话是什么来着？”沈渡机械地重复着他听过的那些词，“勾引我，挑逗我，让我欲罢不能。”

沈渡顿了一下，见容榕的头已经快埋进胸口里了，非但没有停止，反而更加压低了声线。

车厢里的气氛本来就尴尬无比，淡淡的少女香飘在空中。

沈渡薄唇微掀，语气上扬：“坚挺无比？”

啊啊啊！他怎么就说出口了啊？！

容榕紧紧闭着眼睛，垂着头，轻声辩解：“那都是我朋友乱说的……”

沈渡没有再说话。容榕以为沈渡相信了，悄悄抬起头打量他。

沈渡英俊的侧脸被手机光照亮，容榕看过去，他似乎在打电话。

沈渡按下免提。

“沈总，你好。”

熟悉的女声在车厢里响起。

“容小姐。”沈渡的声音又恢复了往日的冷淡，“我想问一下，前两天我加的微信，是你的吗？”

“哦，不是我的。”容青瓷语气带笑，“那是我妹妹的微信，她说想勾引你，我就把你的微信给她了。”

容榕羞愧得无地自容，只想了却此生，下辈子投胎做个好汉。

“她现在在我的公司，麻烦容小姐过来接她一下吧。”沈渡说完这句话后，就挂掉了电话。

容榕一句话都挤不出来。倒是他轻轻叹了一声，语气里有些说教的味道：“小姑娘，做人要诚实。”

不说谎的小孩才是好孩子。

容青瓷赶到众润的时候，容榕一脸生无可恋地坐在总裁会客厅的沙发上，双手捧着茶，一口一口地喝着。

沈渡坐在主位，神色淡淡的。

见她来了，沈渡抬眉，指了指沙发角落里的容榕。

“把你的妹妹带回去。”

容青瓷忽然就觉得回到了小学的时候，高年级下课时间晚，等她匆匆赶到教室的时候，所有小朋友都走光了，容榕就坐在自己的位子上，小小的背挺得笔直，认真地写着作业。

班主任走过来，笑眯眯地对她说：“快带你妹妹回家吧。”

继神颜火出圈后，“颜值山脉”大榕榕终于在这个月的月底发布了新视频。

视频发布一小时后，播放量就达到了二十万。

主题是“本月爱用品分享”，简而言之就是UP主整理出这个月最爱用的一些东西，进行种草拔草，把好用的推荐给粉丝，不好用的总结缺点给粉丝避雷。

视频里，容榕扎着丸子头，坐在床边的地毯上，给粉丝介绍着这个月新买的一些东西。

介绍完，她翻了一下评论，点赞最高的是沐良琴。

良心妹妹：“容榕，我错了，加一下我的微信吧？”

要不是沐良琴，她也不知道她在沈渡面前丢脸丢成那样。

那天回家后，沐良琴发微信写了一大段道歉信，容榕平静地看完后，淡淡地回了个“绝交”，然后结束了和她的好友关系。

结果沐良琴跑到视频这里道歉了。

容榕直接划到下面的评论，有一条引起了她的注意。

不瘦十斤不改名：“榕妹这么喜欢Z品牌，会不会去它家的秋礼祭活动？”

下面的评论都很了解她。

“榕妹不会去的，她不喜欢参加公开活动。”

“想知道榕妹收到邀请没有。”

“但我听说它家这次好像只邀请了‘兔兔糖’。”

……

容榕退出视频回到首页，结果最新一个视频就是“兔兔糖”的。

“我竟然收到了Z家的邀请函？！”封面是“兔兔糖”的惊讶脸，很萌很可爱。

容榕点进去了，开头就是“兔兔糖”一脸兴奋地对着镜头手舞足蹈。

弹幕从开始的那一秒就在刷屏“兔兔棒棒的”“我兔真是太厉害了”。

容榕趴在床上，抱着公仔又翻了一下自己的私信。

大部分粉丝都问她会不会去秋礼祭活动，也有问什么时候再直播的，她上次去M家盛典纯属是沐良琴求着她，也没跟粉丝们说，所以刚上热搜那会儿粉丝都挺蒙的。

这次Z家邀请她，说实话她很心动。

容榕高中时期就开始用这个品牌旗下的护肤产品，那次接到他们的推广合作时，她高兴得一晚上没睡，这也是她第一个推广性质的视频。

如果不是有这么多粉丝，她也不可能和Z家合作。

容榕深吸一口气，那就去吧。干吗憋着，大不了就是被爷爷骂一顿。

她回复了Z家的消息，更新了一条动态。

“决定去秋礼祭了。”

她这条动态刚发出来，“兔兔糖”就给她发来私信。

“你也去吗？要不要一起呀？我和川南她们买了票打算组队。”

原来川南她们也去，容榕微微蹙眉，一时间有些不想回她的私信。

“不用啦，谢谢好意。”

“那你要跟良心妹妹一起去？”

“我一个人去。”

“你一个人不会孤单吗？还是跟我们一起吧？”

“不用，和不熟的人一起，也很孤单。”

“你已经买好高铁票了，不跟我一起去吗？”

沐良琴的语气听上去很不可思议。

容榕冷哼一声：“我一个人坐高铁过去，我们在那里会合。”

沐良琴的语气充满绝望：“那我一个人坐高铁好无聊啊。”

“我现在还没有完全原谅你。”容榕绝情地给沐良琴下达“死缓通知”。

电话那头的沐良琴在哀号，容榕挂掉电话，房间又重新恢复平静。

她放下手机正收拾着行李，手机又响了起来，容榕以为还是沐良琴，有些不耐烦地打算直接挂断。

来电显示是“容青瓷”。

容榕接起电话：“姐。”

“听说你要去D市？”

“对啊。”

“你不是去追沈总的吧？”

容榕皱眉：“什么？”

“啊，听说沈总的母亲病了，他赶着回一趟D市老家。”容青瓷调笑着问，“你真不是去追他的？”

“不是。”容榕叹气，“我去参加活动。”

“别上热搜，不然我还是会跟爷爷告状。”容青瓷顿了一下，又说，“有空参加活动还不如多跟在我后面学点管理运营，话说你也是时候收心了吧？你画画能画一辈子？拍视频能拍一辈子？”

“不能，但我现在这样很开心。”

容青瓷那边沉默了好久，再开口时语气很平静：“对了，徐北也回国了。”

容榕正在收拾行李的手猛地顿住，她半跪在地毯上，好半天都没说话。

“你前脚回国，他后脚就从澳洲回来了。”容青瓷笑了笑，声音里难掩低落，“你妈害死了大伯，你抢走了我喜欢的人。你和你妈，都是我的冤家。”

容青瓷没说一声再见，挂掉了电话。

容榕一直觉得，她和容青瓷的关系就像是波浪线，高峰时是真的好，低谷时也是真的不好。

她点开购票软件，想了很久，还是退掉了回程的高铁票。先在那边待着吧，惹不起徐北也，她躲得起。

也不知道是不是因为心里有事，第二天容榕睁眼的时候，离高铁发车只有一个小时了。

从她家到高铁站最少要四十分钟，她根本来不及梳妆打扮，直接从衣柜里挑了一套最舒服的套装换上就出门了。

她打了车，司机一听说她是赶高铁的，立刻换挡加速飞奔在公路上，并说自己一天最少要接十几个赶高铁的客人。

等她取完票赶到候车室的时候，离发车时间还有四分钟。

容榕拖着行李箱狂奔，列车员似乎对她这种人见怪不怪，站在门口冲她招手：“快点，要发车了。”

容榕刚上去没多久，车厢门就关闭了。

容榕撑着膝盖大口喘着气，掏出随身携带的小镜子看了一眼自己的发型，果然刘海已经翘上天了，额上有汗，一脸沧桑。

等会儿在座位上化妆吧。

容榕有轻微近视，拿着自己的高铁票眯着眼找位子。

商务舱的座位不多，容榕很快找到了自己的座位，是双人座。

靠外面的座位上坐着一个男人，正低头看笔记本，上面的曲线表格她看得模糊，也看不懂。

容榕觉得这人看上去有些熟悉。

但他低着头，又看不清脸，容榕眯着眼盯着他的发旋，似乎想看出朵花来。

那人抬头了，然后容榕看他皱了皱眉，神色深沉，语气里带着点嘲弄：“又是你啊。”

这个“又”字已经可以非常精确地表达出他对她的嫌弃之情。

这是什么神仙缘分？每天去D市北开的高铁那么多趟，高铁上的座位那么多，她好死不死就能跟沈渡买到同一趟，座位都连在一起。

容榕知道这回是跳进黄河都洗不清了。

她的脑门上已经被深深烙下“企图勾引沈渡的女人”的标签。

容榕坐在他的旁边，他没再说任何话。

高铁发车了。

容榕盯着窗外掠过的风景，手指捏着衣服角，她有些难忍，想化妆。

她素面朝天，头发也乱，尤其是没画眉毛，简直就像在裸奔，但是她不敢，背对着沈渡在靠背上画圈圈。

“小姑娘。”沈渡忽然叫她。

容榕没回头，语气闷闷的：“干吗？”

“以后别做这种事了。”

容榕回头看他，张了张嘴，自己也觉得这事荒唐得没法解释：“不是你想的那样。”

沈渡没回她，关上笔记本放进包里，起身就离开了。

容榕咬唇，头一回感到耻辱，她长这么大，从来没被人这么嫌弃过。

二十岁出头的小姑娘，从小被爷爷宠着长大，性格再好也难免有些受不了这样的误解，她起身，跟着沈渡走到隔间。

沈渡转身看她，眸子里有一丝惊讶。

“我又不是什么蛇虫鼠蚁，你至于换座吗？”

沈渡蹙眉，打开了厕所的门，语气低沉：“让开。”

“我不让。”容榕咬牙，“今天我必须跟你解释清楚。”

他没理她，径直走进了厕所，就要关门，结果后面的人也跟着挤进来。

“你……”

狭小的厕所里站着两个人，容榕的语气愠怒：“你以为躲进厕所就没事了？”

沈渡的脸色很不好，紧绷着下颚没说话。他伸手握上门把手，似乎想要出去。

容榕手疾眼快地打掉他的手，抓着他的胳膊一把将他按在厕所的门上。

沈渡微微张嘴，垂眸看着撑在自己两侧细长的胳膊，声音里带着点难以置信：“你知道自己在做什么吗？”

“你不是说我勾引你吗？”容榕紧紧皱着眉，不满地鼓着嘴，仰头用一双干净的眸子瞪他，“就算我勾引你，那也是你的荣幸。”

沈渡：“……”还挺嚣张。

他叹了口气，低头稍稍凑近容榕，她像是被吓到了，迅速地缩了一下脖子。

沈渡滚烫的呼吸打在她的脸颊上。

沈渡望着她的杏眸，这双眸子就跟它的主人一样，现在满是委屈和羞恼。

“小姑娘。”他的声音清冷低沉，像是一颗颗玉石敲在她的心上。

因为一时的冲动，容榕已经尴尬到极点，更不要说眼前这个男人深邃的瞳孔中有意无意透露出一抹嘲弄。

他的嘴角带笑，却不是什么和蔼可亲的笑。

“你把我关在这里，不是勾引是什么？”

因为沈渡这一句似笑非笑的调侃，容榕的脸迅速充血涨红，开始懊恼自己的一时冲动。

之前她只是觉得被人这样误会了很不爽，也没管这举动到底意味着什么。

她收回手，低着头，声音很闷：“总之，我跟你保证，我要是勾引你，我这辈子都找不到男朋友。”

沈渡挑眉，表情有些复杂，她抬头送了他一个白眼。

沈渡两次见容榕，她都是化着妆的。一次隆重，一次淡雅。

素面朝天的容榕，穿得比前两次随意得多，简单的运动套装，长发散在背后，额前的刘海有些凌乱，看上去毛茸茸的。纵使没化妆，仍旧是面若桃花，贝齿咬着粉唇，清亮的杏眸里都是对他的不满。

他不知道她喷了什么香水，本就狭窄的空间里，她身上的味道很轻易地钻进他的鼻尖。

也不知道这个尴尬的状况还要僵持多久，沈渡闭眼，喉结微动，声音有些哑：“我知道了，你出去。”

容榕没理他。

沈渡深深叹了口气：“我要上厕所。”他抿唇，语气无奈，“你出去。”

容榕张嘴，愣了：“你不是要换座？”

沈渡好看的眉头紧皱着，再一次重复：“出去。”

平日里总是清冷禁欲的总裁，也有三急，憋不住了，也会双颊泛红。

容榕迅速溜出去，刚好撞上正等在门口要上厕所的中年男人。

中年男人见她出来了，抬脚就要进去。

容榕连忙叫住他：“里面有人。”

中年男人一脸疑惑，抬头往厕所里间望过去，看到了男人的衣角。他皱着眉，垂眸看着这个满脸通红，眼睛里还泛着水的小姑娘。

中年男人好像看到了什么辣眼睛的场景，闭眼，用力摇了摇头，一声重重的叹息："年轻人啊，再情不自禁也要注意场合啊！"

容榕："……"

还有几个小时才到D市，怎么熬啊？

第四章
男女朋友

沈渡上厕所还没回来。座位柔软舒适，容榕却如坐针毡，她得在沈渡回来之前把妆化好。

对于容榕这种化妆技术已经十分成熟，且明确知道在化妆过程中如何扬长避短的专业美妆博主，学会打腮红后，不打就觉得不久人世；学会打高光后，不打就觉得活在二维空间；学会打阴影后，不打就觉得一张脸面若银盆，富贵荣华。

她没办法舍去任何一个步骤。

容榕正拿着美妆蛋往脸上拍打涂匀粉底液时，沈渡回来了。

容榕刚涂好半张脸，另外半张脸还处在半成品阶段。

沈渡看着她拿着一个蛋状物体往自己脸上涂，停滞了两秒钟后才坐下。

容榕咽了咽口水，双目无神地看着镜子里还没涂匀的半边脸，到眉毛部分了。她用的这支砍刀眉笔本来就不怎么显色，容榕心里越急切，眉笔就越不上色。

容榕放下眉笔，无奈地叹了一口气，她不得不正视这个事实。沈渡坐在她旁边，虽然从头到尾没看她一眼，但她就是觉得紧张。

在公众场合化妆本来就是一件让人害羞的事情，更何况旁边坐着的是沈渡。

现在还只是在画眉毛，等待会儿画眼线了，她一个手抖，从此白天不懂夜的黑。

容榕勉强画好眉毛，深吸一口气，起身，她走到过道另一边的单座旁边，礼貌地问好：“先生，您好。”

单座上坐着一个穿紧身弹力T恤，胸前是吊额白虎图案，脖子上戴着一条手指粗金链的男人。

男人正跷着二郎腿，酒红色的鳄鱼皮鞋闪闪发光，他摘下耳机，隔着墨镜看她，口音明显：“做什么？”

“我们能换个位子吗？”容榕微微一笑，指了指自己的位子，“我的座位在那里。”

男人细细打量了一下她，嘴角带着一抹玩味：“到哪里下车啊？”

“D市北。”

“行，哥哥同你换。”男人说完就起身，揉了揉肚子，稍稍低头凑近她笑道，“下了高铁一起喝杯咖啡？”

容榕微笑，没有回答，她习惯用沉默直接拒绝，这是她的惯用伎俩。

等了大约两分钟，容榕坐下，继续自己的化妆事业。

她偷偷侧头看了沈渡一眼。沈渡只是低头看自己的手机，似乎没注意到她换位子了。

容榕心里有些说不出的小失落。

此时那个和她换座位的男人的手机响起，他跷着腿，将座椅调到最低，以一种十分大佬的姿势大声笑道：“哎哟，王老板！怎么想起给我打电话啦？”

他的声音中气十足，但没人表示出不满。高铁也就几个小时的路程，忍就忍了，谁想给自己找不自在。

男人笑得咳了好几声，一口痰在喉咙里溜了一圈：“一般般啦，比不过王老板的工程款，一下就是五个亿，稍微拿点牙缝给那些打工仔，剩下的都进你的口袋啦！”

容榕正在刷睫毛膏，表情很难控制，干脆就侧过身子对着窗口，没注意到沈渡微微蹙眉，转头看了她一眼。

容榕塞在衣服口袋里的手机忽然振动了一下，她猛地抖了一下，差点刷到眼睑。

这可是 K 家的睫毛膏，刷上就别想用湿纸巾这等小喽啰能擦掉的神仙睫毛膏。

容榕很不爽地拿出手机，是“资本家”发来的消息。

“为什么换位子？”

容榕：“……”

她转头就看见沈渡还是盯着他的笔记本电脑，只是右手拿着手机，她忽然很想笑。

容榕抿唇，礼貌地回复了一句：“怕打扰到你。”

她撑着下巴看着窗子里的倒影。

“我没觉得你打扰我。”

容榕的恶作剧心态又上来了，反正也没给沈渡留下什么好印象，干脆就破罐子破摔，想怎么说就怎么说。

“那不行，我要跟你保持距离。”末了她觉得这句话还不够清楚，又发了一句，“怕你觉得我勾引你。”

很奇怪，明明金链大佬说话声那么大，可她似乎能听见沈渡从喉间发出的一声叹息。

沈渡那边隔了半分钟，终于回她了：“换回来。”

容榕嘴角的笑容越来越明显，粉白的指尖在手机屏幕上转了几圈，又轻飘飘地挪开。

她想了想，还是决定高冷一些。

“我不。”

沈渡：“……”

她似乎故意对着窗口那边，让他只能看到她的马尾。

容榕背对着他，但心思好猜极了，想必现在她一定很开心，连肩膀都在小幅度地抖动。

此时金链大佬拿着手机起身，边打边离开位子：“我撒个尿，你继续说。”

人走了，容榕才转身，果不其然就看见沈渡正在看她。

他的声音很低：“坐回来。”

容榕此时充分解释了什么叫给点阳光就灿烂：“求我。”

沈渡："……"

他侧头，没理她了。

容榕捂嘴笑了一声，姿态高傲地站起来，低头看他："是你让我换回来的哦。"

"嗯。"他轻叹一声，"快坐回来。"

她站在沈渡旁边，没有急着入座："等会儿，我再跟那位先生说一下。"

等了三四分钟，金链大佬又回来了。

"先生。"容榕笑容晏晏，"嗯，我们再换回来，好吗？"

金链大佬挑眉，低头看她，语气轻佻："妹妹，你耍哥哥玩呢？"

"没有，真是不好意思，麻烦你了。"这事她不占理，自然没话反驳。

沈渡蹙眉，刚想开口，就听见容榕羞赧地笑了。

"都怪我男朋友，惹我生气。"她语气带笑，用指尖点了点沈渡的肩膀，"我刚刚生他气呢，现在又和好了。"

沈渡微微愣住，仰头看她，她冲他眨了眨眼。

金链大佬狐疑地看着她，又看了一眼冷着脸的男人："你们认识？"

沈渡没有直接回答他，稍稍抬眉，语气清冷："容榕。"

容榕一时也没有反应过来。

沈渡用低沉的嗓音念出她的名字，随后又淡淡地说道："别闹了，坐回来。"

她的名字同音，有时会让人分不清是在念全名还是小名，沈渡的声音清冷，却偏偏带着柔润的亲昵感。

容榕对着金链大佬尴尬地笑了笑。

金链大佬看着眼前这个高傲的男人，打扮简单，浑身上下也就手腕上的那块表看着是牌子货，身上的衣服更是连个品牌标志都没有，但就是觉得，惹不起。

沈渡冲他点头："不好意思。"

"搞了半天，你有男朋友啊。"金链大佬拿着包又坐回了原来的位子。

容榕对他抱歉地笑了笑。

她坐回了原位，沈渡的眉头总算是稍稍舒展了一些。既然沈渡不介意，她就继续化妆了。

睫毛膏是不敢涂了，容榕只打算上个口红就完事。她的迷你化妆包里只有一支唇釉，A家405，是当年最流行的烂番茄色。

质地哑光丝绒，稍逊于D品牌的唇釉，不过在哑光唇釉中，A家的红管已经算长盛不衰的老网红了。

她涂抹了一点在唇内侧，接着用手指将唇釉慢慢晕开。淡涂的烂番茄色，泛着浅浅的少女橙。

她抿唇，语气很轻："我今天涂的不是斩男色了。"

沈渡闻言，垂眸望向她，目光挪到她的唇上。他很快就反应过来，她为什么要强调这句话。

沈渡觉得涂的这个颜色还不如她原本的唇色好看。

他收回视线，勾起嘴角："斩男色比较好看。"

容榕抿唇，自从那次误会，她就把"斩男色"压箱底了，他觉得好看也没得看了。

高铁到达中转站点，商务舱下去了一个乘客，紧接着又上来一个。

容榕正用手机看视频，没注意，直到一声惊呼把她的注意力吸引过去。

打扮朴素的中年妇女感叹道："哟，这多花了钱就是不一样啊。"

容榕只看了她一眼，就收回目光。

中年妇女在宽敞的车厢里走了好几圈，终于停在容榕面前。

"好漂亮的小姑娘！"中年妇女微微低头看她，表情惊艳，"长得跟仙女似的。"

容榕抬头，声音很轻："谢谢。"

妇女又将目光转向旁边的男人，"啧啧"了两声："这有钱人家养出来的孩子就是不一样，看着跟电视明星一样，穿得也好，你们是一对吗？"

过道那边的金链大佬适时地出声："人家是小情侣啦。"

"真是般配！"中年妇女呵呵一笑，语气爽朗，"小姑娘，你多大了？"

容榕不好拒绝，只好随便说了个数字，本想着中年妇女问完就回自己的座位了，结果人非但没离开，反而站在她的面前，兴致勃勃地跟她唠嗑。

沈渡的手机响了起来，他站起身，直接到车厢外去接电话。

中年妇女见沈渡走了，一屁股坐在他的位子上。

此时离D市北也只有两个站的距离，容榕听说那边的天气还很热，所以就没多穿。

沈渡穿得比她多，在上一站把大衣脱了下来搭在座椅上，只穿着简单的灰色衬衫走出车厢。

容榕听中年妇女絮絮叨叨地说着自己的事，她只坐一站，原本想坐火车，但儿子坚持要让她体验一下高铁，所以就干脆买了商务舱的票，结果没想到这里头居然这么豪华。

中年妇女眼角的皱纹笑开，感叹一声："花钱就是买享受啊，小姑娘，你和你男朋友的家庭条件应该很不错吧？这么远的高铁，得花多少钱啊？"

行程不是很远，容榕一般选择坐高铁，舒适方便，而且时间短，她不用吃盒饭。

到下一站不过二十分钟的行程，中年妇女还没说完话，广播已经开始提示下一站到站的乘客做好下车准备。

中年妇女对她说了声"再见"，提着包打算下车。

容榕看了一眼沈渡的大衣，侧边的口袋有些外翻。

她皱眉，站起身看向中年妇女，对方似乎有些急切，双脚来回在地面跺着，一副赶着下车的样子。

容榕拿起沈渡的大衣，走到中年妇女面前。等沈渡回来的时候，就看见车厢里似乎正热闹，不光乘客在，乘务长和乘务员也在。

刚刚还和容榕相谈甚欢的中年妇女跪坐在地上，哀号着。

几个乘客都说算了。

容榕的表情看上去很生气，一见他来了立刻就撇起嘴。

"怎么了？"沈渡走到她的面前，皱眉问道。

"这阿姨偷了你的钱包，你女朋友要报警呢。"一个乘客开口解释，"人阿姨穿得朴素，条件应该也不好，我们就劝你女朋友说算了，让乘务长给她记个档案，这事就过去了。"

容榕扬眉，不解："为什么要算了？"

中年妇女闻言，趴在地上又是一顿哭，边哭还边为自己辩解。

“你们买得起商务舱的都是有钱人，还在乎这么点钱干什么啊？我没工作，儿子也在工地打工，一个月就拿三千块的工资，都不够你们吃顿饭，钱包都还给你了！你还扒着我不放，非要把我送进局子里！真是越有钱越小气！”

乘务长也受不了这阵仗，皱眉问道：“到底要怎么解决？”

几个乘客都摆手，一点小钱而已。

有人劝容榕：“小姑娘，要不这事就算了？反正你男朋友的钱包也没真丢。”

容榕冷笑一声，走到中年妇女身边蹲下：“阿姨，有钱人再有钱，也经不起你们这些扒手偷啊。”

中年妇女一听这话，哭得更大声了。

“哎哟！我这是造了什么孽哦！偷了这么个小气鬼的钱包！我都还了还不肯放过我！”

“我就是把一大叠钱扔垃圾桶让人白捡，也不可能给你这个扒手一分钱。”容榕起身，直接对乘务长说道，“报警吧。”

中年妇女急了，站起身破口大骂：“我偷的又不是你的钱包！你多管什么闲事！”

容榕脱口而出：“他是我男朋友，我不管谁管？”

中年妇女有些心虚，语气慌张：“你男朋友一句话都没说！说明他也不想报警给自己找麻烦！”

容榕看向一直沉默着的沈渡，幽幽地问道：“你也觉得不该报警吗？”

沈渡忽然笑了：“没有，只是你说得对，所以我没必要插嘴。”

说完这话，他就从容榕手中拿过钱包，打开看了看里面的夹层。

中年妇女连忙说道：“都在里面！我没拿一分钱！”

“数额足够立案了。”沈渡看向乘务长，“报警吧，我们愿意配合。”

容榕双目猛地发亮。

中年妇女愣住了，待回过神后便嚷嚷着一口带着口音的方言，虽然听不懂，不过肯定不是什么好话。

周围还有乘客在劝。

容榕终于不耐烦了，瞪着那些乘客，笑容讽刺：“你们能这么轻易地原谅她，那是因为她没偷到你们头上。”

终于没有人再说话了。似乎是被戳中了心事，一直到中年妇女被人带走，整个车厢里没有一个人再开口。

高铁终于到达D市北站。

容榕拖着小行李箱，再一次提醒沈渡：“你小心点钱包啊。”

沈渡点头：“好。”

“再被偷身边可就没有我这个女英雄帮你抓小偷了。”容榕闷哼一声，语气中带着一丝得意。

沈渡扬唇，垂眸看着她。

她刚刚发脾气的时候，倒是挺有架势的，就是刚见他那一下撇了撇嘴，有点破坏女英雄的气势。

容榕潇洒地对沈渡挥了挥手，跟他在出站口分道扬镳，然后心里刚扬扬得意了几分钟，就开始乐极生悲了。

她刚才帮沈渡抓了小偷，转眼间，自己的包就不见了。

小包就放在行李箱上，等她回过神来就没了，手机和钱包都在里面。

现在是电子支付时代，没有手机，就等于失去整个世界。容榕站在人来人往的D市北站口，头一次体会到什么叫没钱寸步难行。

她深吸一口气，拉着行李箱就往停车场那边跑。沈渡说过他是有人来接的。

报警的话也不知道多久能追回来，而且她还有露宿街头的风险，还不如直接找沈渡，让他把刚刚的人情还了。

容榕挤开一堆问要不要去东莞的票贩子，在偌大的站口处，凭借戴了隐形眼镜的好视力，一眼就找到了人群中的沈渡。

他个子高，人长得也好看，站在人群中就是一道亮丽的风景线。

容榕看到他时，他正要上车。

她用尽了全身的力气，大喊着：“沈先生！”

这个称谓实在太大众，沈又不是什么稀罕的姓，容榕怕他听不出，一连又喊了好几声：“沈渡！”

这催债鬼一般的夺命狂吼终于叫住了沈渡。

来接沈渡的司机被吓得踉跄了一下，两个人一同看着那道娇小的身影正以八百米冲刺的速度朝这边狂奔。

司机的语气疑惑：“少爷，你是借外债了吗？”

沈渡挑眉：“嗯，人情债。”

容榕觉得自己可能最近水逆，上午起晚了跑着赶高铁，现在又跑着追沈渡，不用照镜子，她也知道现在自己这个样子有多狼狈。

容榕的马尾跑松了，运动服的兜帽翻了边耷拉在背后，额上有薄汗，站在派出所里不知所措。

“把个人信息填一下，抓到了我们会通知你的。”

警察调取了监控，明确地看到，就在容榕的手刚离开行李箱的把手时，她放在行李箱上的小包就迅速被一个穿着黑衣服的人偷走了。

那人到手后，就迅速离开了站口，脚步很急促，左看右看的，应该不是惯偷。

“包里既然有贵重物品就要好好拿着，怎么能直接丢在行李箱上呢？”警察重重地叹了一口气，“都提醒过多少次了，还是这么不注意。”

容榕讪讪地接过表格，拿起桌上的水性笔先写上了姓名，挪到电话号码那一栏时，笔尖在纸上顿住了，她仰头看向旁边的沈渡。

沈渡叹气，念了自己的手机号。

容榕有些担心他会接不到电话：“不是工作号码吧？”

“不是。”沈渡点了点桌面，提醒她，“继续写。”

在高铁站被偷，找回来的概率可想而知。

容榕第一时间就借用了沈渡的手机挂失身份证，冻结了银行卡，还顺便登录了自己的苹果账号，把手机设为丢失模式，等买了新手机，再把重要的密码都改了。

两人回到车上时，司机正在用手机刷抖音。

见他们回来了，他收起手机，透过后视镜打量着这个陌生的小姑娘。

或许是还没有从突发事件中回过神来，小姑娘双目呆滞地盯着前方，双腿并拢，手抓着膝盖，一脸看破红尘。但依旧漂亮到让人挪不开眼，唇红齿白，清丽秀气。

一想起刚刚小姑娘平复了呼吸，仰头用一双雾蒙蒙的眼睛看着少爷，声音里还带着哭腔，委屈巴巴地说自己的钱包和手机都被偷了。

少爷蹙着眉，只是简单地说了一句：“我先带你去一趟派出所。”

司机又将目光挪到沈渡身上。

沈渡的神色淡然，语气里却带着点责备：“出站口人多，你都不注意点吗？”

小姑娘声音很低：“我也没想到，就一眨眼的工夫。”

“我会派人帮你找。”沈渡顿了顿，又问道，“记住教训了吗？”

小姑娘点头：“以后只坐飞机。”

司机听着这家长训小孩般的对话，掐着大腿在心里告诫自己一定不能笑出声，直到听见小姑娘最后一句话，他没忍住，“扑哧”一声笑了出来。

这分明就是不满管教，在跟家长抬杠嘛。

沈渡自然也意识到了，语气微沉：“还敢抬杠？”

容榕不满地说：“那刚在高铁上，你不也把钱包直接放在大衣外侧口袋里，还是我帮你找回来的，你也要记住教训。”

这句话越往后声音越小，最后一句话直接跟蚊子音没区别，但沈渡还是听到了。

沈渡扬眉，侧头看她：“你是不是想现在下车？”

潜台词——再不听话就把你丢出去。

容榕老实了：“没有，我错了。”

为了不被丢出去，勉强认个错吧。

后座的两个人都没说话了，司机适时地开口：“少爷，那我们现在去哪儿？”

“买手机。”

沈渡简短地吩咐后，又沉声问容榕：“买什么牌子？”

容榕眨眼，感觉都不像是丢了手机要买新的救急，而是直接换一台新手机。

不过她还是选了：“苹果。”

等开到直营店门口，容榕率先下车，原本因为丢了包的沮丧感居然神奇地因为要买新手机而被冲淡了不少，甚至还有些高兴。

沈渡跟容榕一起进店，工作人员还没有上前迎接，他就直接指着展示台的那些手机问她：“买哪个？”

工作人员暗自握拳，男朋友给女朋友送手机了，可劲忽悠他买顶配的机型。

结果“你好”两个字刚说出口，容榕就选好了：“这个。”

沈渡又问：“不买 max？”

工作人员柠檬了，女朋友都主动降低要求了，他居然没有顺阶梯下，而是坚持要给女朋友最好的。

容榕拿起 max，比给他看：“手握不住。”

容榕的手骨偏小，虽然细长，但手掌不大，6.5 英寸握在手里，单手操作有些困难。

“容量呢？”

工作人员刚张开嘴，容榕又决定了：“256 G 的，我要存照片。”

过程前后不过两分钟，工作人员甚至没来得及舌灿莲花忽悠一通。身为一名销售，她感到一丝丝挫败，这对情侣真的很干脆了。

结账的时候，容榕又喊了一声：“耳机也在包里丢了，正好出了二代，买一个吧。”

沈渡“嗯”了一声：“电脑要不要买？”

这么随意吗？

容榕笑道：“电脑在行李箱里，没丢。”

工作人员：“……”

——这位小姐，你错过了一个换新电脑的绝好机会！

他们走后，收银的工作人员笑着拍了拍销售员：“行啊，碰上这么干脆的客人。”

销售神情复杂地咬着手指：“今天我是一只柠檬精。”

容榕直接在车上激活了手机，因为旧手机不在身边，重新设置比较麻烦，时间已经接近五点，沈渡看了一眼容榕，让司机找一家饭店，先去吃饭。

司机有些不解：“不回家吗？”

沈渡皱眉：“带着她，我怎么回家？”

他的语气非常嫌弃。

司机顿了一下，哭笑不得：“那这位小姐怎么安排？”

“送她去酒店。”

沈渡侧头问她：“你有没有预订酒店？”

“活动方已经帮我预定了。”容榕抬起头，表情有些心虚，“但是……”

沈渡挑眉，等她的下文。

司机很机灵：“这位小姐没有身份证。”

这个时代，没有手机，寸步难行，没有身份证，行走的黑户。

“先去吃饭吧。”沈渡按了按眉心，语气淡淡的，“想吃什么？”

容榕想了想：“能去万向城附近吃吗？我要参加的活动地点就在那里。”

“可以。”

容榕见沈渡这么好说话，变本加厉：“那我能去网红店打卡吗？”

沈渡没理她，直接吩咐司机：“去万向城。”

Z 家这次的秋礼祭活动地点定在万向城，容榕是受邀来的，活动主办方安排连同容榕和其他几个美妆博主都在万向城附近的木棉花酒店入住。

沈渡是本地人，知道万向城，知道木棉花，却不知道容榕说的那些网红店。

他不吃甜食，所以容榕指着一家网红店给他看的时候，他很迷茫。

这家店内部以纯白色为主，宫殿式屋顶和全玻璃镜面设计是这家店的装修特色，非常符合年轻女孩们心中的公主梦。

现在还没到下班高峰期，排队的人很多，容榕果断地站在队伍的最后，又冲沈渡招了招手：“排队啊。”

沈渡皱眉：“我不吃。”

“很好吃的，我之前在上海吃过一次。”容榕很尽心地推荐他。

沈渡无奈：“那你买吧。”

算了，就当是尽地主之谊了。

等买好了以后，沈渡勉强吃了一口，他只是不吃甜食，但也不反感。可这个南瓜芝士蛋糕，甜度已经超过了他的承受范围了。

“不吃了？”容榕用浪费粮食会遭天谴的眼神看着他，“这也不便宜了。”

沈渡："……"

等容榕吃好以后，又有些走不动了。

沈渡清楚她为什么走不动，原因就出在万向城这里面大大小小的门店。

女人的钱真好赚。

"一直想试试P家的黑BA防晒。"容榕兴致勃勃地说着一些沈渡听不懂的话，"虽然我是Z品牌的脑残粉，一直用它家的防晒，但是人总要不断尝试新鲜事物，我能去买吗？很快的。"

沈渡直接说："去买吧。"

因为怕耽误沈渡的时间，容榕没有弄肌肤测试，但是她原本只打算买防晒，不知道怎么回事就被忽悠着买了精华液。

装袋的时候沈渡看了一眼那个精华液，五颜六色的长得跟万花筒似的。

柜姐羡慕地看着容榕："你男朋友对你真好。"

容榕摆手："这都是我自己掏钱啦。"

柜姐看沈渡的眼神瞬间就不一样了。

一身定制款，就连手表都是全球限量款，怎么买个护肤品都要女朋友自己掏钱？

上车的时候，司机看着容榕一脸满足，再看自家少爷面无表情，觉得少爷的功力还是不行，典型的没陪过女人逛街。

他陪老伴上街就非常熟练，到了商场就是——包给我，我坐那儿等你，买单了叫我，然后就安心玩手机。

容榕的手机已经设置好了，她打算给沈渡转钱。

沈渡的手机屏亮了一下，是她发过来的转账信息。

"快收钱。"容榕催他。

沈渡觉得在还钱这方面，容榕一直都积极得有些不合常理。

"你这么急，让我觉得我才是欠钱的那个。"

容榕的理由很充分："那我不能白花你的钱啊。"

沈渡微微一笑，嗓音里难得带着丝调侃："女朋友花男朋友的钱，天经地义。"

此时车子猛地一抖，沈渡挑眉看向前座的司机。

司机缩了缩肩膀："缓冲带，忘了减速了。"

沈渡收回目光，用余光瞥了容榕一眼，车窗外的霓虹打在她的脸上，映出淡淡的红晕，

她的眼睛里刹那间涌起羞赧，好半晌才回过神来。

容榕抱着购物袋，语气有些埋怨："现在又不需要演。"

沈渡敛眉，嘴角处淡淡的笑意一直没消失。

酒店离购物城很近，容榕有些苦恼地看着眼前的高楼，明明预定名单里有她的名字，她却不能入住。

"走吧。"沈渡站在她的身侧，语气淡淡的，"用我的身份证给你订一间。"

容榕顿时觉得沈渡的形象高大伟岸。

直到柜台人员笑容可掬地为他们科普："没带身份证，手机下一个软件，可以直接用电子身份证进行身份核实。"

容榕："……"

沈渡："……"

从来没忘记带身份证住酒店，两个人很无知了。

主办方给容榕订的是豪华双床房，她和沐良琴一间，但现在她还在生沐良琴的气，所以决定给房间升个级。

财大气粗的容榕直接问："你们这儿的海景房还有吗？"

柜台人员的笑容比刚刚更加亲切几分："有的。"

"那就这个吧。"

沈渡看着她办理好入住手续，交代了她几句话就离开了。

容榕目送他的车子开走后才重新回到酒店，打算回房间好好洗个澡休息一下，第二天再去买点新衣服换一身装备。

此时电梯已经到达一楼，门还没完全开，她就听到了里面的嬉笑声。

容榕觉得她不光跟沈渡有神仙缘分，跟"兔兔糖"也是剪不断理还乱。

"兔兔糖"和她的姐妹团都愣在电梯里看着她。

还是川南先笑出了声："大榕榕，你这是刚去跑马拉松了？"

容榕穿着一身简单的运动套装，扎着马尾，拖着小行李箱，连个

随身携带的包包都没有。

“兔兔糖”眉头微挑，语气里带着些担忧：“这是怎么了？一身狼狈，当初要是跟我们一起过来就好了。”

容榕只淡淡笑道：“运气不好，钱包丢了。”

一行人发出同情的叹息声。

“损失很大吧？主办方这次只包了酒店的住宿费，其余的娱乐费用都不包，要不……”“兔兔糖”顿了顿，笑容甜美，“我帮你在这附近找一家平价一点的酒店吧？”

容榕只是摇头：“不用麻烦。”

她风尘仆仆，表情淡淡的，在其他人看来就是因为丢了钱包大受打击，什么话也听不进去。

“兔兔糖”轻叹一声，走出电梯给了容榕一个拥抱，双手温柔地轻拍着她的背，语气再体贴不过了：“这家酒店很多的娱乐项目都不包含在住宿费用里，你刚丢了钱包，心情不好我能理解，但还是省着点花钱比较好，你说呢？”

“大榕榕，需要帮助的时候，还是收起自尊心比较好。”一旁的川南皱眉，也跟着劝她。

姐妹团里唯一一个男生也开口了：“我们不会说出去的，你放心吧，这时候就别死要面子了。”

说话的是霍清纯，B站为数不多的男性美妆博主。

容榕有些哭笑不得：“真不用，我现在想回房间洗个澡。”

“兔兔糖”一副好意没有被心领的样子，语气有些失落：“好吧，我们现在要去万向城逛个街，要等你吗？”

“我就是从那里回来的。”容榕举起胳膊，将手中的袋子递给她看。

川南捂嘴笑出了声：“大榕榕，你钱包都丢了，还能狠得下心买P家的东西？”

“消费习惯哪能一下子就改过来。”

“兔兔糖”责备地看川南一眼，又柔声安慰容榕：“需要帮忙随时说一声。”

“暂时不需要。”容榕并不想和她们再多说话浪费时间，指着电梯说道，“那我先上楼了。”

“兔兔糖”轻叹，没有勉强她：“嗯，你去吧，不过我看良心妹妹还没有到，你一个人要是无聊就给我发消息。”

“兔兔，人家都拒绝你两次了，你就别热脸贴冷屁股了。”

“对啊，大榕榕既然想一个人，那就让她一个人好了。”

几个人给容榕让了路。

直到电梯门关上，川南才讽刺道：“狼狈成那样，还要忙着维持高冷人设，真是佩服。”

“兔兔糖”皱眉，替容榕解释：“她和我们不熟，话少也很正常。”

“你对她态度那么好，她的粉丝成天在你评论下说你。兔兔，不是我说你，你这有点圣母了。”川南故意大声朝着电梯口说道，似乎这样就能让容榕听见，“她之前不是说不参加活动吗？现在难道不打脸？要我说她就是看不过你的流量渐渐要超过她了，这次才跟着过来刷脸想再上个热搜。拉不下脸跟我们交好，毕竟之前白莲花人设立得好，跟我们这些签公司的博主之间有隔阂，索性就高冷到底。”

霍清纯翻着白眼，语气尖锐：“她把自己的真实情况捂得死死的，每天都推一些专柜货，偶尔推个平价的粉丝都哭天抢地说大榕榕终于下凡了，各个都在猜她是个低调的白富美，实际情况谁知道呢。”

“白富美穿其他女明星同款运动服去P家买东西？不知道是淘宝哪家店找工厂做的呢，别说出来笑死我。”

“说不定是正版的，也别太早下定论。”

“我买过，绝对是仿货。”

“买什么P家的东西啊，说不定袋子里都是从柜姐那里要来的小样。”

“哈哈，那她怎么不多要几家店啊。”

“不好意思呗，这不被我们抓个正着，还以为我们能信她真是去P家买东西了。”

几个人越说越开心，语气从刚开始的质疑逐渐变为嘲笑。在背后嚼舌根，越是猜测，讨论得就越起劲。

唯独“兔兔糖”一直没开口，只是笑容浅浅地听她们说。

“兔兔，你脾气真的太好了，要是我们才懒得管她钱包被偷了消不消费得起这家酒店。”川南心疼地拍拍“兔兔糖”的背，劝告道，“等她人设崩塌那一天就好玩了，看那个良心妹妹还跟不跟在她屁股后面。”

“我是觉得大榕榕的气质真的挺好，这点装不出来。”“兔兔糖”抿唇，笑容羞涩，“跟我不一样，我小地方出身，气质教养没法跟她比，所以我觉得她应该真是白富美。”

川南提高了语调：“谁说的，我觉得你就是白富美本美好吗，出身算什么，前不久你买车，她这么看不上你，怎么不发个买车视频？偏偏这次秋礼祭你说来，刚发了视频她就也说要来，明摆着就是嫉妒你。”

“兔兔糖”哭笑不得：“你也太抬举我了。”

其他人都否认：“哪有，我们也同意川南的话。”

一行人说说笑笑走出了酒店。

此时容榕已经舒舒服服地泡着澡，等着美容师上来给她做全身护理。

房间里配备了蓝牙音响，连上手机打开播放器，房间里便流淌着如水般的古典乐。

这家酒店的私人服务很丰富，除了健身和游泳等免费项目，其余的都是随服务等级逐渐升档收费，容榕实在懒得出门，就干脆叫了上门服务。

她叫的鲨鱼西瓜大果盘已经到了，此时就摆在浴缸旁边，D 市地理位置靠南，就算是秋天，也还是能吃到很多夏季水果。

甘甜可口的西瓜球吃进嘴里，还混着冰沙，咬上一口，清甜的西瓜汁立刻爆出，充斥着整个口腔，又冰又甜，汁水顺着舌头流进喉咙，整个神经回路都被这冰爽味瞬间填满。

容榕靠在浴缸上，发出一声满足的叹息。洗着澡，吃着西瓜，天上人间。

美容师上来的时候，容榕正泡在按摩浴缸里醉生梦死。

她穿着浴袍给美容师开门，对方礼貌地介绍了自己，又确认了是容榕叫的私人美容服务，便带着两个助手走进来。

“不知道您平时习惯用哪个品牌的护肤产品呢？”

容榕看着助手手里的大箱子，直截了当地回答：“七七八八用过不少，我没有对什么成分过敏的。”

美容师又问了几个问题，容榕一一回答后，就准备躺下接受护理了。

“身体乳给您用 OSD 家的这一款可以吗？”

刻着浮雕的粉色瓶身，还没打开，容榕似乎就闻到了沁香的樱花味。

她躺着，旁边摆着清一色的护肤品。顶尖的美容服务，所配备的产品全部是顶级品牌。

容榕只有一张脸，纵使她是专职美妆博主，也没有办法一次性买全这么多东西。

美容师的手法轻柔，力道适中，容榕闭着眼，伴随着音乐声，觉得自己快要睡过去了。

“现在要给您用的是 L 家的精华面膜，为您的肌肤补水保湿，使皮肤更加光滑紧致。”

柔软的小刷子轻柔地刷在脸上，美容师轻声细语地为容榕介绍着每一款使用的产品，容榕舒服得头发都有些发麻。

她原本差一点就要睡着了，结果蓝牙音响里轻柔的音乐忽然变成手机自带铃声，她一个惊醒，差点跳起来。

助手帮她拿过手机。

容榕看着来电显示，无奈地接起来。

“容榕！你怎么不在房间里啊？你不会真的因为丢了钱包萎靡不振吧？”

容榕还敷着面膜，说话有些模糊：“萎靡不振？”

“对啊，我来酒店的路上，看到‘兔兔糖’在直播，就点进去看了看，结果她说你的钱包丢了，心情特别差，然后说木棉花的消费高，有点担心你的钱不够。”沐良琴的声音听着有些焦急，“你钱包真的丢了吗？找得回来吗？报警了没有？”

这一连串的问题，直接把容榕问住了。

看在她这么担心自己的分上，就原谅她吧。

沐良琴也没期待容榕真的都回答，自顾自地说道：“不过反正现在是手机支付，你不至于连个酒店服务都用不起啊？”

容榕笑了笑：“她觉得我用不起吧。”

沐良琴“嘁”了一声，问她：“所以，你现在在哪里？”

“我给房间升了级，在二十楼的海景房，你过来吧。”

“我就知道，白担心你了。”

挂掉电话后，容榕没有放下手机，反而好奇地打开B站，点进了“兔兔糖”的直播频道。

她们一行人正在万向城逛街，说说笑笑的，弹幕都在吹“彩虹屁”。

容榕看了两分钟，见“兔兔糖”没有提到自己，就关掉了。

等沐良琴上来的时候，看到这一排“人民币”，以及在享受着人民币服务的容榕。

她骂了两声，贴在墙上画圈圈：“我就知道你这个富婆舍不得亏待自己。”

容榕闭着眼“嗯”了一声：“你做吗？”

“不做了，我看看海景。”沐良琴走到落地窗前，贴在玻璃上大喊了一声，“美炸了！”

“待会儿去二十一楼的餐厅吃东西吗？就在我们楼上。”沐良琴蹲在容榕旁边，一边打量着她的脸一边问道。

“不吃了，吃了后天活动穿那条裙子就不好看了。”

“什么裙子？”

容榕指了指自己的行李箱：“在箱子里，我新买的，打算活动那天穿。”

沐良琴直接走过去打开箱子，她举起那条裙子：“哇，这是仙女裙吧？”

容榕满意地笑了：“等了好久才拿到的。”

两个人又瞎聊了几句，容榕的手机又响了起来。

是“兔兔糖”打来的语音通话，活动举办前，主办方把所有博主都拖到了一个微信群里，所她加了容榕的微信。

“榕榕，你现在在哪里？我们去看你吧？”

容榕皱眉：“看我？”

“嗯，怕你心情不好，还特意给你买了奶茶和蛋糕，你现在在哪儿呢？在房间吗？”“兔兔糖”的语气顿了一下，有些小心翼翼，“还是在其他地方呀？”

容榕给沐良琴说了个“兔兔糖”的唇语，沐良琴迅速拿出手机点进直播，关掉声音递给她。

“兔兔糖”一个手机在直播，另一个手机给容榕打电话。

容榕想直接拒绝，沐良琴的眼睛转了两圈，夺过她的手机，故作沮丧道：“我是良心妹妹，榕榕现在在酒店的房间里呢。哦，你们要过来啊，行，过来吧，我把房间号发给你。”

挂掉电话后，“兔兔糖”在直播里说道：“她的声音听上去很低落，希望我的奶茶和蛋糕能安慰到她。”

说完她又笑道：“你们看到榕榕的时候，可不许笑她哦，美妆博主也不可能时时刻刻保持精致的。”

弹幕都在刷“我兔兔好善良”“大榕榕上辈子拯救了银河系才交到你这么一个朋友”“兔兔是心地善良的小仙女”。

容榕皱眉，实在无语。

沐良琴问美容师：“你们可以化妆吗？”

美容师笑道：“当然可以。”

“容榕，我命令你穿上那条仙女裙。”沐良琴发出恶魔般的笑声，“让所有人看看，什么叫从头精致到尾的真仙女。”

半个小时后，房间的门被叩响。

川南有些奇怪：“我记得二十层都是套房啊？她怎么可能在这儿？”

此时房间的门被打开。

“兔兔糖”的手机镜头对着房间门，弹幕瞬间炸掉了。

“啊啊啊，我心动了。”

“这颜值过分了。”

“仙女是真实存在的，我确定了。”

容榕穿着D家秀款连衣裙开门。抹胸加纱裙设计，将修长的天鹅颈和精致的锁骨都展露在外，温柔的裸粉色衬托着她如雪的细腻肌肤，黑发盘起，只有几缕微卷的发丝慵懒地垂在肩上。

她化着淡妆，腮红打在脸颊两侧，随着灯光摆动，散发出细腻的浅金色。

不是丢了钱包吗？这看上去像是捡到了巨款啊。

第五章
口出狂言

容榕只是轻飘飘地看了一眼“兔兔糖”手中的手机，便挪开了目光。

她微微一笑，侧身：“请进来吧。”

沐良琴不知道什么时候从容榕后面钻出来，笑容满面地看着表情僵硬的一行人：“你们的动作好快啊。”

“兔兔糖”将镜头调回来，举起手中的小纸袋：“怕榕榕丢了钱包心情不好，赶着回来看她，还带了点慰问品。”

“谢谢。”容榕接过纸袋，往里探了一眼，“是 LM 家的啊。”

“兔兔糖”点头，咬唇，指了指房间：“这是你的房间吗？”

“嗯，升了个级。”

川南皱眉：“海景房的价格不便宜吧？你不是刚丢了钱包吗？”

容榕歪头一笑：“买个手机，就都不是问题了。”

几个人走进房间，美容师和助手们刚好在收拾东西，见有人进来了，礼貌地冲门口鞠了一躬。

各大高档护肤品全部整整齐齐摆放在床边，床顶吊灯洒下的温润光线打在瓶身上，亮得有些刺眼。

川南张大嘴走过去，顺手拿起一瓶美容师还没有来得及收进箱子里的 LAP 家铂金精华液，问道：“你们这做一套护理要多少钱啊？”

美妆圈大佬

顶级家世

巅峰颜值

我家真的有金矿

美妆种草机

笑到捶墙

魅丽文化 花火工作室 非卖品

非卖品

不做作

全程姨母笑

壕爽

顶级富帅

不腻歪

非主流

杀马特少年

美容师笑容可掬："那要看您具体选择哪方面的护理，像这位小姐就选择了LA家的清洁护理，和KS家的美白护理，以及LAP家的提拉紧致护理，从清洁面膜到面霜都会根据产品的不同做出价格上的调整。"

容榕笑着说道："这个姐姐的手法真的很舒服，你们可以试试。"

"兔兔糖"抿唇，垂在身侧的手紧紧地握着："榕榕，你刚丢了钱包，这么花钱不好吧？"

"没什么不好。"容榕将"兔兔糖"送的蛋糕放在床头柜前，语气淡淡的，"有钱难买我高兴。"

美容师走后，容榕指向"兔兔糖"的手机："你还在直播吗？"

"啊。"兔兔糖握紧了手机，点头，"你介意吗？介意我们就走了。"

"怎么会？"容榕三两步走到"兔兔糖"面前，歪头看着镜头，语气轻柔，"大家好，我是大榕榕。"

"美颜暴击！"

"兔兔好像没有开美颜！这皮肤我酸了！"

……

容榕指着床边的落地窗："从这里看港湾很好看，要不要拍一拍？"

"兔兔糖"将镜头转为后置，绕过大床来到落地窗前。

几个人都站在落地窗前，看着脚下的夜景，神色很难看。

"兔兔糖"大约只拍了几分钟，就将镜头又换过来，笑道："既然榕榕没事，那我们也不好留在这里打扰了，今天的直播就先到这里吧，下次有空再给大家直播。"

"兔兔糖"说完，不顾直播观众们的哭号，切断了直播。

沐良琴在一旁笑得欢畅。

"兔兔糖"仰头看向容榕，语气平静："榕榕，我知道接下来要说的话可能会让你不高兴，但我还是要说。你刚丢了钱包，应该想着控制一下消费，而不是靠大手大脚花钱来麻痹自己，我是小地方出身，明白赚钱不易，每一分钱都格外珍贵，实在没办法苟同你这样的消费观。"

川南站在"兔兔糖"身后，有些不满地附和："对啊，有钱也不能这么花啊。"

其他人没说话，统一保持缄默。

容榕靠在窗边，清丽的脸上绽放出笑容："你觉得我的消费观不对，是因为你没我有钱。"

"兔兔糖"咬唇，脸色微白："你有多有钱？"

容榕抬起眼，目光冷淡："有钱到在你看来是大手大脚的消费，对我而言不过是普通水准。"

容榕的语气还是一如既往地温柔，没有任何攻击性，也没有任何尖锐的词汇。却让那一群过来看热闹的人白了脸色，站在她几米处，从头到脚都散发着尴尬。

"既然你这么说了，那我也没什么好说的了。""兔兔糖"垂眸，再抬起头时，嘴角又重新挂上弧度，"是我自作多情，没想到你根本不在乎丢了钱包这件事，蛋糕还是送给你吃，我们先走了。"

所有人陆陆续续地离开房间，只有霍清纯犹犹豫豫的，趁着只有他一个人还没走出房间时，小声对容榕说了句："来看你的主意都是她们提的，跟我没关系。"

容榕点头："我知道。"

霍清纯笑了："那我们后天活动见。"

房间重新恢复了安静。

沐良琴气得直打转："哇，服了，'兔兔糖'以为你傻吗？都做到这份上了还能把话圆回来，搞得好像是你狗咬吕洞宾不识好人心，绝了，绝了。"

容榕耸肩，吐词冷静："她和我流量相当，我们要是撕破脸，对彼此都没有好处。"

"要说白莲花人设，谁立得有她成功啊。"沐良琴重重地吐口气，用手扇了扇滚烫的脸，"她不会再来找你麻烦了吧？"

容榕目光微沉，淡淡地笑了："怕什么。"

活动当天。

主办方包下了一整层楼，一走进商场，到处都装饰着红枫叶和气球，满满的秋天气息。

这里大多是年轻女孩，来的目的各有不同。

此前Z家官方发过一条微博，问网友最想在活动现场看到哪一位美妆博主。点赞最高的两条评论分别是“大榕榕”和“兔兔糖”。

其中“大榕榕”的点赞已经过万。

这次活动不比上次，因为举办地点在商场，只要对品牌感兴趣的都可以来参加，所以活动刚开始没多久，就已经人满为患，台下站满了神色激动的女孩子们。

容榕站在舞台旁，沐良琴戳了戳她的肩膀：“容榕！我居然看到了你的灯牌！”

“啊？”容榕顺着沐良琴的手看过去，发现最靠近警戒线的那群人中，有几个年轻女孩正费力地举着灯牌。

“榕妹，嫁我！”

“榕妹放心飞，榕粉永相随！”

容榕哭笑不得：“有种当明星的感觉。”

“B站美妆区的最大流量，也就是你没重视这个身份。你看游戏区、翻唱区和舞蹈区的那些个大UP主，哪个出席活动没有粉丝在下面喊？”

容榕去年在上海参加过聚会，有幸见到过其他区的大UP们的签售盛况，尤其是游戏区的那几个UP主，粉丝排的队绕成好几条长龙。

此时主持人念到容榕的名字，沐良琴顺势推了她一把，语气兴奋：“容榕，冲呀！拿下热搜！”

容榕踩着阶梯上台，此时背后的LED（发光二极管）大屏给她特写。台下响起一阵尖叫。

“太好看了！”

“镜头吃颜值是真的！我信了！”

容榕接过话筒，主持人亲切地引导她：“跟台下的朋友们打个招呼吧！”

她张了张嘴，眼神有些飘忽：“大家好，我是大榕榕。”

她清甜柔软的声音透过环绕式音响回荡在整个活动会场。

台下的尖叫声更加热烈了。

容榕的耳朵都被震得有些发麻，主持人又问她：“这次怎么会想要接受我们秋礼祭的活动邀请呢？”

她的双手握着话筒，眼睛盯着前方：“我本来就是Z家的粉丝，之前也有幸合作过，这次的活动原本就很让我心动，再加上我的粉丝们好像也很期待我来参加，所以就过来了。”

尖叫声越来越热烈，下面无数双眼睛盯着自己，终于让她有些受不住。这比直播还让人不知所措。

她垂眸，眼睛不知道该看向哪里，粉唇微微抿着，泛红的耳根暴露了她此时的内心状态。

有些害羞的样子，被一帧不落地投在LED屏上。

“啊啊啊，我榕妹好可爱！”

“榕妹害羞了！”

不知道哪个粉丝忽然喊了一句：“崽崽，你看看妈妈啊！”

容榕一愣，下意识地去找声音源头，然后就看见一个高中生打扮的年轻女孩正用力挥舞着双手，声嘶力竭。

她捂嘴，无奈地笑了，用话筒挡住勾起的嘴角：“我看到了，但是因为你占我便宜，我就假装没看到好了。”

比周围人都要白上两个度的大榕榕穿着裸粉色纱裙，长发被盘成温柔的发髻，锁骨处的天鹅吊坠熠熠生辉，每一次轻微转头，耳垂上的天鹅耳线尾坠的珍珠都会跟着晃动。

等她下台的时候，台下的呼喊声才渐渐平息。

下一个上台的是“兔兔糖”，依旧引起了一大波尖叫。

因为刚刚实在紧张，容榕此时想上厕所的念头十分强烈，跟沐良琴打了个招呼，她就迫不及待地从舞台后面绕过去，往这一层楼的洗手间走去。

结果洗手间排队排到了门外。

每次一有活动，特别是这种女孩子特别多的活动，洗手间总是人满为患。

容榕只好到其他层找厕所，终于在其中一层找到了空位，这一层正在举办巡回展，因为Z家的秋礼祭夺走了大部分目光，这一层稍显冷清。

上完厕所出来，容榕也不急着回活动现场，正好这里安静，可以让她的耳朵休息一下。

她买了票，直接往网红最喜欢拍照打卡的彩虹墙走过去。

色彩鲜艳明亮的彩色背景，大胆又闷骚的设计线条，身为网红之一，怎么能不拍一张留念。

容榕果断地掏出手机，打开前置，对着墙来了一张。

她正愉快地给照片选着滤镜，背后忽然传来一阵规律的脚步声。

容榕转头，一群西装革履的人正往她这边走来，其中为首的那个男人，她熟得不能再熟了。

灰色西装，金色领针，容貌英俊的男人正在一群人的簇拥下，朝这边走过来。

他似乎没注意这边，用英文在跟旁边的外籍工作人员交流着。

容榕听过他说普通话，咬字清晰，声音低沉，好听到让人的耳朵怀孕，却不知道他说英文也可以这么“苏”，标准的伦敦腔从薄唇吐出，让人挪不开视线。

容榕咽了咽口水，果断打醒自己，趁着他还没发现自己赶紧跑出去，结果刚出展厅，就碰上几个粉丝，是刚刚举灯牌的那几个，眼尖地发现她不在了，就跟着找了过来。

小女生的声音听上去很兴奋：“榕妹，你真的好漂亮啊！比视频里漂亮一百倍！”

容榕有些不知所措，她从来没跟粉丝这么近地交流过。

“谢谢。”

几个小女生用崇拜的眼神看着她，问出的一些问题也很可爱。

容榕将手别在身后，抓着背后的薄纱，也不好意思直截了当地推她们离开。

安静的一层楼，交错有致的脚步声清楚地落入她的耳中。

她垂着头，尽力将自己隐藏起来，无奈这几个小女孩没有她高，她又穿着高跟鞋，还是被某个人看到了。

沈渡勾起嘴角，好整以暇地停在她几米处，就那么看着她。

他周围的其他人也跟着不明所以地停下了。

容榕鼓着腮，见躲不掉了，只好用唇语告诉他。

“救我。”

沈渡听懂了，但没有动作。他只是轻轻启唇，悠悠吐出两个字。

“求我。”

容榕憋着一口气，双手发颤。报复！这个男人在报复她！

容榕面上带笑，实际上心里对沈渡比了一百八十个中指。

她非常有骨气地没张口，撇着嘴倔强地盯着他，似乎要把他身上那件定制西装盯出一个洞来。

“榕妹，你在看什么啊？”

几个女生注意到容榕的心不在焉，好奇地转过头看后面有什么东西。

容榕“啊”了一声：“没什么。”

她心急，双手一张干脆抱住几个女生，阻拦她们回头。

几个女生瞬间就不知道今夕是何夕，激动得一脸红光，声音都有些发抖：“啊啊啊，榕妹！”

她转身，左拥右抱地推着那几个女生就要离开：“走走走，我们去那边说。”

几个小女生被女神抱着，鼻尖闻到了女神身上的香味，中调晚香玉淡淡的香气低调婉约，仿若少女身上特有的软香味，又不显甜腻，她一身裸粉，和这恰到好处的少女花香相得益彰。

小女生快要沉溺在这突如其来的温香软玉中了，只是还没来得及回味，香味就猝不及防地离开了。

容榕忽然感觉有人用手指点了点自己的头顶。

她侧头看过去，沈渡正低眸看她，嘴角染着缕缕笑意，嗓音低醇：“不是让我救你？”

她还未反应过来，肩上搭着的包包链条一端被他抓住，稍稍用力，将她带离粉丝。

这是她最喜欢的樱花粉！特意买来搭小裙子的！

就算知道链条不会这样轻易断掉，但她还是舍不得任由沈渡拉着，脚尖转了个方向，小声地警告他：“别拉我包，断了要赔的！”

就是拉手也好啊，干吗折磨她的小宝贝？

几个粉丝面面相觑，连那个男人的脸都没看见，只依稀看见男人挺拔的背影，一身西装，就这样把她们的女神拐走了。

不远处的一群西装男人们也是一脸茫然。

刚才谈好合作，打算把小沈总送出去，结果小沈总忽然顿住了脚步，站在原地看了好一会儿的戏，最后直接留下一句“我还有事”就丢下他们一群人，拉着那个年轻女人走了。

“小沈总怎么了？”

“不知道。”

“刚刚那个女人和小沈总什么关系啊？”

“不知道啊，我一个打工的，哪知道老板的风流韵事？”

拐角处，容榕爱惜地将包包抱在怀里。

羊皮包娇嫩得很，稍不留神就会留皱，她买回来这么久，都没舍得动过它。

容榕摸着包，抬头瞪他，语气微愠：“不是不救吗？”

沈渡闲适又随意地看了她一眼：“我没说不救。”

“你不是让我求你？！”她鼓腮，杏眼睁得老大。

沈渡低笑：“你不求，我就不救了吗？”

容榕没话说了，手背在身后，脚尖轻轻在地板上滑动着：“你怎么在这里？”

“今天这里有巡展，我托父亲的关系，和他们的负责人见了见。”

说到他的父亲，容榕想起容青瓷曾跟她说过，沈渡为什么会这么突然回到D市。

她仰头，有些责备地看着他：“你妈妈病了，你还想着谈生意，真是无情的资本家。”

沈渡没有奇怪她为什么会知道这个，干净俊朗的脸上带着淡淡的笑意：“她没有生病，是为了让我回来看她才编的理由。”

容榕从小没妈，不知道妈妈想见孩子了还能拿生病当理由。

“刚刚你为什么被几个小女孩缠住？”她的问题问完了，就轮到沈渡了。

容榕“哦”了一声：“粉丝。”

沈渡蹙眉，半天没说话。

容榕以为沈渡看不起网红这个职业，一时间有些气恼：“干吗？职业不分高低贵贱好吗？”

他垂眸看着她，墨色的眸子里带着一丝淡淡的疑惑：“你到底是干什么的？”

所以到现在为止，沈渡还不知道她是做什么的？

容榕指着自己的脸：“我靠脸吃饭的。”然后从包里拿出自己的手机，走到他身边，点开B站，打开自己的视频，指着手机里的自己，“看，靠脸吃饭。”

视频里的年轻女孩一身简单的家居服，冲着镜头笑道：“我个人觉得花漾甜心还是太腻了，如果是那种若有似无，像是一阵微风吹过，能够稍稍闻到一点的少女香，这种效果最好，所以大家喷香水的时候，要把握好用量。”

容榕的肩膀碰到了沈渡的西服外套，沈渡将目光从手机上挪开，看着她的发顶，忽然闻到了一丝香气。

若有似无，像是一阵风。甜得恰好，不腻，也足够令人难忘。

容榕穿着抹胸，从他的角度看过去，粉色的真丝布料遮住她的白嫩，里层微微露出的透明薄纱带着一丝犹抱琵琶的韵味。

容榕原本就白，穿这样的粉色，宛若奶油上裹着一层草莓汁，细腻柔软。

沈渡合眼，不着声色地往旁边挪了挪。

容榕抬头看他，语气有些不满：“你怎么不看啊？”

“我知道了。”他声音淡淡的，又有些低哑，像是氤氲着香气的浓茶，“不用看了。”

容榕将手机收起来，打算跟他告别：“活动还没结束，我先下去了。”

沈渡忽然问她：“你的包还要吗？”

“啊？”容榕惊疑，“找到了吗？”

“找到了。”沈渡点头，“警局给我打电话了。”

容榕实在没想到高铁站丢了的包还能再找回来，一时间欣喜难耐，抓着沈渡的袖口，歪头“嘿嘿”笑出声：“谢谢你啊，沈先生。”

容榕细嫩的手指搭在沈渡的西服袖扣上，沈渡收回目光，任她抓着，唇畔间的笑意浅淡：“不叫资本家了？”

“你是生长在社会主义光芒下的好同志。”容榕的“彩虹屁”吹得毫不脸红，“天使大概说的就是你。”

沈渡：“行了。”

听不下去了。

容榕抿唇，杏眸如新月："那我什么时候找你拿包？"

"现在。"沈渡努了努下巴，"在我车上。"

容榕用微信告诉沐良琴她晚点再回活动现场，然后兴高采烈地跟在沈渡屁股后面坐电梯下楼拿包去了。

两个人并肩站在电梯里。看着电梯门，容榕悄悄地比了一下自己和沈渡的身高差距。

她的个子不算矮，还穿着高跟鞋，但还是只到沈渡的耳朵。

容榕悄悄踮了踮脚，试图缩短和他的差距。

这个细小的动作被沈渡尽收眼底，他的神情悠然："别费力了，没用的。"

容榕翻了个白眼，报复地远离他。

他似笑非笑："小时候不喝牛奶。"

"我怎么没喝，我还拿牛奶泡澡呢。"容榕小声为自己辩解。

电梯到了停车场，两个人一前一后地走出来。

容榕的高跟鞋踩在水泥地上，声音清脆。

沈渡刚给车子开锁，目光就扫视到车子旁边停着的那辆红色奥迪R8。

驾驶座上那个戴着墨镜的女人怎么看怎么熟悉。

容榕不知道沈渡为什么突然停顿，绕到前面提醒他："快把我的包还我啊。"

阴凉的停车场里忽然响起一阵冷笑。

"好啊！这回被我抓个正着了吧？！"

跑车上的女人下了车，踩着细高跟三两步走到两个人面前，恶狠狠地摘下眼镜。

女人烫着一头大波浪，娇小的身躯被厚重的皮草裹着，怒气冲冲的样子宛若捉奸。

容榕正处于茫然的状态。

"肚肚！"女人的声音听上去又伤心又生气，"你果然背着我来这里跟女人约会！"

沈渡："……"

容榕震惊地后退了几步，捂着嘴，难以置信。

沈渡瞄见容榕的震惊脸，就知道她又开始天马行空发散思维了，只得压着声音，不着痕迹地解释：“妈，你怎么跟过来了？”

容榕：“……”

妈?

女人没回答沈渡，而是直接怒视着容榕：“你是从哪里冒出来的十八线小明星？敢勾引肚肚？”

容榕的思维此刻正经历着山路十八弯，一时间没反应过来，茫然地眨了眨眼睛：“啊？”

“说吧，要多少钱，才肯离开我们肚肚？”女人扬起下巴，神情倨傲。

容榕的脑子此时被“沈渡的妈居然这么年轻”“沈渡小名居然叫肚肚”，以及“居然有人要给我钱”等一系列不可思议的想法充斥着。

她抿唇，总觉得气势不能输。论炫富，她也不是好惹的。

名下数套房产商铺，每天靠着租金坐吃山空的混吃等死富二代容榕小姐，富婆本富气势不凡地开口怼回去：“那阿姨，你开个价，多少钱，我包下你的肚肚了。”

沈渡妈：“……”

沈渡：“……”

沈渡妈被这番有钱发言震惊到脸上的表情凝滞了。

沈渡的妈，路舒雅女士哼笑了两声，扬起下巴看着容榕：“口气倒挺大，特意把包落在我儿子这里，玩欲擒故纵是吧？”

早上派人拿回来的包包，沈渡知道留在家里不安全，就顺手放在车上，结果被路舒雅瞄见了，开着跑车就玩起了私家侦探跟踪那一套。

果然抓个正着。

容榕扯了扯嘴角，刚想开口说什么，就又被路舒雅女士一连串的长辈言论堵上嘴：“听阿姨一句劝，好好拍戏比什么都强，我每年不知道要劝走多少个你这样妄想飞上枝头变凤凰的，就算你想走捷径，也别招惹我儿子，他最看不上的就是你们这些为了红什么都能拿来交易的小明星，别自讨没趣了。”

被这么一个看上去顶多三十岁出头的小个子女士教训，容榕的内心涌起一抹复杂的情绪。

沈渡轻叹一声：“妈，你误会了。”

路舒雅女士一瞪眼：“肚肚，你居然为了一个女人跟妈妈撒谎？”

容榕忽然挽起一旁沈渡的胳膊，目光带笑：“阿姨，那你打算给我多少钱？”

沈渡挑眉，垂眸看她，她只对他眨了眨眼睛。

他的心头一紧，居然就这么放纵了。

路舒雅女士一副“我就知道”的样子，冲容榕比了个数：“这笔钱够你挥霍了。”

容榕亲昵地靠在沈渡身上，噘嘴道：“这些钱，还不够在北上广买一套房呢。”

“你！”路舒雅女士伸手指着容榕的鼻尖，有些气急败坏，“没见过你这么狮子大开口的女人！”

“这样吧，你这个数，我出双倍。”容榕笑容明媚，语气真诚，“我包养你儿子，你觉得怎么样？”

路舒雅女士嗤笑一声：“呵，真是吹牛都不打草稿。”

“我是真心实意的。”

容榕仰头看着沈渡，声音娇嗔：“是不是呀，沈先生？”

沈渡闷笑，伸出手指抵在容榕的额头上，将她轻轻推开：“好了，别闹了。”

容榕放开他的胳膊，傲娇地“哼”了一声。

沈渡看着路舒雅女士，神情间流露出一抹无奈：“这是华渊的二小姐，她刚到D市的时候包被偷了，这个包我原本要还给她的。”

路舒雅女士张着嘴，一张小脸瞬间涨红，嗫嚅道：“就是那个要跟你合作的华渊？”

“嗯。”

刚刚还颐指气使的路舒雅女士瞬间沉默了。

脸疼。

“我还以为又是哪个不知好歹的小明星。”路舒雅女士撇嘴，踌躇了半天，才心不甘情不愿地跟容榕道歉，“抱歉啊，小姑娘，误会你了。”

容榕摇头：“没事，阿姨爱子心切，我理解。”

路舒雅女士瞬间就松了口气，皱起鼻子：“是吧，哪个当妈的不关心子女呢？”

她的眼神闪烁了两下，语气有些松软：“是吧？”

容榕没妈，还真不知道。

抓包失败了，路舒雅轻咳了两声，神色间隐隐有些尴尬，只能僵硬地寒暄：“小姑娘，你现在住在哪儿啊？”

“木棉花。”

路舒雅女士“哦”了一声，又道：“住酒店多不方便啊，干脆住我家吧。”

她刚刚说的话很不好听，见小姑娘好脾气没计较，愧疚感反而越来越强烈，把小姑娘请回家好好招待，也算赔礼了。

容榕没跟上路舒雅的思维节奏，神色迷茫：“啊？”

“我们家离这儿不远。”路舒雅女士双手交握，语气热情，“来我们家吧，让阿姨尽尽地主之谊。”

容榕摆手：“不用了，这太麻烦了。”

“不麻烦。”路舒雅女士眨眨眼，语气低落，“他们爷俩天天不在家，我一个人在家好闷的，正好你来我们家，我给你当导游，你打算在D市待多久？”

容榕没买回清河市的票，她也不知道自己要在这儿待多久。

沈渡问她：“你买回程票了吗？”

容榕摇头：“没有。”

“那太好了！”路舒雅女士双手一拍，语气轻快，“你就在这儿好好玩，到时候让肚肚帮你一起买票，你们再一起回清河市。”

容榕还是坚持摇头：“不用了，酒店的住宿费都付了，不能浪费啊。”

路舒雅女士“啊”了一声，刚刚舒展开的眉头又一下皱起来。

“你订了几天？”沈渡垂眸问容榕，语气淡然。

酒店是主办方定的，续房只续到活动结束后的第二天，容榕虽然加钱给房间升级了，但并没有修改订房日期，她犹豫着，自己也说不出个所以然。

沈渡忽然就笑了，声音悠然：“没买回程票，酒店也没有再续房，你是打算流落街头吗？”

容榕抬眸瞪他，身上有钱，何愁找不到地方住。

“来吧，来我们家。”路舒雅女士笑着牵起她的手左右甩了甩，眼里充满真诚，“我保证你住得比在酒店还舒服，况且肚肚一个人在清河市做事业，以后肯定也要受你们公司照顾，就当我提前感谢你，好吗？”

容榕的嘴角抽了抽，资本家哪里还需要受他们照顾？

她勉强一笑，转移话题：“阿姨，我还在参加活动，我得先上楼了。”

“我跟你一起啊，正好我也打算上去呢，我给肚肚和他爸爸定制了两套西装，刚好上去拿。”

路舒雅女士又指了指沈渡：“肚肚，你跟我一起上去，正好试试。”

容榕没辙了，只好朝沈渡伸出手，想着先把包拿回来：“把包给我。”

沈渡看了看她肩上的那个包，挑眉：“你背两个？”

她皱眉：“那不然呢，你帮我背吗？”

“就放在车上，待会儿再给你。”沈渡的嘴角噙着若有似无的笑意，“反正还要上车的。”

路舒雅女士已经先一步上前去等电梯了，容榕跟在她的身后，刻意放慢了脚步。

她拉着沈渡的衣袖，杏眼里满是不解：“上什么车？从这儿走到酒店就十分钟，快给我。”

“从这儿到我家要坐车。”沈渡神色淡淡，目光不着痕迹地扫过她的脸颊，“想走路去吗？”

容榕鼓腮：“我不去你家啊。”

“都不敢去我家，还说要包养我。”他凑到她的耳边，低沉微凉的嗓音莫名覆着一层蛊惑，“胆子这么小？”

她愣了愣，喃喃道：“随口说说而已。”

沈渡轻笑：“容榕。”

沈渡的声音像是一片羽毛，轻轻盈盈地落入容榕的耳朵里，耳朵忽然有些痒。

“口头占便宜也是需要负责的。”沈渡的语气低沉，说话间带着一丝低笑，“更何况，你不止一次占了我的便宜。”

“你一个男人，那么计较干什么？”容榕闷哼一声，觉得这人真小气。

沈渡非但不以为耻，反而还愉悦地扬起眉梢，声音低沉，带着一丝令人酥麻的电流：“我就计较。”

他用只有两个人能听到的耳语声说出这句小气巴巴的话，容榕捂着耳朵，只觉得刚刚他的呼吸打在上面，弄得她的耳朵怪烫的。

电梯“叮”的一声到了。

“你们在干吗？快进来啊。”路舒雅女士冲他们招招手。

沈渡直起腰，眼看着容榕一脸羞恼，也没有再继续逗她，先一步往电梯那边走去。

容榕脚步沉重地跟着走进电梯。

她实在咽不下这口气，眼珠子咕噜转了一圈，凑到路舒雅女士身边，语气乖巧：“阿姨，沈先生的小名为什么叫肚肚啊？”

路舒雅女士笑道：“我怀他那会儿，喜欢吃猪肚。”

容榕眨眼：“是肚子的肚啊？”

“是啊。”路舒雅女士调皮一笑，“可爱吧？”

沈渡站在两人身后，无奈地叹息。

容榕意味深长地拖了一声好长的尾音，点头附和：“可爱。”

然后拿出手机，将沈渡的备注改成“沈肚肚”。

这还不够，她又转头看着沈渡，冲他挑挑眉，粉唇微嘟，比了个“肚肚”的口型，然后非常欠揍地拍拍自己的肚子。

沈渡被容榕气笑，伸手轻轻敲了一下她的头。

她摇头晃脑地冲他吐舌头，路舒雅女士正在看手机，没有注意到这两个幼稚鬼的动作。

活动楼层和西装店不在一层楼，容榕比他们母子先一步走出电梯，门关上之前，路舒雅女士千叮咛万嘱咐：“小姑娘，你可不许跑啊，待会儿回酒店收拾好东西，我让肚肚接你去我们家。”

她点头：“嗯，知道了。”

一直到电梯门关上，容榕才摸了摸自己的头顶。她努力绷着嘴角，还是没忍住笑了。

容榕拍了拍自己的脸：“哎呀，你冷静一点啊。”

“容榕，你在这儿自虐什么呢？”

容榕猛地惊醒过来，转头一看，沐良琴就站在她不远处，正用一种打量神经病的眼神看着她。

她摸摸鼻子："没什么。"

沐良琴走过来，一脸狐疑地盯着她，"说，你到底干吗去了？"

"就去那个巡展看了一下，活动结束了吗？"

"快了，现在在发礼品。"沐良琴耸肩，揉了揉脖子，"待会儿还要拍照，拍完我们就可以撤了，我今天下午的高铁回清河市，你打算什么时候回去？"

容榕有些惊讶："你这么急？"

"明天周一，要上班啊，谁跟富婆你一样。"沐良琴长叹一声，"你要是不急着回去，记得续房啊。"

容榕含糊地应了一声："知道了。"

两个人刚回到活动现场就被一个工作人员拉着上台了。

容榕被安排跟"兔兔糖"站在一起，后屏的镜头同时给她们两个人特写。

"兔兔糖"一身酒红色礼服裙，妆容精致，和平时的风格有些不一样。

两个人同时看着摄像头微笑，粉丝们都在台下喊着各家正主的名字。

合影结束后，容榕转身打算下台，却忽然被"兔兔糖"叫住。

"兔兔糖"笑着晃了晃手机："榕榕，我们能合影一张吗？我想发个微博。"

容榕原本想直接拒绝，又听见她说："今天我们一起出席活动，如果我不发一张合照，肯定会被胡乱猜测。"

粉丝就是这样，明知道各自喜欢的正主是竞争对手，但就是天真地认为，人间有真情，人间有真爱，就算是与利益息息相关，也不妨碍彼此之间成为朋友。

容榕点头答应，"兔兔糖"直接亲密地揽住她的胳膊，举起手机来了一张自拍。

"对了，榕榕。""兔兔糖"像是想起了什么，忽然凑到她的耳边小声问道，"你和众润的沈总最近还有联系吗？"

容榕蹙眉，没有回答。

"兔兔糖"依旧保持着笑容，声音很低："自从上次你问到了他的联系方式，就再也没联系了吗？"

容榕不动声色地往旁边挪了挪，语调淡然："我为什么要告诉你？"

"不告诉我也行。""兔兔糖"好似并不介意她的语气，声音明显比刚刚高了一截，"榕榕，你知道吗？一个人再有钱，也买不来别人的好感。"

换作以前，容榕一概不理会，反正让人口头占点上风，她又损失不了什么。

但事实告诉她，她的不理会，只会被别人当成懦弱，遇到这种情况，她要再不反击，那就真是包子了。

容榕淡笑，双眸直视着"兔兔糖"："那也总比你既没有钱，也没有别人的好感要稍微好那么一点吧？"

"兔兔糖"脸上笑意渐深："问人要联系方式的又不是我。"

"所以你不如我啊。"

容榕退后半步转身离开，留下这浅浅淡淡的一句话。

眼看着容榕就这样离开，"兔兔糖"咬唇，垂在身侧的手用力握成拳，手背上的青筋凸显。

活动结束后，容榕陪沐良琴回酒店匆匆收拾好东西，将她送上车。

沐良琴坐在车子里，探出头，有些担心她："你一个人没问题吧？'兔兔糖'她们几个明天才走，万一她们为难你怎么办？"

她的语气就像是操心自家崽被人欺负一样。

容榕笑笑："放心吧，不会的。"

"你有时候也别太佛了，该怼回去就怼回去，反正你也说了，'兔兔糖'现在还不敢跟你撕破脸，她内涵你，你就内涵回去呗。虽然我知道你不在乎别人怎么说你，但我替你憋屈啊，明明我们榕妹什么都比她强，干吗要一味地让着她啊？"

容榕点头："嗯，知道了，沐老师。"

车子驶离酒店门口。

她在门口站了约莫半分钟，直到车子彻底消失在车流之中，才转身，打算回房间收拾东西，然后等沈渡过来接她。

容榕大部分东西都是活动前一天跟沐良琴去商场买回来的，很多还没有拆封，所以打包起来很方便，不过半个小时，就已经全部整理好了。

她拖着箱子下楼准备去办理退房手续。

酒店大堂旁边摆放着书柜，容榕打算办好手续后，就直接坐在沙发上等沈渡过来。

沈渡来得倒是很快：“我在车里等你。”

“马上就出来。”

容榕背靠着柜台，看着酒店门外大亮的天色发呆。

一行人说说笑笑着走进来。

“嗯？”川南最先发现了她，“大榕榕？”

几个人走过来，“兔兔糖”看着她旁边的行李箱，语气疑惑：“你就要回清河市了吗？”

她问话正常，容榕自然也好好地答了。

“退房而已，还不急着走。”

“那你退了房住哪儿啊？”川南直接问。

容榕又不能回答，笑着想打哈哈糊弄过去。

“你一个女孩子，在这里人生地不熟，太不安全了。”“兔兔糖”皱眉，语气担忧，“你可以跟我们住一间啊。”

原本所有人都没往那方面想，“兔兔糖”这么一说，大家的神色顿时就意味深长起来。

前两天又是房间升级又是美容服务的，钱包估计被掏空了，再也浪不起来了。

川南哈哈一笑，直截了当地点明：“你的钱花完了啊？”

“兔兔糖”低声警告她：“不许说出来！”

川南“哦”了一声，缄口不言了。

这时柜台人员刚好告诉容榕退房手续已经办理好了，她懒得多说，打算拖着箱子出去。

“兔兔糖”拦住她：“榕榕，你到底打算住哪儿啊？你要不说，我们会很担心的。”

容榕的脸上浮现出一丝不耐。

“兔兔糖”敏锐地捕捉到她的神色，神色一转，语气变得低落：“你就这么讨厌我吗？”

川南咬唇，出声维护道：“大榕榕，兔兔只是关心你，怕你一个人在外面不安全，酒店里好歹还有我们几个跟你一起，你要是住别的什么不干净的地方，指不定有什么豺狼虎豹呢。你有必要这么冷淡吗？”

霍清纯和另外一个女生也跟着附和：“对啊，我们只是关心你。”

上次来房间看她，也是说关心她。

容榕都不知道，她身上到底哪里散发出一丝很窘迫需要人关心的气息？

她深深地吸了一口气，嘴角带笑：“我没有住不干净的地方，我去港湾一号住。”

“兔兔糖”笑出了声，眼神略得意：“榕榕，你不用为了不让我们担心随口说。”

“港湾一号？你逗我吧？”川南嗤笑一声，俨然一副看好戏的样子，“你一个外地人，哪能去那么高级的地方啊？”

容榕忍住想要翻白眼的冲动，解释道：“是我朋友家。”

“哪个朋友啊？”“兔兔糖”故作好奇地问。

“就门口那个。”容榕面对着大门，朝她们身后指了指。

几个人往后面望去，在看清来人时，刹那间目光呆滞，神色复杂。

穿着黑色风衣的男人朝大堂这边走过来，在容榕面前停下。

“你怎么这么慢？”沈渡垂眸望着她，语气低沉。

容榕“哦”了一声：“我刚退房，朋友担心我一个人在外面不安全，就多问了我两句。”

沈渡稍稍侧头，深沉的黑眸扫了一眼容榕周围的几个人。

“兔兔糖”竭力地扬起一个微笑：“沈总，你好，我们见过的。”

沈渡只淡淡地应了一声，随即看着容榕那几个呆若木鸡的“朋友”，语气清冷：“她住我家，很安全，不用担心。”

说完就弯腰，打算从容榕手上接过行李箱。

容榕一躲，声音清澈：“我自己来就行。”

她也没跟其他人打招呼，直接拖着行李箱往外面走，一副不想多待的样子。

沈渡敛眉，终于记起来了。是上次在酒店见到的那几个朋友，但她的这几个朋友，看起来好像都不是很讨她喜欢。至少跟上次在日料店的那个朋友很不一样。

“兔兔糖”一直盯着沈渡的脸，还是没忍住，小声地叫他：“沈总。”

“什么事？”

“兔兔糖”咬唇，语气有些犹豫：“那个，冒昧问一句，你跟榕榕，是什么关系啊？”

他思索了一会儿，语气淡然地吐出两个字：“包养。”

一群人顿时倒吸一口凉气。

“她包养我。”他说这话的时候，嘴角不经意溢出了笑意。

待他离开后，几个人久久未能缓过神来。

“兔兔糖”的胸膛剧烈地起伏着，嘴角露出一抹苍凉的笑意：“居然白白给她做了嫁衣。”

川南有些害怕地看着她：“兔兔……”

“凭什么啊……”“兔兔糖”的眼神涣散，几乎将嘴唇咬出血来，“凭什么我什么都不如她？”

她此刻的样子太过狰狞，一点也不像平时那个乐观爱笑的“兔兔糖”。

车子往沈渡家开去。

容榕忽然想到一个问题，好奇地问他：“你妈妈为什么会觉得我是想勾搭你的十八线小明星？难道平时有很多明星想勾搭你吗？”

沈渡摇头：“不是。”

“那她为什么会这么想？”

沈渡的回答很直白：“电视剧看多了。”

容榕：“啊？”

“我父亲工作很忙，我也不在本地，平时家里就她一个人。”沈渡不紧不慢地解释，“她就爱看那些电视剧，学到了不少情节和台词。”

“所以你为什么不留在本地？”

沈渡愣了一下，淡淡道：“出去时不懂事，嫌她太吵。”

容榕像是打开了新世界的大门，语气兴奋：“沈先生，你也有叛逆期啊？”

“已经是很久以前的事了。”

容榕总算找回点自信，炫耀道：“那我比你听话多了，我没有叛逆期。”

沈渡挑眉，侧头轻飘飘地瞥了她一眼：“是吗？”

容榕知道他不信，倾着身子跟他解释：“我小时候，虽然我爷爷对我很好，但我二叔和二婶对我特别严厉，只要一看见他们，我就怕得走不动道。有一次我跟姐姐还有小北哥哥溜出去玩，结果哥哥姐姐只是被罚了零花钱，而我就惨了，被罚一个月不许出去玩，从那以后我就老实了。”

她说的这段经历虽然很惨，语气里却带着愉悦。

沈渡察觉到她的回忆里，没有父母。

“那你挺乖的。”他微微一笑。

容榕咧嘴，又换了一个问题：“沈先生，你们家的普通话都很好吗？你和你妈妈都没有口音。”

“我妈不是广东人，我们家一直说普通话。”

“那你会说粤语吗？”

沈渡点头：“会。”

容榕的眼睛一亮：“那你教我几句吧？”

“你想学什么？”

“要不你教我念一二三四五六七八九十吧？”

沈渡低笑：“你确定吗？”

“嗯。”

他张了张嘴，声音不轻不重：“ya，短促的第一声。”

容榕跟着念了一遍。

她的音很标准，沈渡直接念了下面的数字：“yi，sam，sei，em，lou，ca，ba，gou，sem。”

这次她读得就不太标准了。

“三是轻抚音，十是第三声。

“七和八是短促音，不用拖长。”

容榕的声音很软糯，一个一个说字的时候总习惯拖长音，当她从一到十念过去，就像是小孩学说话。

他念一个，她就鹦鹉学舌般跟着念。

沈渡的声音低沉，说粤语时总带着一丝说不清道不明的性感，她的声音清甜，不似他那样干脆，却也另类得可爱。

“挺好。”沈渡点头，认可了她的水平。

两个无聊的人就这样将车上的时间打发过去。

到目的地后，容榕看着这立体的外立面高楼设计，不禁眯着眼问了一句：“这里房价多少钱一平方米啊？”

“你要买？”

“我哪有那么多流动资金？”容榕很有自知之明，“就是好奇问一问。”

沈渡带着她上电梯，淡淡地说了个数字。

“那你们家多大？”

“九百八十平方米。”

她居然大言不惭地对这位真富说出“包养”二字，简直狂妄。

容榕咽了咽口水：“沈总，缺大腿挂件吗？”

“嗯？”沈渡挑眉，语气带笑，“不是说要包养我？怎么现在改主意了？”

两个人刚进门，路舒雅女士不知道从哪儿冒出来，一脸兴奋地握住容榕的手：“这下我可有伴了。”

容榕突然很想对阿姨说一句“对不起，太狂只因为太年轻”。

第六章
百看不厌

沈渡的家位于港湾一号东南角高层，容榕一进门，直接透过正前方的阳台看到了外面的蓝天。

路舒雅女士见她好像对阳台很好奇，便拉着她走到阳台那里，指着澄澈得仿佛天色倒影的港湾：“这个阳台是二百七十度全景式的，晚上在这里看夜景特别漂亮，你往左边那里看，就是万向城。”

容榕顺着路舒雅的手看过去，那栋尖顶大楼正伫立在阳台景观的左前方，阳光打在玻璃上，折射出一圈圈耀眼的光圈。

“往右边走都是海景，背面环山。”路舒雅语气轻快地给她一一介绍，“不过现在晚上天气有点凉，待久了可能会感冒，每个套房里都有落地窗，你在房间里看就行。你看看想住靠哪边的？”

容榕笑笑：“都可以。”

路舒雅女士带着容榕走过长廊，途经一个十几平方米大的吧台，吧台里侧的墙柜里，错落有致地摆放着出产地不一的酒瓶。

现在天还亮着，吊顶的灯没有打开，不过容榕猜测，应该是很有情调的那种灯光。

“这些酒都是摆着好看的，好一点的酒都放在天琴湾那边的地下酒窖里。”路舒雅女士好奇地问道，“你品酒吗？”

容榕摇头："我喝得少。"

她念大学的时候喝过几次，都是在宿舍附近的自助超市里买的罐装啤酒，有时候画画没灵感，就来一口。

"你要是想喝，我让人拿一瓶过来。"

"不用了，谢谢阿姨。"

白住在这里就已经让容榕很过意不去了，她哪里还敢再要求喝酒。

容榕的房间就在吧台的对面，走进去便能看到窗外的蛇形湾景。

沈渡早就回房间休息了，容榕将行李箱打开，打算先把新买的未拆封的东西拿出来。

路舒雅女士看着容榕拿出一瓶又一瓶的护肤品盒子，有些哭笑不得："你这么年轻，没必要买这么多护肤品吧？"

"这是我的工作。"容榕抬头冲她一笑，"我就是在网上发视频，做护肤品化妆品测评的。"

路舒雅女士的眼睛一亮："那你对护肤这方面一定很懂吧？"

容榕嘴上谦虚："还好。"

"你来看看阿姨的脸。"路舒雅女士凑到她的面前，指着自己的脸，语气有些低落，"每周花那么多钱去美容院，结果还是抵挡不住皱纹。"

其实路舒雅女士看上去已经非常年轻了，肌肤水润，眼角处的细纹微小到几乎可以忽略不计，皮肤光滑，看不到什么毛孔。

"阿姨，你平时用什么护肤品啊？"

路舒雅女士直接带容榕来到自己的化妆间。

容榕看着这满目琳琅的瓶瓶罐罐，她觉得沈渡妈完全有资格去当美妆博主。

"最近我挺喜欢用这个品牌的，它有一个配套的按摩棒，我每天晚上都用它给脸部按摩。"

两个女人一旦聊起共同话题，就停不下来。

容榕二十岁出头，还没有开始抗老，现在用的护肤品大多都是保湿美白的功效，路舒雅女士给她科普抗皱抗老知识时，她睁着一双大眼睛，都不带眨一下，全神贯注地听路舒雅说。

"不过你现在还这么年轻，太早用了反而会给肌肤带来负担。"路舒雅歪头一笑，伸手捏了捏容榕吹弹可破的脸颊，"再过几年，你就可以考虑这些问题了。”

原本是路舒雅女士向她请教，到头来，却变成她向路舒雅女士打听了。

两个女人坐在化妆间里，聊得热火朝天。

“我感觉自己年纪越大就越喜欢一些粉粉嫩嫩的颜色。”路舒雅女士深深地叹了一口气，“肚肚爸爸老是说我装嫩，我不装嫩点，他要是看上外面的年轻小姑娘了怎么办？”

容榕也不知道怎么接话，只是笑着。

“今天误会你真是抱歉。”路舒雅女士叹了一口气，再次跟她道歉，“平时我从来没见过肚肚身边有女人的东西，心想着又是哪个小演员趁他回来看我这间隙勾搭他，说了很过分的话，阿姨再跟你道一次歉，你千万不要放在心上。”

容榕抿唇，语气含含糊糊的：“阿姨，你遇到过吗？”

“当然啊，不然我的反应怎么会这么激烈？”路舒雅女士睁大眼睛，语气恼怒，“我们肚肚还在上学的时候，就有女同学成天往家里打电话，还好他那时候每天就知道上网、打游戏和男孩子打群架，没空理会那些小女生。前两年过年，不知道从哪里冒出来一个女人，说跟我们肚肚一夜风流怀了孩子，当时我就报警了。”

容榕大开眼界，听得一愣一愣的。

路舒雅女士越说越起劲：“我们肚肚当时那个脸黑得哦，直接把那个女的赶出去了。我每天不光要提防肚肚他爸，肚肚的事也得操心。”

她巴拉巴拉说着在沈渡身上操的大大小小的心，容榕忽然就理解了沈渡为什么要去外省打拼事业。

听着阿姨絮絮叨叨的声音，容榕的嘴角始终带着浅笑。

如果妈妈还在，肯定也喜欢唠叨她吧？

容榕都没察觉到，自己的脸上露出的淡淡温情，目光闪烁，里面流动着羡慕的情绪。

路舒雅女士忽然噤声，向她道谢：“小姑娘，谢谢你听阿姨唠叨这么多。”

容榕腼腆地笑了笑。

“你长得真的很漂亮。”路舒雅女士歪头看她，语气温柔，“一点也不像是网红啊，像是明星。”

路舒雅女士说“网红”两个字的时候很平静，并没有任何负面情绪。

沈渡过来叫她们吃晚饭的时候，忽然觉得容榕和他妈之间的气氛不一样了。

餐桌上，他保持着食不言寝不语的习惯，默默地吃着自己的饭。

对桌的两个女人一张嘴就没停下来过。

“你今天涂的是什么口红？”路舒雅好奇地问容榕，“怎么都不掉色？”

容榕扬眉：“KK 家的，据说接吻都不掉色。”

路舒雅女士惊讶地张着嘴：“真的假的？那我要买回来，等肚肚他爸爸回来跟他试试。”

沈渡呛住了，起身去喝水。

容榕促狭地看着他的背影，嘴角露出一抹狡猾的笑。

“不过不掉色的口红也很难卸，如果没卸干净，可能会留下细菌，还有可能加深唇纹和唇色。”

这一顿饭吃得沈渡不舒服极了，因为什么都没听懂。

容榕吃完就又跟路舒雅女士钻进化妆间，两个人一聊就聊到熄灯睡觉的时间，沈渡洗完了澡出来喝水，看见化妆间的门没关，两个女人背对着他，正在交换着产品使用心得。

他敲了敲房门：“该休息了。”

“别吵我们。”路舒雅女士嫌弃地冲他挥了挥手，“回你的房间睡觉去。”

沈渡：“……”

容榕兴奋地将自己前两天去逛街的时候买的战利品拿出来跟沈渡妈分享。

“这是网上很红的车厘子色，阿姨，你试试。”

容榕将新买的黑管唇釉递给她。偏蓝调的车厘子色，黑管唇釉的质地相较金管更加滋润，成膜后，会显露出清透的镜面效果。

路舒雅女士试了试，挺满意：“这颜色挺好看的。”

容榕此时充分发挥着美妆博主的本能：“我特意找了代替色，M 家的 106 色号和 KK 家的黑管 416 都是这种很好看的颜色。”

路舒雅女士哭笑不得："榕榕，我怎么感觉你是给它们在打广告啊？"

容榕不好意思地吐了吐舌头。

"我也给你分享一个我最近喜欢的颜色。"路舒雅女士神秘一笑，从自己的口红架子上拿下了一支唇釉。

她递给容榕："这支带金闪的，适合你们小姑娘涂。你皮肤白，涂这个颜色肯定很好看。我偷偷跟你说，肚肚和肚肚爸爸都喜欢这种粉粉嫩嫩的颜色。"

容榕知道，沈渡曾经夸过"斩男色"好看，典型的直男眼光。

路舒雅女士大方地将这个唇釉送给她，她也回送了一支。

时间已经很晚了，路舒雅女士终于意识到该让肌肤睡觉了，打着哈欠和她道了一声"晚安"。

容榕回到房间，拿出镜子将唇釉涂上，真的很好看。她越看越喜欢，心里还兴奋着，趴在床上自拍了好几张，等修好照片以后，当成是深夜动态发出去。

"今天榕妹的美貌也正常营业了呢。"

"这是素颜妆吗？看上去好淡。"

容榕回复了这条评论："没有，只涂了唇釉。"

那人顿时又回她："啊啊啊，我被榕妹翻牌了！求色号！"

榕妹回复了色号，下面的回复都跟楼说"打开了某宝""已经下单了""半夜果然容易冲动消费"。

她放下手机，在床上滚了两圈，又起身打开窗帘，双手撑着玻璃看夜景。

隔着玻璃看夜景，总感觉不是那么回事。

容榕打算去阳台，门才打开一道缝，就有光顺着透进来。

她将门打开，看见沈渡正坐在吧台的椅子上，背对着她，好像是在喝酒。

"沈先生。"容榕走到他的面前，结果发现人家只是在喝水。

大晚上坐在吧台上喝水，真有情趣。

沈渡垂眸，细密的眼睫毛在他的眼睑下映出一道浅浅的阴影。

他的声音低沉，反问她："你怎么还没睡？"

容榕指着阳台：“哦，我想去看看夜景。”

“会着凉。”沈渡轻轻蹙眉，淡淡地说道，“回去睡觉。”

容榕很不喜欢沈渡总是用这样的语气命令自己，感觉就像被家长管着。

“你也没比我大多少，我为什么要听你的话？”她执拗道，转身就往阳台那边走。

忽然有人拉住她的胳膊，将她往后一带。

容榕猝不及防地坐在沈渡旁边的椅子上，她转头看他，表情略有不满。

沈渡侧眸看她，目光忽然一滞，瞥见了她的唇。水红色的软唇，还泛着细细的金闪。

沈渡偏过头，声音低哑：“怎么不洗脸？”

容榕“啊”了一声，很快意识到他说的是什么：“待会儿就洗了，我现在要去看夜景。”

“等着。”沈渡没再阻拦她，站起来走回自己的房间，很快又出来了。

沈渡将手上的衣服递给她：“披上。”

容榕老实接过，乖乖地披上。衣服很大，应该是他的睡衣，她穿着看上去就像是小孩偷穿大人的衣服。

容榕将多出来的那一截袖子当水袖甩来甩去。

沈渡“啧”了一声，拉过她的胳膊，低头将她的两截衣袖一点点地挽上去，直到露出她白皙纤细的手腕。

容榕神色一动，抿唇：“沈先生，你真好。”

沈渡低声问她：“哪儿好？”

从容榕的角度，能看到他挺翘的鼻梁和微微扬起的嘴角，灯光昏暗，他的脸上有淡淡的阴影，好看到让人挪不开眼。

“我觉得，你就像我爸爸一样。”容榕的语气真诚，“虽然有时候很严厉，但其实心里很疼爱我。”

沈渡面无表情地放开容榕的手，转身头也不回地离开了。

容榕连忙叫住他：“你不跟我一起看夜景吗？”

“没工夫陪女儿看。”

沈渡离开的背影看上去那么决绝。

“可是我一个人看夜景很无聊的。”她撇嘴，在他即将打开房门的那一瞬间，有些失落地说出这句话。

沈渡的背影忽然一顿，容榕看不清他的表情，却能察觉出他的肩膀微微一塌，似乎是叹了一口气。

在他转身之前，容榕急忙做出一副弱小可怜又无助的样子。

沈渡没有看她，只是径直从她身边过去。

“外头有些凉，看一会儿就回去睡觉。”他的声音清冷，每个字里都带着淡淡的无奈。

容榕在沈渡看不见的地方对自己比了个“耶”。

越是繁华的城市，就越是没有夜晚，纵使夜幕降临，无数的霓虹也会将这片天空重新点亮。

秋夜，晚风卷起凉意，吹拂过衣角，弥补了盛夏迟迟不来的惬意与舒适。

容榕撑着栏杆看着这片寂静的港湾。没有星星倒映，水面上的点点荧光，都来源于对面的那些高楼。

身旁的男人保持着沉默，容榕知道她身边有个人，即使一句话不说，也并不觉得孤单。

她想称赞这些景色，却发现自己的语文知识实在匮乏，只能喃喃道：“这里真好看。”

沈渡转过身，背靠着栏杆，穿着睡衣的他，浑身上下难得透出一丝慵懒。

容榕侧头，撑着下巴问他：“你怎么不看啊？”

“看过很多次了。”沈渡的声音低醇，语气懒散，“刚搬来的时候，看着还挺新鲜的。”

容榕双手抓着栏杆，一摇一摆：“也就说看腻了呗。”

“嗯。”

“那沈先生，你有什么看不腻的东西吗？”

沈渡侧头看她，她歪头，对他眨了眨眼。

天上无星，但她的眼睛里仿佛盛着揉碎的星光，瞳孔中有缓缓流淌着的星河。

他的喉头一紧，猛地收回目光，好半晌都没再说话，似乎在思考她的问题。

容榕耐心地等待着他的回答，贴着栏杆，身子不安分地弯腰往下望，长发从背后滑落至身前，遮住了她的脸。

她不怕高，越是站在高处，就越像是伫立在云端。

搬去爷爷家之前，她就住在很高的楼层。

清早起来，跑到阳台边上看，周围的高楼都隐匿在云雾之中，宛若仙境，金灿灿的阳光为浓厚的云层披上一层璀璨的轻纱。

小时候，她最喜欢踩在小板凳上，堪堪够着栏杆，伸出头往下望。

她知道这样很危险，但是每次都会有人一把将她抱过来，一改昔日里温柔的模样，压低声音斥责她，告诉她这样很危险。

容榕忽然腰间一紧，她被腾空抱起，那人一只手抱住她，一只手按在她的肩膀上，将她的身子掰过来。

容榕回过神，眼睛恢复了焦点。

沈渡的下颚紧绷，一双清隽深邃的眼睛里满是愠色，他用力抓着她的腰，干净清冽的气息钻入她的鼻腔。

沈渡紧蹙着眉，神色晦暗，低吼道："你干什么！"

她的双手轻轻贴在沈渡的胸膛上，能清晰地感受到它急促的起伏。

容榕就这样仰头看着沈渡，不知怎么回事，浑身燥热起来。腰间那里燥热难耐，让她心里麻麻的，脸颊滚烫，就算是凉风也吹不散这猝不及防就升高的温度。

"这样很危险你知不知道？"沈渡声音中的愠意并未完全消去，只是不像刚刚那般激动了。

她乖巧地点头，语气低软："知道。"

容榕腰上的力道忽然消失，沈渡后退了两步，神色严肃："知道还这么做？"

容榕像个做错了事的孩子，缩着肩膀，绞着手指，悄悄抬头瞥他。

沈渡看上去好像挺生气的。

她吸了吸鼻子，忽然就笑了起来。

沈渡似乎被她的厚脸皮惹得更生气了，伸手就在她的脑门上弹了一下："还敢笑？"

"不敢笑。"容榕抬起头来，一副虚心认错的样子，"是我错了。"

沈渡没理她，很明显不接受她的认错。

容榕用脚尖在地上画着圈，拖长了尾音，再次开口：“下次再也不敢了。”

她平时说话声清甜，此时因为服软，就勉强软着嗓音装小奶音。

“回去睡觉。”

沈渡连一个眼神都懒得赏给容榕，转身走进了屋子。

容榕跟在沈渡后面，脚尖点地，生怕发出一点声音惹前面这位老爷更加生气。

眼看着“沈老爷”绷着脸就要回屋了，容榕手疾眼快地抓住他的衣服，话题转移得十分僵硬：“沈先生，你刚刚还没回答我问题呢。”

沈渡回头看她：“什么问题？”

“你有没有什么东西是看不腻的？”

“有。”

容榕的眼睛一亮：“什么啊？”

沈渡面无表情地给出了最佳答案：“钱。”

好庸俗的答案，但是她竟然没有办法反驳。

容榕不死心：“除了钱呢？”

沈渡双手抱胸，靠在门边， 任她如何跺脚催促，都只是垂眸看着她闹，坚决不开口。

“吊我胃口很好玩吗？”她也学着他抱胸，一副“你不回答我不放你”的样子。

沈渡无奈：“榕榕。”

容榕应了：“干吗？”

他忽而闷笑，又轻叹一声，揉了揉她的头：“快睡吧，晚安。”

房门被轻轻关上，容榕不解地站在门口。

叫人名字又不说干什么，存心的吗？

容榕原本不打算这么快回清河市。

沈渡跟她不一样，是个正经老总，每天都要上班，本来这次回来相当于放了个小假，不能再多耽误。

一听沈渡打算回清河市了，容榕想了好半天，还是决定跟他一起回去。

她临走前给路舒雅女士送了好多东西，心里想着当成是这两天的住宿费，结果把路舒雅女士感动得一塌糊涂，依依不舍地拉着她的手，嘱咐她有空一定要再到找自己玩。

因为来的时候坐高铁的体验感不是很好，容榕就顺势向沈渡打听了一下，坐什么交通工具回清河市。

沈渡的想法倒是跟她一致：“飞机。”

容榕点头：“我是现在把买票的钱给你，还是你买了以后再给你？”

沈渡直接拒绝：“不用。”

“沈先生，怎么每次我要给你钱你就这么抗拒呢？”容榕皱眉，有些不高兴了。

沈渡面无表情地看着她：“不用买票。”

一直到走的那天，容榕看到自己要上的这架湾流 G650ER，瞬间明白了沈渡的话。

他们是要坐私人飞机回清河市。

容榕之所以了解湾流航空，是因为爷爷早年也买过这家公司制造的飞机，当时她高中毕业，她求着爷爷体验了一回从内陆飞到大洋彼岸的感觉。

饶是富婆容榕，在看到机舱内橙色的 S 家皮套装饰后，也忍不住酸了。

“飞个国内航线，是不是有点暴殄天物？”

沈渡早已坐下，神情悠然：“这飞机马上要送到国外去定期保养，不用白不用。”

机内的管理系统应用程序可以通过个人设备操控，容榕连上手机后放了一首古典音乐，见沈渡没什么反应，放心地将整个人都陷进柔软的座椅，惬意地享受着。

在轻柔的音乐声中，容榕兴奋的心情逐渐平缓下来，将这段时间不长的飞行旅程直接睡了过去。

她下飞机的时候，还没完全醒过来，走路都有些迷糊。直到撞上了沈渡的背，闻到了他身上的香水味才清醒。

身为美妆博主，容榕很敏锐地闻出沈渡换香水了。

著名“斩女香”，前调黑加仑花与水莲相辅相成，清新舒适，后调渐渐入缓，麝香温暖，带着一丝儒雅低调。

此时香味已经到了后调，和他这身清俊斯文的打扮一样迷人。

沈渡的声音在她的头顶响起：“看路。”

容榕微红着脸，小声道：“知道了。”

坐上车时，容榕刻意和沈渡保持着一定的距离，以免闻到他身上的香水味，让自己神志不清。

沈渡原本就话少，她不说话，车厢里的气氛一时间冷下来，让前排的司机都忍不住哆嗦了几下。

这位长相漂亮的小姐他印象很深，就是老板用口红写电话号码的那个。

没想到真成功了。

原本看到她，司机心里还庆幸了一下，想着工作狂老板总算愿意劳逸结合，他以后也能偷点小懒，毕竟谁也不可能奇葩到出去约个会还要带着司机。

结果也不知道这两个人怎么回事，上了车一句话也不交流，跟拼车的陌生人似的。

这样的气氛一直维持到这位小姐到家。

司机先一步下车从后备厢取出行李，刚递给这位小姐，人就跟逃难似的，冲老板鞠了一躬，拖着行李箱脚底抹油般溜走了。

沈渡的脸色很黑。

司机咽了咽口水，他们老板这是被嫌弃了吗？

被嫌弃的老板：“回公司。”

果然被嫌弃了，可怜的老板。

容榕眼见车子开走了，才重重地舒了口气。此时兜里的手机猝不及防地响起来，她掏出手机看了一眼，是爷爷打来的电话。

容榕刚一接起，那边就是一句质问：“臭丫头，你还要在D市玩多久？你心里头还有没有我这个老头子了？”

容榕立刻服软：“我已经回来了，休息一下就过去看您。”

“回来了？回家了？”

容榕在电梯口看着正在下行的电梯，应道：“嗯，刚到家。”

"那正好，你跟北也一起过来吧。"

"啊？"

"他今天去那边办事，我让他帮我去查探一下你这个丫头是不是提前回来了躲在家里。"

电梯"叮"的一声，门打开了。

看见电梯里那个男人后，容榕几乎本能地迅速转身逃走。

出去是要刷卡的，容榕七手八脚地又将卡掏出来，一只手刷卡，另一只手握上门，眼见就要成功逃离了。

身后却忽然伸出来一只手，反将门往里拉，容榕不及他的力气，只好低头装死。

男人戏谑的声音在她的耳边响起："小榕子，怎么一见到哥哥就跑啊？"

听着这熟悉的声音，容榕确定自己刚刚眼没花。

见容榕一直没有反应，男人轻捻起她的一缕长发，慵懒而又缓慢地再次开口："不敢看我？"

容榕伸手将自己的头发抽回来，转身仰头看他，语气不善："你来干什么？"

千躲万躲，没想到徐北也居然找到她家来了。

容榕高考后出国念大学，每次放假回家能躲就躲，这年毕业回国得知徐北也在她出国的那一年飞澳洲读研了，估摸着还得顺道读个博士，没个五六年回不来。她松了口气，没有徐北也的城市，连空气都那么清新。

可惜现在空气又开始浑浊了。

徐北也镜片下狭长的眸子微微眯起，嘴角露出痞笑，弯腰与容榕平视，语气闲淡："几年不见，你胆子变肥了啊，跟哥哥就这么说话？"

容榕瞪着杏眸，一脸不耐："你不是我哥哥。"

徐北也笑得咳出声，直起腰，语气散漫："那是谁小时候跟在我屁股后面，小北哥哥前小北哥哥后的？每天叫哥哥比叫你姐还勤快。"

不提容青瓷还好，一提她，容榕就下意识地奓毛："你别提她。"

徐北也挑眉，有些不可思议："你们姐妹还没和好吗？"

容榕撇头，气恼地闭上眼睛，她侧对着徐北也，只留给他一个不友善的半边脸。

她的长睫微垂，粉唇微抿，一张清丽白净的小脸紧紧绷着，似乎他是什么洪水猛兽。

“小榕子，出国前我就跟你姐解释过了。”徐北也无奈地叹了一口气，“我那时候不知道该怎么拒绝她的告白，你又恰巧躲在旁边，还以为自己藏得多好，半个头都探出来了，我就顺手拿你当了挡箭牌。”

就因为这个，容青瓷在家哭了好久。

她买了姐姐最喜欢吃的零食送到房间，结果被悉数扔到楼下，姐姐警告她别再叫她姐姐。都是眼前这个男人的一句戏言，她和姐姐的关系全变了。

“我不想听你说这些话。”容榕的态度强硬，直接推开大门就要走出去。

徐北也伸手又去拉她的手，手指触到柔软的掌心，她的手很小，力气也不如他大，他只是将她的手包在拳头里，她就没办法挣脱了。

他微微一怔，也不知多久没有牵过她的手了。

就在他失神时，容榕用力甩开他的手，五官皱在一起：“你放开我。”

徐北也俊逸的脸上闪过一丝低落，眸中复杂的情绪又很快被镜片掩盖。

他敛眉，看着她用力挣扎的样子，语气低沉：“小榕子，你就这么讨厌我？”

她抬眸看着他，神情倔强：“对。”

徐北也冷笑一声，伸手撑在门把上，将她桎梏于双臂间，哑着嗓音调侃道：“我说不喜欢你，你也讨厌我，那我要说喜欢你，你是不是就要跟我老死不相往来了？”

他的眸底深处随着她的沉默，渐渐浮起隐晦的神色。

眼前的女人一直不开口，他忽然觉得没什么意思，又稍稍松了松手间的力道。

容榕一把推开他，拖着行李箱打开门就往外跑。

真把他当瘟疫了。

徐北也看着容榕纤细的背影，眉目间压抑着不悦的情绪再难掩藏。

他抬脚，跟了上去。

容榕拖着行李箱跑不快，心里越急，步伐就越虚浮，怎么都使不上劲。

她走了灌木丛里的小路，行李箱的滚轮压在石子路上，发出“哗哗”的声响。

走出这片小路，就是小区的正门口。

有一辆熟悉的车停在门口。

容榕刷了卡走出去，鬼使神差地靠近那个倚在车门旁正在低头看手机的男人。

他怎么还没走？

沈渡似乎察觉到容榕的视线，抬首清清淡淡地扫了她一眼。

她张了张嘴，想起现在不是说话的时机，脚尖转了个方向就要绕过他，行李箱却突然拖不动了。

她转头，看着那个扣着她行李箱的男人，低喊道：“你放开。”

徐北也眉头微挑，咧开嘴笑得欢畅：“行啊，我放开，你别跑。”

她点头，徐北也果然放开了她。

“行李箱给我。”徐北也这回没抢，而是伸手问她要。

容榕将行李箱藏到身后，语气警惕：“干什么？”

“我接你去爷爷家吃饭。”徐北也重重地叹了一口气，“明明小时候那么黏我的，怎么现在变成刺猬了？”

容榕冷声拒绝：“我自己会去，不用你送。”

“爷爷知道你回来了，也知道我来这里找你，结果我们是分别坐车到的，你是不是想让老爷子知道我们的关系不好，然后教训我们这些做小辈的不懂团结友爱接着又被罚抄啊？”

容榕没话说了。小时候，他们做小辈的要是敢吵架，就会被拉到书房罚抄关于友爱的文章。美其名曰，陶冶情操。

“榕榕。”

她的背后有冷淡的声音响起。

容榕不想面对徐北也，也不想面对沈渡，她只想安安静静的一个人。

沈渡走到她的身边，朝她伸出手。

容榕看过去，发现他的拇指与食指间，正捏着一支口红。红色金属外壳将他修长的手指衬托得如暖玉般温润白皙。

“掉在车上了。”沈渡言简意赅地解释为什么这支口红在他手上。

容榕摸了摸口袋，恍然大悟。

这是她在机场免税店无意中淘到的宝贝，因为是新宠，又容易脱色，所以她顺势就放在衣服口袋里，方便随时补妆。没想到掉在沈渡的车上。

容榕接过口红，小声说了句“谢谢”。

沈渡没怪她，只是淡淡嘱咐：“下次再掉在我车上，就不还你了。”

容榕刚想吐槽沈渡不还她难道还能自己留着回家偷偷涂，就听见一直没有开口的徐北也沉声开口问道：“小榕子，不给哥哥介绍介绍你的朋友？”

“……”

她正愁怎么介绍，沈渡自己先一步淡淡点头，语气从容地说道：“你好，我叫沈渡。”

徐北也的嘴角抽了抽，也跟着微微点头：“徐北也。”

很冷淡也很客套的自我介绍。

容榕将口红收进袋子里，抬脚就想从这两个人中间悄悄溜走。

“去哪儿？”两道低沉的男声同时响起。

容榕咽了咽口水，转头，盯着鞋子，语气弱弱的：“去爷爷家。”

沈渡垂眸看她，嗓音清冷：“我送你去。”

还没等她开口，就听见徐北也语气颇为不友善地开口提醒：“沈先生，小榕子有我送，就不劳烦你了。”

“是吗？”沈渡的面色平静，问容榕，“不上车吗？”

徐北也皱眉，盯着容榕看。

容榕被盯得发毛，小鸡啄米般地点头：“上上上。”她非常不坚定地拖着行李箱朝车子那边走去。

“我不用你送。”与徐北也擦身而过时，容榕只轻轻对他说了这么一声。

态度不言而喻。

眼见着那车消失在视线中，徐北也的眼神晦涩，嘴角带着微凉的笑意。

他叹了口气，拿出手机拨通老爷子的电话。

“爷爷，小榕子是不是不在家啊？等了她好久了。”他扶了扶眼镜，语气懒散，“我懒得等她了，先过来了啊。”

徐北也按着太阳穴，终于苦笑一声。

自作孽。

容榕报了地址，就由沈渡送她到爷爷家。她坐在车上，思绪却不知道飘哪儿了。

斯文俊秀的少年也长大了，身姿颀长，挺拔俊朗，只面上依旧散漫慵懒，仿佛对什么都不在意。当然也不会在意他当初的那句戏言让她承受了多少。

她正恍惚着，沈渡淡然的声音忽然将她拉回现实：“那个人是你的哥哥？”

“啊？”容榕一时间没反应过来，习惯地叫出了那个她喊了许多年的称呼，“小北哥哥啊，他不是亲哥哥，只是一起长大的。”

沈渡翻动着手里的文件，以老板例行询问下属工作进度的正经语气问道：“他比你大多少岁？”

容榕不知道沈渡为什么要问这个，但还是答了：“四岁。”

“所以你叫他哥哥。”

这个结论真的很白痴，容榕完全不知道他说这句废话要干什么。

她的神情复杂，顺着他的话点头：“嗯。”

“那我呢？”沈渡忽然侧头望向她，眸中神色淡淡的，面色清冷。

容榕茫然地看着他：“你什么？”

沈渡的喉结微动，收回目光，偏头看向车外：“你叫我沈先生叫得挺勤快的。”

容榕：“……”这么尊敬的称呼，为什么他一副很不满的语气？

前排的司机只想与世隔绝。

听不到，听不到，听不到，也听不出沈总是在那什么。别笑，别笑，别笑，掐住大腿，他上有老下有小，不能得罪老板。

“那你想让我叫你什么？”容榕的语气疑惑，但还是妥协地询问他的意见。

“你自己想。”

容榕想了很久，又总结了这几天沈渡对她的种种行为，终于恍然大悟。

“我不好意思叫。”容榕的语气羞涩，“我也是有节操的人。”

沈渡的威胁手段一如既往地老土：“想下车？”

容榕抿唇，轻叹一声，为了不被丢在这郊区，她决定放下尊严，讨好眼前这位。

“爸爸。”

沈渡：“……”

司机：“……”

还未开发完全的郊区公路，漂亮的年轻女人孤零零地站在路边，神情呆滞地看着飞驰而去的轿车。

半分钟前，她被赶下车。

容榕无助地抱着路边的樟树，用脑袋撞向结实的树干，一阵闷响后，树干的碎屑撒了她一头。

空旷的土地上，远处包着建筑安全防护网的高楼大厦里发出刺耳的施工声。

爷爷的老宅在市区邻郊，开车很方便，一路都不怎么堵。

刚刚车子已经开过了最近的地铁站和公交车站，恰好停在了一个鸟不拉屎的开发区。

容榕看着公路上疾驰而过的车子，手机“叮”的一声响，叫车软件提示她，周围没有可以接单的车辆。

她生无可恋地打开地图，搜索了路线，绝望地选择了骑行。

容榕骑着橙色的共享单车，踩着脚踏板悲哀地开始这段骑行之旅。

她一边骑一边诅咒着沈渡和徐北也。

男人没一个好东西。靠天靠地不如靠自己，还有共享单车和地图。

十分钟后，一辆轿车默默地回到原点。

司机：“沈总，没看到。”

沈渡：“……”

司机：“这位小姐的行李箱怎么交给她啊？”

沈渡：“……”

司机：“沈总？”

沈渡：“闭嘴。”

第七章
我都给你

作为一名合格的下属，要想老板之所想，忧老板之所忧，不要老想着从老板那里得到什么，要多想想自己能为老板做什么，自己的劳动还能为老板创造多少剩余价值。

车子缓速行驶在最外道。

司机的眼睛一亮，语气兴奋：“沈先生！人在前面！”

沈渡透过挡风玻璃看到不远处那个娇小的背影。她穿着一件明黄色的帽衫，兜帽遮住了后脑勺，像颗圆溜溜的卤蛋，两条纤细的腿搭在踏板上，节奏感十足地踩着单车。

他收回目光，短促的笑声从喉间溢出：“跟着。”

司机疑惑：“不接她上车吗？”

“等她累了。”

一脚一脚的，踩得倒是挺起劲，估计抱怨他也抱怨得挺起劲。

此时容榕对后方的注视毫不知情，黑着脸贯彻着市政府每年都大力宣传的低碳环保行动。

上学的时候骑得比较勤快，容榕的体力并没有看上去那么差，但因为现在心中有怨气，几乎把单车左右边的踏板分别当成沈渡和徐北也，所以踩得格外用力。

很快，她的小腿肌肉就有些酸了。

容榕将单车停在一边，抬头望了望碧空如洗的天，蹲在路边休息。

车子里，司机又说："沈总，她停下了，应该是累了。"

容榕原本就娇小清瘦，蹲在那里更加像一只团子了。

她还戴着帽子，一双手藏在宽大的衣袖里，撑着下巴发呆，也不知道在想什么。

沈渡看着容榕不知道从哪儿捡起一根细长的树枝，在地上写着什么，然后她扔掉树枝，起身，一脚踩上去。

似乎还不够泄愤，她又跺了跺。

她在地上写了什么，真的很好猜。

他无奈地笑了两声，打开车门走下去。她背对着他，在地上踩来踩去，并没有注意到有人过来。

沈渡走到她的背后，她正低着头，双手塞兜，嘴里念念有词。

"垃圾沈渡。"

沈渡轻笑，暴露了自己的位置。

容榕的肩膀猛地耸起，神情僵硬地转过头，看见了男人衬衫上的第二颗纽扣。

沈渡垂眸，好整以暇地看着她，声音微沉："刚刚骂我什么？"

容榕张了张嘴，试图蒙混过关："你在说什么，我听不懂。"

沈渡的声音又低了半分，略微挑眉，语气上扬："嗯？"

容榕咳了一声，清丽的小脸藏在兜帽里，只分给他一个后脑勺："算你还有点良心，知道打道回府来接我。"

"行李箱还在车上。"沈渡的嘴角扬起，语气稍稍带笑，"你忘了拿。"

她转身，一副不可思议的样子看着他，语调很高："你让我拖着行李箱骑单车？"

"我看你踩得挺高兴。"

"你需要配一副眼镜。"容榕恨恨地吐槽，三两步走到后备厢那里，拍了拍车子，"开后备厢。"

车子里的司机很迅速地打开了后备厢。

容榕拿出行李箱，掏出拉杆，白了沈渡一眼，姿态潇洒地一路向前走。

“榕榕。”他开口叫她。

容榕的神色变了变，没停下脚步，继续大步向前。

沈渡无奈，长腿一迈，以身高优势追上她，从她手中拿过拉杆。

“好了，逗你的。”

容榕更生气了，语气严肃：“逗我就能随随便便把我赶下车？”

沈渡扯了扯她兜帽上的绳子，她一整张小脸瞬间就有三分之一被藏住。

容榕一边理帽子一边继续控诉：“干什么？报复吗？”

“倒打一耙。”他叹气，也没再说什么，直接往车子那边走去。

容榕撇嘴，跟在沈渡后面，很不服气：“我抛了自尊心才叫出口的，这一声包含着我的真心，你居然还不领情？”

坐上了车，容榕化身小话痨，继续不依不饶：“别人要求我叫我都不叫呢，沈先生，你真是身在福中不知福。”

沈渡的嘴角抽了抽，语气淡淡：“这种福还是算了。”

“真难伺候。”容榕叹气。

司机觉得自己的嘴角要抽筋了。

他透过后视镜看向两个人。

也不知道怎么回事，两个人坐得老远，表情也不对付，但就是让他这个中年大叔忍不住笑。

好在两个人没有再进行这类幼稚园式拌嘴，接下来的路程，司机幸运地避免了笑抽筋。

车子停在老宅门口，没有开进去，容榕刚准备开门下车，似乎想起了什么，转头看向沈渡。

沈渡注意到她的视线，没抬头，只是问她：“怎么了？”

她倾身，双手撑着柔软的车垫，悄悄凑近他的耳朵，奶声奶气地满足了他的愿望：“拜拜，沈渡哥哥。”

说完这句话，容榕迅速下车，没有给沈渡任何反应的时间。

沈渡侧头，透过车窗看向那个背影。

恶作剧成功了，走路都一蹦一跳的。

他摇头，低沉的笑声在车子里响起。

饶是一块冰山，在她手中也变成冰激凌了。

沈渡无可奈何地抱怨："调皮鬼。"

容榕刚进门，就迫不及待地大喊一声："容国渊先生！我想死你了！"

未见其人，就先闻老爷子一声闷哼："臭丫头！"

容榕换了拖鞋走到客厅，老爷子正坐在沙发上看电视。

"舍得回来了？"老爷子睨了她一眼，语气不满，"怎么不一直待在那边算了？"

"那怎么行，我怎么能抛下您一个人去外面享福。"容榕抓起老爷子粗厚的手，语气严肃，"这绝对不可能。"

老爷子一脸嫌弃，却没有将手抽出来："行了，行了，刚才打电话给你，你说你到家了，那北也怎么没碰到你？"

她沉默了两秒，摇头笑道："可能刚刚错过了吧？"

"你们总算都回来了，我今天还叫了东野过来吃饭。"老爷子轻叹一声，"可惜南烨还在北京回不来，不然把你们都叫在一起，再陪我这个老头子吃个饭。"

徐家有三个儿子，和容家的两个小姐青梅竹马一起长大，除了徐北也吊儿郎当，非跑到国外镀金，他的两个哥哥毕业后全部从政，是真真正正的人中龙凤。

"我跟他爸妈打听了，北也这几年在国外老实着呢，连个女朋友都没交。"老爷子神秘兮兮地凑到容榕耳边跟她八卦，"你姐姐这几年也是，给她介绍了多少个，她哪个都看不上，丫头，你说，他们凑一对怎么样？"

容榕笑道："这个还是要听当事人的意见吧？"

"你姐姐的心意谁不知道，真以为我们看不出来她喜欢北也？至于北也，虽然也交过好几个女朋友，但没哪个是真的上心的，未必对你姐没有意思。"

容榕没再说话，只听老人家红光满面地继续说。

到了开饭时间，老爷子口中的两个当事人终于姗姗来迟，谁也没理谁。

似乎是凑巧，两个人刚进门，徐北也的大哥徐东野也过来了。

容榕上前讪讪地跟他打了一声招呼，对方只是淡淡地点了点头，随即很快就把她当成透明人。

西装革履的英俊男人一副不苟言笑的样子坐在餐桌上，就如同寒风过境，刚上的热菜瞬间冷却。

老爷子跟徐东野闲聊，他年纪轻，三十岁出头，就坐上了市政秘书的位子，前途一片大好。

生活中毫无情趣，但就是这样的小辈最讨长辈喜欢。

聊完了正事，老爷子就顺口问了问徐北也这几年在国外过得怎么样。

徐北也的语气散漫："还行啊。"

"交女朋友了吗？"

他苦笑："爷爷，您就别问我这么扎心的问题了，行吗？"

老爷子："青瓷也没交男朋友呢。"

这话谁听不出意思来就是傻了，容青瓷的脸色一黑，开口直接讽刺："得了吧，我高攀不上。"

徐北也也不甘示弱："哪儿的话，是我配不上你才对。"

要说容青瓷还喜欢徐北也，容榕不信。

早在容青瓷告白被拒绝后，她就迅速在大学刚入学找了个如胶似漆的学长男朋友，虽然两个人没熬过毕业季，但这也证明了，徐北也并没有那么重要。

徐东野蹙眉，语气低沉："行了，吵什么，吃饭。"

这顿饭气氛不好，所以吃得很快。

饭后徐家两兄弟被老爷子叫上楼说话。

容榕坐在沙发上喝茶，容青瓷一屁股坐在她身边，语气直接："这次去D市，没直接去B市？"

容榕摇头："没有。"

"这么方便你都没有去？"容青瓷叹气，"本来想让你帮我带白金粉底和BGL家的珠宝。"

"你不是有密嵌钻石那一款吗？"

"忽然觉得白色贝母的也很好看，想买回来玩玩。"容青瓷挑眉，"你去那边碰上沈总了吗？"

容榕下意识地摇头。

“没碰上啊，还指望你能在生意上帮点忙呢。”容青瓷又说，“爷爷跟我说了，明年开春，让你去公司入职。”

“怎么都不跟我商量一下？”

“为什么要跟你商量？你开画展能开出一个公司来？做美妆博主能赚回一个公司来？你二十一岁了，爷爷把你宠到这么大，不是为了让你坐吃山空的。”

容榕笑眯眯地说：“公司有你就行了。”

“容榕，我不需要你做出这么一副与世无争的样子。”容青瓷忽然冷笑一声，神色复杂，“你以为你不听爷爷的话，跑到国外去学画画，为了我躲着徐北也，爷爷和徐北也就会比较喜欢我吗？”

容榕抿唇，双手不安地握在一起。

“他们不会。”容青瓷淡淡地说，“容榕，我没有办法讨厌你，可我也没有办法不嫉妒你。”

容榕无措地揪着沙发布，小声说：“我学画画，是因为真的喜欢，我躲着徐北也，是因为我讨厌他。”

容青瓷皱眉：“你讨厌他干什么？”

“如果没有他，你不会这么凶我。”容榕撇嘴，杏眸中满是埋怨。

姐妹俩大眼瞪小眼。最后容青瓷无奈地叹了一口气，伸手狠狠地掐在容榕脸颊上。

容榕撇过头躲，容青瓷却不想那么轻易放过她，两个人在沙发上你来我往，直到有人叫住她们。

徐东野站在楼梯处，语气淡淡的：“青瓷，爷爷叫你上楼。”

“啊，来了。”容青瓷理了理衣服，又做出要打人的架势，努了努嘴，小声威胁容榕，“少撒娇，不吃你这套。”

容榕抱着沙发枕，看着容青瓷白眼一翻，转身往楼梯那边走。一脚刚踏上阶梯，就被徐东野抓住胳膊。

容青瓷回头看他：“怎么了？”

徐东野指着她的头发：“有点乱。”

“哦。”容青瓷伸手又顺了顺头发，朝他微微一笑，“谢谢。”

徐东野只是冷淡地应了一声，没再看她。

一直到容青瓷上了楼，徐东野才不咸不淡地问了句："一直盯着我干什么？"

容榕尴尬地笑了笑，摇头："没有。"

"别总惹她生气。"徐东野的目光清冷，神色无波，"她替你承受了很多。"

容榕低头，乖巧应道："嗯。"

楼上，容青瓷正巧遇到了从书房走出来的徐北也。

几年不见，这个男人没怎么变，戴着眼镜一副斯文俊秀的模样，脸上总挂着温和的笑，看起来对谁都很好，但其实对谁都不好。

她下意识地一躲，脚步也跟着停下来。

徐北也像是没看见她，径直从她身边过去。

最后还是容青瓷没忍住，开口叫住他："爷爷跟你说了什么？"

徐北也的声线懒散，一副漫不经心的模样："爷爷想撮合我们，他找你估计也是这个事，你直接拒绝就行。"

容青瓷瞬间就猜到了他给爷爷的回复。

她苦笑一声："你还真是绝情啊。"

徐北也忽然收起那副吊儿郎当的样子，抿唇沉声道："小时候不懂事，用了那样的方式拒绝你，对不起。"

"这三个字你还是收回去吧，我不需要。"容青瓷深吸一口气，语气调侃，"徐北也，这回你不是还用容榕当借口吧？"

徐北也皱眉："不是。"

"当初你说喜欢容榕，我信了，认为她不光抢走了爷爷，还抢走了你。后来你跟我说，这只是你找的一个借口。"容青瓷冷笑，眼中没有一丝温度，"大学四年，出国三年，你一个从老早开始谈恋爱的人，整整七年都没有再找过女朋友，你跟我说，容榕真的只是你为了拒绝我而找的一个借口吗？"

"恋爱谈够了，觉得没意思。"他轻笑，镜片挡住了眸中情绪，"一个人单着也挺好。"

容青瓷嗤笑："徐北也，你这个人真的挺无情的。"

她咬唇，走进了书房。

刚走进去，老爷子还没开口，容青瓷就先一步开口提前拒绝：“爷爷，你不用白费劲了，我们不来电。”

老爷子张嘴，仍抱有一线希望：“可是，你不是……”

容青瓷扬声打断老爷子接下来的话：“没有，就算有那也过去了。”

“好吧。”老爷子轻叹一声，妥协道，“不谈这个了。”

容青瓷指了指门口：“那我出去了？”

“等会儿。”老爷子欲言又止，但还是问出口，“跟榕丫头说了去公司的事了吗？”

容青瓷点头：“说了，她不是很愿意，不过到时候我会把她绑到公司去的。”

老爷子重重叹了一口气，摆手：“算了，她不愿意就算了。”

“爷爷，你别再宠着容榕了。”容青瓷皱眉，语调微高，“她已经活得够自在了。”

“她四岁那年，母亲跳了楼，之后没几年你大伯也跟着走了，丫头刚到家里的时候，一句话都不敢说，做什么都小心翼翼。”老爷子神色清明，声音平静，“她现在能这么开心，我什么都不求了。”

容青瓷撇头，嘴角露出一抹嘲讽的笑，不知道是说给爷爷还是自己听：“高中分文理科，是你们帮我选的，大学的专业是你们帮我选的，现在就连我在公司做什么事，升多少职，也是你们安排的。”

她看向老爷子，幽幽地问：“爷爷，那我呢？”

“青瓷……”老爷子欲言又止，却没法反驳她的每一个字。

容青瓷没有想得到回答，问完这句话后，就头也不回地转身离开书房。

她走到栏杆处，从上往下望着正坐在沙发上吃水果的容榕，紧握住扶手的那只手，手背上，凸显出条条青筋。

容榕是个好妹妹，可她不是个好姐姐。

南方的过渡季节总是特别短暂。这个城市，迎来了又一个冬季。

料峭寒风中，吹不折的树枝屹立在路旁，灰色的天空透出一丝沉闷。

现在正是上班族最忙碌的时候，流量目标能不能顺利完成，全看这一年最后的两个月够不够拼。

容青瓷给容榕发了一大堆英文原件让她翻译，附言道：“我知道作为无业游民的你很闲。”

容榕辛辛苦苦翻译文件，一毛钱都拿不到，比实习生还不如。

她怒回：“我也是有流量目标要完成的好不好？”

电话那头，容青瓷的语气听上去很微妙：“网红的流量，就是多买几个营销号，趁着年末，赶紧再上几次热搜多挣点流量，你花钱就行，文案什么的都让那帮营销号帮你想。”

容榕盯着眼前的画板，语气烦闷：“是画画。”

“你又要办画展了？”

“不是。”容榕起身，走到画室窗台处伸了一个懒腰，“经纪人说我的作品太少了，画集出版的时候会印不满内页，让我趁着这段时间多画几幅。”

容青瓷“哦”了一声，又问：“那里面会印你的照片吗？”

“不会啊。”

“要是实在完不成指标，你就发几张你的照片给出版社。”容青瓷的声音带笑，调笑意味十足，“绝对比你单纯出一本画集卖得好。”

“那不就成写真集了吗？”容榕很嫌弃。

“你要是每次办画展都肯露面，你的画绝对不止现在这个价格，毕竟人都是视觉动物，好看的人跟好看的画重叠在一起，追捧的人只多不少。”

无论什么职业，长得好看是永不过时的一大利器。

容榕摇头：“算了吧，反正现在卖画挣的钱，也够我吃饭了。”

容青瓷吩咐容榕尽快把文件翻译出来，容榕听见电话那头似乎有别人在说话，容青瓷匆匆打了声招呼，就将电话挂断了。

容榕揉了揉酸痛的后颈，在画室里坐了一上午，调色板都成了艺术品，画板的三分之二还留着白。

画画这个事，讲究灵感和状态。

她果断扔下画笔，三两步跑出画室，打算回房间休息一下。

因为赶作品，容榕已经一个多月没有逛 B 站了。

她躺在床上，点开了久违的软件。

刚点进去，就是一串消息。无论是私信，还是每条视频下的评论，新增的都是催更。其中有几条是意向合作推广的。

容榕直接拒绝了几条说要打软广的合作，结果就只剩下一条消息没回。

作为美妆圈的一股清流，说不好听点就是一朵奇葩，代价就是根本赚不了多少钱，每个月的推广费，还不够她买东西测评的钱。

容榕非常反感一些软广要求将推广产品放进爱用物分享中的。

爱用物分享视频原本只是博主单纯为粉丝推荐自己觉得好用的产品，无论价格贵贱，都是博主根据真实体验得出来的结论，这种视频的干货程度仅次于妆容教学视频。

但如果爱用品中有了推广产品，因为利益影响，博主无法完全真实说出有关于产品的某些负面评价，“爱用品”三个字，瞬间就成为笑话。

唯一一个不要求她打软广的是一家国货品牌。

近两年来，国货产品异军突起，有的是因为确实产品好价格也良心，有的则是营销推广满天飞，不想火也难。

这一家国货在业内口碑还不错，主打皮肤屏障修复功能，因为成分都是纯天然，所以敏感皮也适用。

但它们家也因为营销少，所以只能小范围火，全靠自来水真情实感的推荐。

容榕想了想，似乎没有见到过它和美妆区哪个 UP 主合作过，她好奇地将自己的疑问发过去。

对方回得很快，说之前是因为大部分的资金都用来做产品研究和开发，推广这方面并不是很在意，但最近因为争取到了大投资，所以还是想将产品往外再推广一下。

“如果大榕榕愿意，我们可以先寄一部分产品给你试用，然后再决定要不要合作。”

容榕犹豫了一会儿，还是问了：“冒昧问一句，你们还找过其他 UP 主吗？”

“没有哦，投资方那边给我们的建议是，第一次合作这类推广视频，一定要找各方面评价都很高，并且商业推广视频数量比重很小的博主。”

那肯定不会跟“兔兔糖”撞了，到时候就不会被她的营销号拿出来做比较，容榕放心地将地址告诉了对方。

解决完这件事，容榕刚闭上眼没两秒钟，手机又响起来了。

是沐良琴发过来的微信。

“容榕！你的粉丝催更都催到我头上了！你个鸽王！”

然后沐良琴发给她一张截图。

全是她的粉丝留言，都是什么“两个好朋友，做人的差距怎么就这么大呢”，“一个高产似母猪，一个低产似结扎”，“请‘良心妹妹’把自己的勤奋分一点给我们榕鸽王吧”。

容榕没辙了，只好发了条动态。

大榕榕：“十分钟以后直播吧。”

评论瞬间破千。

十分钟后，她换了一件衣服，打开了直播间。

容榕想看看弹幕有没有人，结果看到弹幕正在刷屏告诉她“良心妹妹”进来凑热闹了。

她一进来，就刷了个“天空之翼”，瞬间抢占贡献榜榜首。

容榕每次直播都告诉粉丝不要刷礼物，就算刷了也会被折算成人民币捐出去，但“良心妹妹”给她刷礼物她就不会这么想了，反而笑着打趣：“就这么点啊？”

良心妹妹：“贪心的女人！”

“进我直播间那是要交钱的，‘天空之翼’怎么够？”容榕挑眉，语气严肃。

粉丝们都知道这是两个UP主日常玩梗，于是也在弹幕里跟着刷“不够，不够”“再多刷点”“我们榕妹的盛世美颜难道只值一个‘天空之翼’吗”。

就在白色弹幕充斥着屏幕的一瞬间，所有人都沉浸在刷梗的乐趣中，屏幕上忽然划过一阵亮紫色，带着闪电特效的小电视飞船瞬间填满整个屏幕。

容榕盯着那个ID，看上去并不眼熟。

接着这位粉丝又刷了“小电视飞船×10”，容榕没法，只能念出这位粉丝的名字，并且叫对方不要再刷了。

就在弹幕纷纷酸这位土豪新粉时，另一个土豪横空出世。

这位土豪开通了大航海，一进场就是亿万级别的特效加持，然后“嗖嗖嗖”就是一串礼物砸过来。

两个粉丝似乎是杠上了，飞船就跟不要钱似的，划过一架又一架。

“土豪争宠。”

“这世上没有什么是一架飞船解决不了的，如果有，那就两架。”

……

容榕说了声“再见”，关掉了直播。

微信提示音瞬间连续重复响了好几声。

沐良琴：“能不能把我介绍给你的土豪粉丝！”

容榕没理她，另外几条是路舒雅女士发过来的。

美好生活：“直播结束了吗？

“我特意充钱给你刷礼物，都是最贵的，高兴吗？

“另一个是谁啊？一直在跟我争第一。”

其中一个破案了，容榕扶额，当初不该告诉阿姨她的B站ID。

一棵大榕树：“不知道啊。”

容榕好奇地点开另一个新粉丝的个人主页。

等级不高，没有任何动态，只关注了一个UP主，大榕榕。

她正苦苦思索这位粉丝是哪里冒出来的，结果这位粉丝的ID取得十分欲盖弥彰。

“DU”。

这位老爷可能是取名废晚期，从微信名到B站名都是如此没有创意。

容榕：“……”

母子较量，绝了。

容榕点开微信聊天界面，果断给这位粉丝转了一笔钱过去。

转账理由：“不要你的臭钱。”

几天前。

“对‘自纯’的投资，是众润向日化产业拓展的第一步，如果效益良好，我们会考虑进一步的收购。”

会议室正前方的大幕投影仪上，折线图清晰地说明了‘自纯’这个品牌2015年以来的销售份额，以及这几年它们品牌所做出的技术革新和市场成效。

PPT（幻灯片，演示文稿）播放完毕，会议室的大灯重新亮起。

负责人舒了一口气，抱着期望的眼神看向老板：“沈总？您觉得呢？”

沈渡微微点头：“就按照你的方案进行，资金我批了，到时候找我签字。”

负责人笑着鞠躬：“谢谢沈总，我现在就把方案发给‘自纯’那边。”

沈渡看向众人：“他暂且留下，你们都回去吧。”

“好的。”

魏琛作为助理，没吩咐的时候自然是老板在哪儿他就在哪儿，会议室的人都走了，就剩下他和老板还有负责人。

只见老板拿着桌上的复印文件，似乎还在细看。

老板真是一个严谨的人。

“沈总。”负责人笑容满面，“您还有什么吩咐吗？”

“你说的推广方案，已经实行了吗？”

“暂时还没有，因为‘自纯’对商业推广这块不是很了解，所以还在商量合作的人选。”

沈渡的语气淡淡的：“还没定好？”

“没有。”

他微微皱眉，显然是嫌弃进展太慢了：“能接推广的那么多，你们都找不出一个人来？”

负责人顿了一下，咧嘴笑道：“是这样，因为这是第一次商业推广，所以‘自纯’那边是想找一个各方面都与他们品牌特性相符合的合作人，最好是流量大，口碑也好，商业推广合作接的并不多，比较有购买信服力的合作人，而且他们不打算找艺人，想要找一个本身对护肤品这一块比较了解的。”

魏琛了然：“啊，就是美妆博主嘛。”

负责人点头：“嗯，是的，‘自纯’那边还在筛选。”

沈渡眉头微挑，语气清冷：“除了你刚刚说的这些，还有别的要求吗？”

“暂时没有了。”

“对年龄有要求吗？”

投资部那边在敲定方案前专门了解过这一方面，护肤品这种东西，是按照年龄阶层分段的，不同的年龄，适用的产品各有不同。

“好像没有，但是他们目前的主打产品针对的是年轻女性。”

“小姑娘也可以？”

负责人：“是的。”

沈渡忽然轻笑：“我推荐一个小姑娘，可以吗？”

最后负责人和助理魏琛一起走出办公室。

负责人看着视频里正在化妆的漂亮女孩，犹豫了很久，还是问出口：“能问一问，沈总平时闲暇的时候都有什么兴趣爱好吗？”

魏琛仔细回想：“一周偶尔去两三次马场，其余的就是坐办公室了。”

“没了吗？”

“没了吧。”魏琛话锋一转，语气有些飘忽，“不过沈总有时候一个人在办公室，谁知道他在干吗呢……”

两个大男人对视一眼，默契地点头。

他们要保护好沈总的小秘密，这才是好员工。

容榕非常有骨气地把钱还给了沈渡。

结果那边没有回消息，而是直接发起语音通话。

容榕的心一跳，矜持了几秒钟，接了。

“干吗？”

沈渡的声音在电话那头响起：“你干什么？”

“还钱啊。”容榕想莫不是他还在装傻，带了点提示说道，“刷礼物的钱。”

那边沉默了一会儿，说道：“没多少钱，不用还了。”

还真是他刷的。

容榕只要一想起她素颜穿着家居服，脑袋上贴着刘海贴对着镜头化妆的样子被这对母子看光了，她就感觉自己的衣服被人扒下来，赤身在大街上游荡。

浑身都臊得慌。

她咬唇，有些埋怨：“你干吗看我直播？”

“想看看你是怎么靠脸吃饭的。”沈渡的语气悠然，理由听上去十分充分。

容榕没好气地问：“那你看到了吗？”

沈渡“嗯”了一声：“看到了，给你刷礼物的人挺多。”

“那你干吗给我刷？”她撇嘴。

沈渡的低笑声顺着电话传入耳中，酥酥麻麻，惹得她面色微红，不知道他在笑什么。

“我觉得他们刷得太少了。”沈渡的声音轻快，语气上扬，“怕你不够吃饭。”

容榕闷哼：“我有钱吃饭，我是富婆来着。”

“好吧，富婆。”沈渡勉强认同容榕这个自称。

“就算我没钱吃饭，你给的礼物也不够我吃，而且平台还要抽成。”容榕掰着手指给他分析。

“你要多少？”

容榕一时半会没有反应过来：“什么？”

沈渡醇厚的声音像是一阵风，从她的耳边掠过：“我都给你。”

容榕整个人僵在原地，语气喃喃：“你给不起。”

“没什么给不给得起，只有你想不想要。”

挂掉电话后，容榕一下扑倒在床，抓着一人高的公仔将它用力抱在怀里，打了好几个滚。

滚了好几圈后，容榕捂着脸“啊”了两声，脸怪烫的。

切，谁要他的钱啊，她是富婆来着。

电话那头的沈渡，此时正握着手机发呆。

连魏琛什么时候进来都不知道。

“沈总？”

直到魏琛出声，沈渡才回过神来：“嗯？”

“签字。”魏琛将手中的文件夹递给他。

沈渡拿起桌上的钢笔，迅速地扫了一眼文件后签好字又交给魏琛。

这时候魏琛就应该出去了。

沈渡没有注意他，拿起手机点开某个视频。

“Hello（嗨），大家好，欢迎收看我的频道，今天是大家期待已久的少女妆容的妆教学视频。”

清甜的女声从沈总的手机里传出来。

“我们照例先做好第一步护肤工作，然后上妆前，妆前还是老生常谈的这一款黑管隔离。”

非常详细的教程，沈总看得好像还挺认真。

魏琛捂着小心脏走出办公室，给负责人发了条微信。

“沈总是那个美妆博主的粉丝，实锤。”

第八章 谢谢你

容榕收到了“自纯”寄过来的包裹。

要说国货品牌有一点还是非常值得国外那些眼高于顶的品牌学习的，那就是贼大方。

但凡过年过节都有礼盒送，每出新品再送，要合作更是一箱一箱地送，生怕博主面若银盘不够用。

容榕看着一箱子的产品以及密密麻麻的产品说明书，有点头疼。

好在对方告诉她，这些产品她可以选一些感兴趣的用，其余不感兴趣的自己留着或者送粉丝都行。

“其实你不用寄这么多过来。”

“没事啦，主要我们这边真的很希望能跟你合作。”

容榕顿时心生荣幸，好奇问道：“我能问问为什么吗？”

“我听老板说，是投资方跟我们推荐的你，好像是你的粉丝。”

容榕：“投资方是女老总啊？”

“不是，男的。”

男粉，还是个总裁男粉，绝了。

“其实最近我们公司都在补你的视频，如果你愿意可以来我们公司参观一下，我可以带你去我们的产品实验室。”

容榕的羞耻感又出现了。

她将产品一件件打开，决定挑几件感兴趣的先用一个月。

一件产品到底有什么效果，至少要通过二十八天的试用期，才能得出相对准确的结论。

她现在主打的都是彩妆测评，因为护肤测评周期实在太长，而且个人肤质差异很大，难免会出现争议。

之所以考虑和“自纯”合作，容榕做了各方面的功课，“自纯”确实算是国货品牌里低调又好用的产品了。

她不打软广，也没必要瞒着粉丝，干脆就发了条动态当预告。

大榕榕：“打算试用合作方寄来的新包裹，测评护肤品周期比较长，这个月就不更其他测评视频啦。”

粉丝怒了。

榕妹今天鸽了吗：“鸽直播也就算了，视频也要鸽？”

如假包换榕妹夫：“你的借口真的找得很烂你知道吗？”

“榕妹，你真的好久没有出vlog（视频博客）了！”

“求榕妹出一期穿搭吧！”

她想了想：“行，出穿搭。”

粉丝们欢呼雀跃，容榕想着去哪里拍穿搭比较好。

她不想拍到家里的衣帽间，干脆就把穿搭和vlog放一起拍，满足所有人的需求。

正巧，她确实也对“自纯”的实验室很感兴趣，学一些这方面的知识也有利于她以后做护肤方面的视频。

容榕果断叫上了沐良琴。

沐良琴先是惊讶她居然接到了“自纯”这个国货的推广，然后兴奋地表示自己要一起去。

“你是不是第一个接到‘自纯’推广的美妆博主？”

容榕不确定地点头：“应该是吧。”

“你是不是走后门了？‘兔兔糖’和川南她们都是‘自纯’的‘自来水’，推荐过好几回了，‘自纯’居然找你这个贵妇控。”

容榕想了想，笑道：“听说是他们的投资人推荐我的，那位投资人似乎还是我的粉丝。”

沐良琴哈哈大笑："容榕，你实红啊，都被大佬粉上了。"

容榕约好去"自纯"实验室的那天，是个天气颇好的午后。空气中浮动着细微的尘末，阳光拨开云雾，融化了前日的小霜。

沐良琴看着沐浴在阳光中的容榕，不可避免地酸了："你为什么要打扮得这么好看？故意刺激我吗？"

容榕挥了挥手中的相机："拍 vlog 加穿搭啊。"

说完，她就将相机镜头对准自己。

G 品牌早春款蝴蝶结羊毛大衣在光下呈现出少女般的嫩粉，领口处的黑色蝴蝶结元素为这件少女感十足的大衣添上一丝严肃学院风，内搭白色薄纱裙，站在光下，衬得肌肤胜雪。

容榕扎着简单的马尾，露出白嫩的耳郭，珍珠白蝶贝耳钉上嵌着的那颗锆石熠熠生光。

无敌日系美少女了。

她们刚进去时，就被眼前忙碌的人群吓到了。

沐良琴迷茫地眨了眨眼："这是在夹道欢迎吗？"

容榕摇头："应该不至于。"

不一会儿就有工作人员过来接她们去参观了。

沐良琴好奇道："请问你们这是赶着要干吗啊？"

"投资方来参观了，我们在做准备。"工作人员笑容可掬，"不妨碍。"

容榕有些尴尬："早知道我就改天来。"

"没事的，投资方也是临时才决定过来参观的。"

两个人跟在工作人员后面，听他一一介绍每一步的生产流程，容榕拿着相机，将可以公布的一些设备拍下来。

正当她们准备去往下一间时，不远处传来了交谈声。

工作人员笑道："投资方应该快过来了。"

下一秒，一个西装革履的年轻男人走进这间房，清秀的眉眼只是略微迷茫了一下，随后挠着头冲容榕几个人点头，转身就想再离开。

他刚走出两步，又折回来，脚步直接往容榕这边走来。

年轻男人问出口："你是大榕榕吗？"

容榕愣愣地点头。

男人咧嘴笑道："都是在视频里看你，没想到你本人这么漂亮啊。"刚进房间，第一个看到的就是眼前这个女人，也难怪老板都成了粉丝。

沐良琴小声凑到容榕耳边提示："男粉。"

容榕了然，眉间带笑："你也是来参观的吗？"

"是啊，我能不能拜托你一件事？"年轻男人眨眨眼，声音清朗，"我们老板是你的粉丝，特别喜欢你。"

原来这个男人的老板才是她的男粉。

容榕的笑容甜美："替我谢谢你老板。"

年轻男人愉悦地指了指门外："我们老板就在外面呢，你可以跟他见见面吗？"

容榕"啊"了一声："啊，可以啊。"

"好啊，你跟我来。"

年轻男人的脚步轻快，先一步走出去，容榕没他腿长，稍稍落后了些。

魏琛兴奋地冲不远处的老板大喊："沈总！大榕榕就在隔壁！"

正和"自纯"品牌创始人聊品牌创建契机的沈渡整个人猛地一顿。

"我还帮你要到了签名！"魏琛像献宝一样交出手中的签名。

沈渡没接，转身就走。

一群人愣在原地，不知道这是什么情况。

魏琛叫他："沈总！"

"你明天不用来上班了。"沈渡冷冷地丢下这句话，迅速走进转角，消失在众人面前。

魏琛："……"

一心为老板着想，怎么反倒失业了？

老板心，海底针。

跟着魏琛到了这里，却没有见到男粉本人的容榕也是一脸茫然。

沐良琴疑惑："难道是害羞了？"

魏琛猛拍大腿，大意了！

虽然老板年近三十岁，但是一直洁身自好，从来不乱搞男女关系，如今见到这么漂亮的大榕榕会害羞太正常了。

是他考虑不周，活该被炒鱿鱼。

粉丝不想见她，她也不可能自己主动贴上去，她朝魏琛礼貌地笑了笑，语气温和：“看来我是打扰到你们老板了，下次有机会再见吧。”

魏琛心里头替老板可惜，嘴上还得替老板把面子兜住：“可能是急着去厕所。”

饶是谁都难相信这蹩脚的理由，但谁也没戳穿。

一直站在旁边的创始人忽然开口，语气惊讶：“啊，是大榕榕啊。”

男人三十岁出头，正笑容亲切地看着容榕。

“能跟B站人气最高的美妆区UP主合作，是我们品牌的荣幸。”男人笑容可掬，眉宇间都夹杂着春风，“其实我也偷偷地补看了你的不少视频，你比视频里看上去还要漂亮。”

扎着马尾辫的年轻小姑娘抿唇腼腆微笑时，眼睛里都盈满星光。

男人又看向沐良琴，声音温润：“你是‘良心妹妹’吧？”

沐良琴受宠若惊地点头，语气有些不可思议：“没想到您还认识我。”

几个人之间的聊天氛围如此温暖和谐，眼见着已经交换了姓名，差一步就是兜底了。

只有魏琛心中默默为老板担忧。

沈总到底还要躲多久？

容榕双目放光地看着创始人，语气轻快：“真的谢谢温先生赏识。”

温槐安眨眨眼，笑道：“真正赏识容小姐的不是我，是众润的沈总啊。”

容榕：“？”

魏琛激动，温总好样的！

几个人沉默了好一会儿，还是沐良琴哆嗦地问出口：“众润沈总？沈渡吗？”

“你们知道？”温槐安稍稍挑眉，左右看了看，“沈总刚刚去上厕所了，应该待会儿就回来。”

容榕笑得开怀：“能告诉我厕所在哪儿吗？”

温槐安依旧笑着，只是神情略微疑惑：“嗯？”

“我迫不及待想当面谢谢他了。”容榕的笑容甜美，感谢之情无懈可击。

他说了位置，容榕好像也是一副很急的样子，道完谢后急匆匆地走出工作室。

温槐安有些奇怪："他们认识吗？"

"认识啦，不光认识，还很熟呢。"沐良琴神秘一笑，语调上扬。

温槐安意味深长地"啊"了一声，随即对沐良琴微微笑道："那我先带沐小姐参观吧，没想到沈总会来得这么突然，都没来得及为你们安排，招待不周，实在抱歉。"

魏琛忙说："那我去找沈总。"

沐良琴"啊"了一声："人家粉丝见面会，你一个路人过去干吗？安心在这儿等你们沈总回来吧。"

沈渡站在公共盥洗台的镜子前洗手。他其实只在小便池前站了一小会儿，连裤子都没摸一下。

镜子里那个清俊挺拔的男人只是微微垂眸，轻叹一声，不知道自己为什么要跑。

清甜柔软的女声忽然在他背后响起："沈先生。"

容榕看着眼前这个背对着她的男人，颀长的背影稍稍一顿，却没有转过来看她。

她得意地扬眉，略疑惑："听说我有个男粉特别喜欢我，我特意追到这儿来见他，沈先生，你有没有看到呀？"

沈渡的嘴角抽了抽，语气清冷："不知道。"然后侧身就往外面走。

一只手忽然横在他的面前，撑着他侧面的墙壁挡住了他的去路。

容榕仰头看着他的下巴，难得地露出了坏笑："这位粉丝，你想躲到哪里去呀？"

沈渡低眸，惜字如金地解释："我不是你的粉丝。"

"那你干吗向'自纯'推荐我？"

"他说了条件，我觉得你符合。"

容榕"哦"了一声，丝毫没有要放他走的意思。

沈渡蹙眉，紧接着就是容榕的又一句疑问："你怎么知道我符合？你看过我的视频？"

他一滞，容榕立刻自问自答："对，你还看过我的直播，你还给我刷了好多礼物，综上所述，你就是我的粉丝。”

沈渡：“……”

容榕见沈渡死鸭子嘴硬不肯承认，那股恶作剧的劲头上来，顿时就丢掉了平时的淑女样，姿态活像个调戏黄花闺男的小流氓。

她踮脚，语气调笑：“你不承认，我就不放你走。”

这种事她不是第一次对沈渡做了，所以十分得心应手。

沈渡：“走开。”

“哟，还挺犟。”容榕挑眉，语气惊讶。

典型的给点阳光就灿烂出太阳系。

沈渡的喉结一动，声音低沉：“你胆子挺大。”

容榕整个人沉浸在调戏总裁的巨大喜悦中，没听出他的语调变化，依旧以十分欠打的口吻冲他嚷嚷：“怎么？有意见？”

容榕正扬扬得意，忽然被人拉了一把，将她往墙上狠狠一抵，形势瞬间发生了惊天逆转。

沈渡一只手撑在墙上，一只手抱着她的后脑勺，弯腰与她对视，微微眯眼，声音低哑：“很有意见。”

清冽的男性气息铺天盖地将她的理智抽离，那双深邃的眼睛里满是她的倒影。

沈渡穿着灰色的呢子大衣，显得长身玉立，墨色的眸子里光华内敛，薄唇微扬，将冷峻的轮廓染上一层浅浅的柔和。

沈渡长得很好看，这是她一直无法否认的事实。近在咫尺间，她几乎要溺在这张英俊的脸上。

沈渡一贯寡言又禁欲，脸上的神色总是淡淡的，直到现在被人逼到墙角，居高临下反客为主，容榕才发觉，他生起气来也很跩。

玩脱了的容榕同志很没有骨气地㞞了：“你要是有意见，那我以后就不这样了。”

沈渡低笑一声，语气喑哑：“这么㞞？”

完了，黑化了。

她低着头，一副卖乖的样子：“开个玩笑，别当真嘛。”

“为个粉丝的问题追着我问这么久。”沈渡稍一顿，笑了，“不听了？”

容榕抬眸："不听了。"

他忽然轻叹一声，捏了捏她的脸，无奈道："不知道该说你听话，还是不听话。"

沈渡用劲很小，指腹捏起容榕脸上的肉，光滑细腻，就像果冻一样。

容榕任他捏，末了还说："别捏出印来了，不好看。"

他笑得咳出声，直起腰终于放开她。

等两人再回到工作室时，脸上的表情已经完全恢复如常，所有人也十分上道地没有询问。

之后便一起参观，容榕问了不少关于生产方面的问题，温槐安一一答了。他说得很仔细，除了对一些类似配方比重的机密缄口外，其余都知无不言，活像个真导游。

一直到下班时间，所有人才结束参观，温槐安做东， 提出要请所有人吃顿饭。

研究室离市中心比较远，他选择了一家就近的餐厅吃饭，好在其他人都是开车过来的，回家很方便。

容榕和沐良琴以及另外一个随行的女士都没有喝酒，只有几个不需要开车的男士开了酒边聊边喝。

沈渡和温槐安都有司机接送，给他们敬酒的人又最多，酒瓶基本上只在他们两个周围转。

酒桌上谈生意，喝得越多，诚意越足。

两个老总都是教养极好的人，酒过三巡，也没有玩什么吵吵闹闹的行酒令，顶多就是说的话多了些，气氛也从刚刚一开始的拘谨，到后面的天南海北，什么都聊。

聊到后面发现他们居然是大学校友，敬酒就更加自然了。

容榕一直处在围观状态，默默地喝着自己的果汁。

沐良琴喝多了果汁，刚去上厕所了。

这时有个男人拿着一杯酒，脚步虚浮地冲容榕走过来，二话没说将酒杯满上，放在她的面前："容小姐，怎么说也是合作伙伴，不喝一杯不合适吧？"

是"自纯"那边的高层。

另一个男人也起哄道："酒桌上有个这么漂亮的大美女，一直也不说话，好歹喝一杯，融入一下我们这帮粗老爷们嘛。”

容榕摆手，刚想婉拒，就听见有人先一步开口：“怎么？二位这是嫌弃我的酒量不够，不愿意跟我喝了？”

沈渡神色清明，但眼中已泛起醉意，手指轻扣在桌面上，稍稍仰头看着他们。

高层连忙解释：“怎么会？沈总海量，我们都是手下败将。”

“那就继续。”沈渡拿起酒杯，对着二人晃了两下，“让小姑娘喝果汁。”

又叫她小姑娘了。

容榕气闷，放下果汁，顿时觉得没意思。

沈渡轻挑眉头，语气带笑：“喝腻了？”

容榕敷衍地点头。

“给你换一个。”沈渡起身，走到包厢旁边的玻璃柜，最上头那两层都是酒，下面是为小朋友特意准备的饮料和果汁。

他弯腰，从下层拿出一瓶饮料来，修长的食指搭在拉罐上，轻轻一抬，将打开的罐装饮料递到容榕面前。

“榕榕。”沈渡凑到她的身边，身上浮着一层淡淡的酒气，“你喝这个。”

容榕看着眼前正斜视她的大眼小子。

旺仔牛仔。

“我是小孩吗？”她不满地小声控诉。

沈渡低笑，轻轻点了点她的鼻子：“喝完，不许浪费。”

容榕：“……”

这男人绝对喝醉了。

在座几个人就这样目瞪口呆地看着沈总给容小姐开了一罐旺仔牛奶。

两个人也没差多少岁，这种父女既视感是怎么回事？

因为这种既视感实在很强，所以等所有人走出饭店准备各回各家时，大家对于容小姐上了沈总的车一点都没有感到惊讶。

送女儿回家，这是一个老父亲应该操心的。

沐良琴有意不想当电灯泡，打算搭其他便车回家。

温槐安微微笑道：“我送沐小姐吧。”

“啊，谢谢。”沐良琴双目放光，感激涕零，“温总，你人真好。”

“举手之劳。”温槐安笑容温润，意有所指，“车上的灯光如果太亮，会影响开车。”

毫无自觉的电灯泡魏琛坐副驾驶座，容榕和沈渡坐后排。

两个人都挨着车门坐，中间隔着一条银河。

沈渡打开车窗，按着眉心醒酒。

“沈总，您还好吧？”魏琛有些担心地回头望着沈渡，语气担忧，“要不待会儿我陪您回家吧？”

沈渡摇头：“不用。”

“您家又没有人，万一摔倒就麻烦了，今天您实在喝得太多了。”

谁知道那个温总会是校友，一谈起大学时期的青春岁月，哪个男人能抵得过三杯两盏淡酒。

沈渡闭眼，无力地靠在椅背上，被酒润色后的嗓音充满磁性：“不用。”

魏琛叹气：“您该找个照顾您的人了，今天还是让我来照顾您吧？”

司机猛地一戳魏琛。

“老王，你干什么？”魏琛捂着胳膊瞪他。

司机用唇语提醒他：“旁边有个现成的要你来？”

魏琛迷茫地眨了眨眼：“容小姐吗？”

司机点头，随后状似惊讶地看着满格油表，大喊一声：“不好，快没油了！”

魏琛愣了足足半分钟，终于反应过来，配合地叹了口气：“哎呀，这荒郊野岭的，可怎么办呢？”

“只好找一家酒店凑合一晚，明天再回市区了。”司机摇头，一脸沉痛。

沈渡低沉的声音从后排传来：“先找找附近有没有加油站。”

紧接着容小姐说道：“我查一下。”

然后是一阵惊喜：“哎呀，真有，幸运。”

司机：“……”

魏琛：“……”

幸运个头，活该母胎单身。

什么玩意。

容榕生怕司机找不到加油站，还特意问了一句："您手机上有地图软件吗？"

"有。"司机露出一抹勉强的笑，佯装惊讶，"哎呀，还有油呢，刚看岔了，呵呵。"

魏琛责怪道："老王，你这年纪大了，视力也退化了啊。"

容榕眨眨眼睛，看向旁边的沈渡。

他似乎累极了，根本没听见司机和魏琛的对话，靠在椅背上，合上眼睛小憩。

车内没开灯，窗外也只有勉强照明的路灯，只有微弱的月光描绘出他清俊的轮廓。

沈渡紧抿着唇，冷峻的眉目不见一丝柔和，他双手交握搭在膝盖上，以一种十分紧绷的姿势休息。

容榕能看出来，他很不舒服。

"能不能先把沈先生送回家？"容榕的语气低柔，"他好像很不舒服。"

"不行。"

拒绝她的不是别人，是沈渡。

容榕有些诧异，下意识地问："为什么不行？"

沈渡的语气深沉，不容她反驳："女孩子晚上要注意安全，我看着你回家。"

"我也没说不回家啊。"

纵使喝了酒，他的神色也依旧淡淡的："先送你回家，我没有关系。"

车子忽然颠簸了一下，司机扶着方向盘暗骂了一声："垃圾丢路中间，什么素质。"

沈渡咬唇，扶着额头重重地呼着气，胃里早已翻江倒海。

魏琛急忙转头问道："沈总，您没事吧？"

最艰难的创业时期已经熬过去了，沈渡早已不需要用酒来谈合同，因此这两年都有意克制饮酒来调节身体，只是这次恰巧"自纯"的温总是大他两届的师兄，一时回忆上头，喝了不少。

容榕皱眉，对司机说道：“先送沈先生回家。”

魏琛感激地点头：“好。”

“你……”沈渡睁眼，偏过头无奈地看着她。

“你总让我听话，你就不能听我一次吗？”容榕抱胸，仰着头看他。

沈渡将头偏向另一边，将车窗又关上了。

容榕有些奇怪：“不开窗会很闷的，你喝了酒，应该多吹吹风。”

他轻轻摇头，嗓音微醇：“风冷。”

啊，他怕冷啊。

没过多久，又是他的一声呢喃：“你会感冒。”

只能摸清彼此身影的车厢内，他的气音又轻又柔，带着淡淡的关切与温柔，容榕的心跳一滞，盯着他挪不开视线。

恰巧有微白的路灯透过窗子洒进来，刹那间照亮他。

英俊的侧脸像是光影下的简笔画，画笔细细绘出他线条清晰的下颌线，深邃的眼睛和高挺的鼻梁，以及抿着的薄唇。

喝了酒，他的唇上泛起微红，容榕心悸地收回视线，心里想着他的唇色如果是某个口红色号，那肯定是“斩女色”。

她深吸一口气，挪到沈渡身边。

似乎是感应到侧边的温度，沈渡微讶，垂眸看她：“怎么了？”

容榕的手掠过他身前，又打开车窗。

凉风灌进车厢内，她脸上滚烫的温度终于稍稍缓解一些。

“我没关系的。”她轻声说道。

只要他能舒服一点。

夜里，能听到呼啸而过的晚风和车内彼此安静的呼吸。

容榕的胳膊靠着他，隔着大衣，感受不到肌肤相触，仅是衣物摩擦，都觉得距离过分近了。

她不安地动了动，想稍稍挪开些，坐回自己原本的位置。

沈渡睁眼，骨节分明的大手搭在她的胳膊上。

容榕颤了一下，不敢动了。

“别动。”沈渡的声音微喑，“既然你不怕感冒，就一起吹吹风。”

容榕看了一眼自己这边紧闭的车窗，都开着就太冷了，一边开着其实刚刚好。

她与这天气相反，整个人都是温暖的。

车子开进市区，视线逐渐明朗起来，色彩各异的霓虹照亮车厢，夜市才刚刚开始，容榕稍稍朝沈渡这边倾身，好奇地往外看。

她很少经过这里，都不知道这一片晚上会开夜市。

天气这么冷，夜市小摊的老板们穿着棉袄，戴着耳罩，每一句叫价，都有白雾从嘴里吐出，在昏黄灯光的映照下，徐徐向上升起，直至不见。

沈渡看着她的发顶，鼻尖处萦绕着淡淡的香气。

容榕身上的香味每次都不同，但都是他喜欢的。

沈渡的语气很轻："你换香水了吗？"

容榕收回目光，笑道："我每天都会换香水啊。"

她十分钟爱少女香，几乎只要某个品牌推出了，她就会毫不犹豫地买回来。

MT 五代，相比其他少女香，更偏向轻熟款，瓶身也与前四代不同，黑盖搭配淡粉色透明玻璃，前调是淡雅清新的苹果香，后调偏向于木质花香调，淡淡的甜味中泛着一丝微酸。

眼见车子就要驶离这一片区域。

沈渡忽然问她："想下去看看吗？"

容榕摇头，又反问他："你想看吗？"

沈渡微笑，也摇头。

"那你干吗问我？"

"我不是想看这个。"他收回视线，嘴角带笑。

多亏吹了一路的凉风，快到家时，沈渡的神色已经清明不少。

司机打算先把车停好，再和魏琛一起送沈总上楼，沈渡直接摆手，表示不用："你们送容小姐回去吧，我一个人上楼就行了。"

魏琛和司机对视，同时叹了口气。

沈渡还在嘱咐容小姐，到家了记得给他打电话。

魏琛戳了戳司机的胳膊："老王，咋办啊？"

"我能咋办。"司机扶额，"都到家了。"

魏琛看向一旁正低头，乖巧接受嘱咐的容小姐，忽然眼睛一亮。

容小姐的表情有些奇怪，垂在身侧的手紧握着，细长的双腿有些不安分，脚尖擦着水泥地，也不怕磨了鞋跟。

“沈总。”魏琛忽然开口，“我忽然想上厕所了，能不能去您家借个厕所啊？”

沈渡挑眉，点了点头，又看向低头做鸵鸟状的容榕。

她犹豫好半晌，才小声说道：“那我能不能也借个厕所呀？”

魏琛捂嘴，遮住嘴边的笑意。

“怎么不早说？”沈渡无奈，敲了敲她的头，“打算忍到什么时候？”

容榕苦笑：“能忍多久忍多久吧。”

三个人上了电梯，容榕因为害羞低着头，原本她个子就不高，站在两个一米八几的男人中间，就显得更加娇小了。

等到了沈渡家，容榕原本打算等着魏琛，结果魏琛抱歉一笑，表示自己上厕所比较久，让她去沈总卧室里的卫生间上厕所。

她摇头：“这不好吧？”

“你进去吧。”沈渡指着自己房间的门，“门没锁。”

容榕实在急，小声对他说了句“打扰”，就直接打开房门走了进去。

沈渡家比她家大，户型也相对更豪华一些，装修风格偏简约舒适，她原本以为沈渡的品位应该和他父母差不多，没想到他居然走简约性冷淡风。

最大的主卧里，显眼的家具就是中间的大床。

她咳了咳，转身进了厕所。

和她的洗漱间完全不同啊。

她的洗漱台上，瓶瓶罐罐摆满一大堆，墙上还钉了好几个架子，拿来放不同用处的产品。

沈渡就不一样了，一眼扫过去就能看全他用的是哪些。

不过是洗面奶和男士爽肤水，接着都是漱口水之类的日化用品。

容榕看到镜子架前的电动剃须刀。

她的脸一热，阻止了自己的想象。

等她出来时，沈渡正坐在客厅的沙发前喝水。

“魏琛呢？”

沈渡指着走廊：“还没出来。”

看来他是真的要上很久。

“先坐下来吧。”沈渡示意她坐着等魏琛出来。

容榕呆呆地应了一声，小心翼翼地在柔软的沙发上坐下。

“这沙发质量不错。”沈渡眉头微挑，声音低润，“你不用担心坐坏它。”

容榕放松，沙发轻轻塌陷了一角。

“榕榕。”沈渡斜靠在沙发扶手上，撑着下巴，轻飘飘地扫了她一眼，“你怕我？”

容榕摇头：“没有啊。”

“你都快坐出去了。”他一伸手，指着角落里的她。

“魏琛好慢啊。”容榕呵呵一笑，继续窝在角落里。

沙发的弹簧一动，沈渡起身离开沙发，容榕舒了一口气，将整个屁股坐在沙发上，只坐半个屁股实在太难受了。

忽然一阵低笑声响起，容榕抬头，正巧撞进沈渡深沉的眼中。

他三两步走到她身边，弓腰看着她，眉梢微扬，不急不缓地说：“怕什么？”

“没怕啊。”容榕躲开他的目光，声音很虚。

“魏琛还在这里，你不用担心。”沈渡的嗓音醇厚，带着调笑，“如果他不在，你才该怕。”

容榕咬唇，闷声道：“你是不是喝醉了？”

“已经清醒过来了。”沈渡起身，转身给她倒了杯水。

她捧着杯子，红着脸反驳：“那我不怕。”

“因为我没醉，所以你不怕？”沈渡忽然笑了，抬手按在她的头上，压低了声音纠正她，“我醉了会睡着，没醉，你才应该怕。”

“扑哧……”容榕一口水喷出来。

容榕用力咳嗽，脸色被呛得通红。

这人怎么面不改色地说出这种话来的？！

沈渡抽了一张纸巾递给她。

她越是缩着，他就越是想看。这样的反应，最可爱。

魏琛在厕所里躲了很久，他悲哀地再三确定自己没有超能力的事实。

在老板家的厕所窝了接近二十分钟后，他终于出来了。

彼时沈渡和容榕正坐在沙发上。

两个人一身正气，衣衫整齐，神色淡定。

魏琛不知道是沈总太快，还是根本就没发生什么。

反正无论哪种情况，都让沈总的形象在他心中大打折扣。

容榕一见他出来了，连忙起身："我们走吧。"

魏琛愣愣地点头，容榕着急着走，也没等他，一个人往玄关那边冲。

"沈总……"他欲言又止地看向沈渡。

沈渡淡淡一笑："她安全到家后，发一条信息告诉我。"

魏琛一脸疑惑地上了电梯。

他左思右想了半天，不禁侧头看向容榕。

容榕低着头，绞着手指，耳根处泛起淡淡的红晕。

魏琛恍然大悟，估摸着就是第一种情况了。

心里又高兴又难过，高兴的是工作狂老板终于劳逸结合了，他以后的日子也好过了，难过的是老板居然这么不给力，他就是在厕所里躲上一夜估摸着也没什么用。

魏琛心里纠结了好久，作为一名合格的助理，沈总的贴心小马甲，他终于开口试探："容小姐，刚刚你和沈总在客厅，都聊什么啊？"

容榕心中一跳，声音很轻："没聊什么啊。"

"那你们不可能就那么干坐着吧？"魏琛循循善诱，"总要说点话啊，不然多尴尬。"

"没说倒还好。"容榕咬唇，声音有些埋怨，语气越来越低，"说了才尴尬。"

魏琛在心里"啧啧"两声。

他的眼睛一转，想着如果能帮上沈总一点忙，或许年终奖金会再往上走一走。

"其实我们沈总平时不这样。"魏琛顿了顿，又觉得自己的解释太过苍白，于是补充道，"他平时是一个挺主动的人。"

容榕神色复杂："啊？"

"沈总今天喝酒，影响正常发挥了。"魏琛尽心尽力地为自己的老板开脱，"你也不要太失望了，他第一次，浅尝辄止，时间不长，以后绝对不止现在这样。"

容榕：“……”

魏琛深深叹气：“唉，别看我们沈总快三十岁了，其实他很单纯。”

那还真没看出来。

容榕在心中默默腹诽，嘴上却附和着魏琛，这副恍然大悟的样子一直苦苦维持到她回家。

司机老王眼见着容小姐上了楼，语气好奇：“你刚刚一直在跟容小姐说些什么东西？谁单纯？”

魏琛谦虚摆手，嘴角露出一抹深藏功与名的宽慰笑容。

容榕新一期的视频主题是“Get ready with me（准备好和我在一起）”，简而言之就是博主以一种边化妆边闲聊的方式完成妆容，让粉丝在轻松之余学习干货知识。

她在视频标题的最前方打上一个“ad（广告）”的标识，明确地告诉粉丝这是广告。

视频里的她戴着兔子头箍，右手边拿起一瓶纯白色包装的护肤品：“我们从护肤这一步开始，所以今天的视频长度可能会突破天际。”

她手里拿着的是“自纯”这年的主打产品，植物精粹保湿水。

粉丝们还没察觉到有什么不对劲，容榕直接露底：“这是广告。”

“第一次看到“自纯”的广告。”

“我最爱的博主接到我最爱品牌的推广，开心！”

“好耿直。”

容榕推广的风格先抑后扬，观众的情绪起起落落，不自觉地就打开淘宝搜索起保湿水。

容榕认真地评价了“自纯”的三款主打产品，其中最推荐修颜霜。

“‘自纯’一直主打修复肌肤屏障，维持肌肤状态，所以这一款产品实际效果要大大强于其他产品，再加上是天然成分，大家可以放心地尝试一下。最后要感谢一下‘自纯’，真的很大方，送了我一箱产品，我用不完，所以大家转发我这条视频，我抽几位粉丝赠送产品。”

最后的总结终于像个正经推荐了。

容榕的画风向来如此，品牌方能接受就皆大欢喜，不能接受也不强求。

这样有一说一的方式，是她一开始就跟粉丝承诺过的，也一直遵守着。

很多博主一开始也是这样承诺，可结果如何，所有人心知肚明。

护肤部分结束后，终于开始正题。

每年秋冬都会刮起一阵枫叶红，冬季沉重，是最能驾驭住这种颜色的季节。

“F 家的 80 色号已经说烂了，今天就不推了。”容榕拿起一支细管唇釉，伸出美妆博主标准对焦手，“这是 SF 家的 25 号色，哑光质地，但不会显唇纹，只要做好打底就不会起皮，25 号是这个系列里最红的颜色，偏土调的砖红色，很浓烈，我给大家涂一下。”

容榕的唇本就偏小，这样浓烈的颜色涂抹全唇，让她整个人都带着一股不可轻视的高傲。

容榕的妆容一般都偏清淡，以日系居多，偶尔也会画欧美妆，不过极少。

她的眉眼间带着些英气，并不是纯粹的软妹长相，一旦和妆容配合，整个气质就变得清冷起来。

容榕冲镜头挑了挑眉。

“挑眉太绝了。”

“又到了换手机桌面的时候。”

容榕将挑眉的动作截成封面。

不到二十四个小时，这条带有广告性质的视频迅速被推上首页，“自纯”那边的播放量要求，已经提前超额完成了。

她看了一眼“自纯”的自营店铺，店铺正在搞活动，满一百九十九元减五元。

容榕默默吐槽，这也太小气了。

温槐安亲自给容榕发了一条微信，感谢她的诚实发言，这条推广视频非但没有引起粉丝的反感，反而颇受好评，“自纯”主打产品的销量也肉眼可见地增长了。

这是“自纯”一开始要求的效果。

他们没找错人。

容榕自己都没有想到，这条视频的效果会这么好。

沐良琴给她发来一个论坛链接。

“容榕，你实红了。”

论坛的标题是：“大榕榕一条广告视频破一百五十万播放量，美妆区第一大佬无疑了吧？”

“大榕榕一直是美妆区第一啊，她什么时候不是了吗？”

“之前不是一直在吹‘兔兔糖’的流量吊打大榕榕拿到了M品牌的大使？怎么这回没接到‘自纯’的广告？”

“虽然不喜欢‘兔兔糖’，但大榕榕我也看不惯，那个耿直人设看得我太尴尬了，谁找她打广告真的是脑子有泡。”

原本到这里，走向都还算正常，但是楼越盖越多，有些言论也越来越奇怪。

“心疼‘兔兔糖’……”

“大榕榕以前的视频提都没提到过‘自纯’，这次‘自纯’找她推广，绝对有鬼。”

很明显的水军带节奏，把吃瓜路人的态度往一边引导。

她预感不好，就翻了“兔兔糖”的微博。

果然。

兔兔今天吃糖了吗：“大家不用私信我啦，我喜欢一个品牌都是发自真心的，有没有机会合不合作我依旧会推荐，没关系的，我不在意这些，你们也不要在意啦，等着我这个月的爱用分享吧。”

下面的评论清一水地在安慰她。

“@自纯@自纯@自纯你们就是这么对我兔兔的吗？”

“心疼兔兔，被人截和。”

“兔兔不知道推荐过多少次‘自纯’了，你们的良心不会痛吗？”

饶是容榕也忍不住翻白眼，她将微博截图下来，发给了温槐安。

结果那边更绝，只回了三个字。

“这是谁？”

对于温槐安不认识“兔兔糖”，容榕还挺惊讶的。

“自纯”挑选推广合作人时，肯定会先做市场调研，“兔兔糖”无论从粉丝量还是知名度都属于美妆博主中的佼佼者，温槐安不可能不认识她。

容榕以为温槐安是在装傻，多问了几句后，发现他是真的不认识。

“你们品牌在挑选推广人的时候没有考虑过‘兔兔糖’吗？”

几分钟后，温槐安回了消息。

“刚刚去问了一下，商业性质明显的博主已经在第一次筛选时被剔除了。”

“兔兔糖”的推广视频并不多，甚至可以说极其少，视频质量也属上乘，每次只要做试色视频，都会多买几套，剩下的用来抽奖送粉丝。

她的软推广也会在视频的标题上打“*”号，提醒粉丝这并不是纯粹的推荐视频。

比起容榕这类偏爱专柜产品的博主，“兔兔糖”的平价产品推荐很明显更加亲民。

平心而论，“兔兔糖”真的算良心博主了。

“有的推广很难看出来。”

温槐安说了这么一句似是而非的话后，容榕又继而问道：“那你们会回应吗？”

一般这种只有粉丝出征的讨伐，只要影响不大，品牌方大多数情况下选择沉默。

“听投资方的指示。”

容榕撇了撇嘴，觉得温槐安这个老总做得有点失败，自家品牌的事情，就算沈渡投了钱，也没必要事事征求他的意见吧？

再看微博，“兔兔糖”的那条评论已经快过万了，对于美妆圈来说，这已经是非常不得了的流量了。

有的粉丝已经开始在刷“请大榕榕把推广还给兔兔”的话题。

眼见着这个话题又爬上了热搜。

两个粉丝过百万的大UP主的瓜，不光粉丝们吵得热烈，就连吃瓜的群众也是激情满满。

她的微信上除了沐良琴发过来的打码，还有一条八百年不联系的“兔兔糖”发过来的消息。

“在吗？”

容榕简短地回了一个“嗯”。

“前不久你不是接了‘自纯’的推广吗？我是这个品牌的粉丝，

之前一直有给它们当‘自来水’，所以你发了这个视频以后，我有些不理智的粉丝就说了比较过分的话，还连累你上热搜，我先在这里给你道个歉。现在事情发酵得有些大了，我担心会给你带来不好的影响，我们能不能共同出面解释一下？”

一大段话，态度良好，道歉诚恳，几乎挑不出任何毛病。

容榕只是回：“怎么解释？”

“就解释不存在抢推广这么一说，是你本身就比我优秀，所以‘自纯’那边才没有选我。如果可以，‘自纯’那边也可以出面稍稍说一下。”

“你觉得‘自纯’会出面吗？”

“好吧，但我真的不想再看到你被我连累了，要不那个推广费我补给你，你把视频删掉，这样就不会有人在你的视频下骂你了，‘自纯’要维护自己的品牌形象，他们不会出面的，你私底下跟他们解释清楚就可以了。”

容榕扔下手机，用力按着太阳穴。

明知道“自纯”不会出面，她的视频一删，就会被板上钉钉是心虚。

无论“兔兔糖”会不会被盖章是受害者，这一拨稳赚不赔，猛吸路人好感。

容榕实在不想再维持着这虚假的友好。

“你不累吗？”

“什么？”

“这样说话应该挺累的吧？”

容榕没再回复“兔兔糖”，扔下手机将自己埋进枕头里。

面对这类无妄之灾，她向来都是采取“不听不看不理”三不政策，但是她家里人很明显不这么想。

容榕在家里窝了几天后，好不容易眼睛“清净”了些，耳根子又遭殃了。

“丫头！我听青瓷说你又惹事了？又闹上什么热搜了？”

容青瓷居然又跟爷爷告状了。

“是别人惹我，不关我的事。”她的语气不满，将手里的抱枕扔出去。

“我就说不要去趟这种浑水！老老实实待在公司不比你拍那些乱七八糟的视频强吗？”老爷子重重地叹息了一声，直接命令道，“你给我消停会儿，众润的八周年庆活动定在游轮上，四天三夜，你跟青瓷代表集团一起过去，正好吹吹海风想清楚！”

电话猛地被挂断了。

容榕咬唇，总觉得怎么做都是吃力不讨好。

谁都不理解她。

她倒在床上，盯着天花板看了好久，最后眼睛都看疼了，才拨通了沐良琴的电话，想找个人说说话发泄一下。

“容榕，你跟‘兔兔糖’撕了？”沐良琴的声音听上去很暴躁，咬字都带着一股狠劲，“那女的把你们的聊天记录发微博了，现在你被捶抢她的推广，还先一步跟她撕破了脸，微博上一股脑都是心疼她的人。”

兔兔今天吃糖了吗：“大榕榕好像并不在意这个事情，是我太敏感了，大家也不要再刷话题了，这件事就让它这么过去吧。”

微博评论说容榕的那些话简直不堪入目。

容榕被气笑，语气无奈：“我真是佩服死她了。”

“现在怎么搞？你又没微博，撕也撕不过啊。”

容榕挑眉：“创一个不就行了？”

她迅速地重新注册了一个小号，原本想取名“大榕榕”，结果被人占用，就换了个“门前一棵大榕树”昵称。

她想了很久，如果要公布聊天记录，还是应该跟“自纯”那边打一声招呼。

温槐安回复的消息很简单：“不用你发。”

容榕不解：“什么意思啊？”

“投资人说，让我们来。”

容榕的大脑当机，才反应过来，温槐安说的人是谁。

她愣了很久，匆匆给温槐安回了个“好”字，接着立刻拨通投资人的电话。

沈渡的电话接得很快：“喂？”

容榕张着嘴，一句话都没说出来，那边低沉清晰的男声带着一声低笑，似乎猜到了她想说的话：“来道谢的？”

“嗯。”容榕一颗心被感动得七上八下。

电话那头，沈渡的声音好听极了，像是一阵电流划过她的末梢神经：“说吧。”

容榕临表涕零，泪流满面，用自己最真诚的语气说出道谢的话。

“爸爸，谢谢你。”

“……”

第九章 我不逃

“自纯”的官微直接发出对接人与“大榕榕”的聊天记录。

并附上文字说明。

“小纯自始至终只发过私信给大榕榕哦，投资方和创始人一开始就已经拟定了合作人选，抱紧我方大榕榕。”

这是头一回对战，品牌方亲自下场站街。

“啊啊啊，出来说话了！”

“心疼我榕妹，老老实实接个推广也能被碰瓷。”

……

“大榕榕”的粉丝们满身怒言没地方发泄，悉数挤到官微下面。

也有“兔兔糖”的粉丝评论威胁再也不买“自纯”产品的。

这种威胁就跟挠痒痒没两样。

容榕新号的第一条微博：“开微博了。”

第二条转发了官微的澄清内容，附言：“谢谢品牌爸爸撑腰。”

官微回复：“真的想道谢就快去更视频。”

话不多，但足够刚，是个人都能猜到大榕榕为什么会在这个节骨眼上开微博。

接着她在“兔兔糖”那条发了聊天截图的微博下留了评论。

“不是不在意，是我根本就觉得莫名其妙。”

美妆区的两个大 UP 主终于开撕了，吃瓜群众磨刀霍霍向大瓜。

原本就很难让人相信，作为竞争对手的“大榕榕”和“兔兔糖”真的像表面看上去那样和平。

前几天还不温不火的话题，迅速在热搜榜上攀升，直至被打上“爆”的标签。

论坛的吃瓜贴也紧跟热点。

论坛里大部分人都是持中立观点，乐得看戏吃瓜，对比下来，微博战场简直泾渭分明，就跟两军出征没什么区别。

“兔兔糖”删掉了那条微博，并重新解释了自己真正的意思。

兔兔今天吃糖了吗：“上一条争议太大，我删掉了。在这里给大家再解释一次，我从来没提过大榕榕抢我推广的事情，榕榕本人不在意网上怎么说她，但是我怕她受到伤害才去找她解释的，一切都是我自作多情，多管闲事，对不起，请粉丝们冷静一下吧，别再说了。”

下面的评论非常忠诚。

“我们兔一直在解释这件事，她又做错什么了？”

“抱抱，我们都在。”

……

沐良琴一下班就赶到容榕家，生怕她因为网络上的这些骂声一个人躲着生闷气，把自己憋坏。

容榕坐在地毯上，手指在手机屏幕上飞舞。

沐良琴非常机智地刷新。

新的评论下方，“门前一棵大榕树”语气十分不善：“我不在意，那我开微博干什么？”

“厉害。”沐良琴朝容榕竖起大拇指，“容榕，你够刚的啊，真不怕啊？”

“我的粉丝比她多。还有品牌方撑腰，怕什么？”容榕微微一笑，“我可不想让她一个人都把好人做了，自己再吃这个闷亏。”

她以前吃的闷亏还少吗？就是因为沉默久了，让“兔兔糖”觉得，她真的好欺负。

“兔兔糖”没再回复微博，直接给容榕发了一条微信过来。

“我们见个面，把话当面说清楚吧。”

容榕从地毯上站起来，冲沐良琴比了个手势：“走，跟‘兔兔糖’面对面对峙去。”

沐良琴头一次看容榕这么斗志满满，一时间又有些担心：“容榕，你这么刚，会不会败路人好感啊？”

“我不开微博不开 ins（照片墙），也没有公众号，结果呢？该找到我身上的事还是一件不落地落在我身上，反正无论我怎么做，也有人看不惯我，那我为什么还要忍？”容榕目光平静，声音冷淡，“这种自己憋着一口气造福他人的圣母行为我做不来，既然他们找上门来，那就不能怪我了。”

沐良琴拍红了手掌：“容榕，我今天可太崇拜你了！”

接着她看到容榕联系了“自纯”和 M 品牌的对接人。

“你联系 M 品牌对接人做什么？”

“原本不想这么做，但是我不想再给她机会缠上我。”容榕轻轻一笑，“像一只蚊子一样，很烦。”

容榕说这话时眉头微挑，语气却柔和。

沐良琴刹那间的失神后，才意识到，容榕这是真怒了。

为了穿出气势，容榕特意选了一件黑拼焦糖色廓型大衣，搭配过膝长靴，眼线上挑，和她平时的妆容大相径庭。唇色是浓郁张扬的正红色，让她看上去攻击性十足。

“你好像是去抓小三的哦。”沐良琴咽了咽口水，诚实评价她这一身打扮。

容榕笑而不语，拿起包就准备出门：“走吧。”

“兔兔糖”约她在一家咖啡店碰面。

这家咖啡店也算得上是本市的网红店，经常有人在抖音和小红书上打卡，她刚进门的时候，就看到一个熟悉的面孔。

坐在“兔兔糖”旁边的是川南，川南一见到她，先是惊讶地张了张嘴，然后送了个白眼给她。

容榕看都没看她一眼，在“兔兔糖”身边坐下。

“兔兔糖”的脸色微白，开口和她打招呼：“你今天看上去很不一样。”

容榕开门见山："有什么话就直接说吧。"

"我跟你道歉，是我以小人之心度君子之腹。""兔兔糖"咬着唇，看上去楚楚可怜，"我没有想到粉丝们会这么激动，但这件事真的并非我本意，你相信我吗？"

说完，"兔兔糖"抬眼看向容榕，眸中闪着水光。

容榕摇头："我不相信。"

"你要怎样才肯相信我？""兔兔糖"低下头，语气轻轻的，"我是真的很想跟你成为好朋友。"

"你真的不累吗？"

这副样子，容榕都替她觉得累。这里又没有别人，她何必再这样。

"兔兔糖"擦了擦眼角，茫然地望着她："啊？"

一直没开口的川南终于说话了："大榕榕，差不多就行了，上次去D市参加活动，我们看你的钱包丢了好心去看你，你不领情也就算了，摆出一副高贵的样子也不知道给谁看，真以为我们住不起海景房还是做不起肌肤护理？不过几千块钱，值得你这么巴巴地炫耀吗？"

容榕愣了愣神，随即笑了。

"你这么激动，就说明我的炫耀很成功。"

"你！"川南抬手指着她，见容榕不急不缓地看向自己，丝毫不受影响，又狠狠地放下，"不要脸。"

"不要脸的是你们好吗？几个月前的事情还拿出来说，真以为自己社区送温暖啊。"沐良琴气愤不已，一拍桌子大声反驳道。

安静的咖啡馆内，有人投过来好奇的目光。

似乎是认出她们这一桌，容榕察觉到有人拿出手机来了。

"兔兔糖"红着眼睛，声音很低："别吵了。"

转而又对容榕道歉："因为我是真的很喜欢'自纯'，所以看到你接了推广以后，就有些不开心，说话不过脑子，请你不要介意。"

容榕扬唇："你一直在视频里推荐'自纯'，到底是因为喜欢这个品牌，还是想吸引品牌方找你做推广？"

"兔兔糖"的笑容僵硬："当然是喜欢啊。"

"'自纯'因为你被整整骂了好几天，你这喜欢未免也太可怕了。"容榕轻轻笑道，"你是不是觉得'自纯'迟早会来找你合作，堵粉丝们的口？”

“我不知道你在说什么。”“兔兔糖”猛地站起来，“我先去一趟洗手间。”

她的手机立在桌上的包包旁，从容榕的角度能看到背面的摄像头，她起身的时候一把将手机塞进大衣口袋带走了。

容榕看向川南，对方也只给她留给了白眼。

“她在直播？”容榕问川南。

川南一脸不耐：“谁直播？”

容榕忽然笑了：“为什么你这么喜欢‘兔兔糖’，却看不上我？”

“这还用说？你要是真那么有钱来当什么美妆博主啊？兔兔凭自己的实力一点点打拼出来，跟你这种穷装蒜的不一样。”

川南说这句话的时候，还伴随着几声嗤笑，嘴角间不屑的意味已经快溢出来了。

容榕笑着反驳她：“就是因为我有钱，所以才无所事事来当美妆博主啊。”

对方张了张嘴，“嘁”了一声。

她又指了指洗手间方向：“我接推广最少还明面上承认了，她这种不承认的才最过分。”

川南挑眉：“兔兔怎么没承认？就连软广她都打上记号了。”

容榕没有再说话。

沐良琴戳了戳她的胳膊，小声问：“你刚刚说什么直播？”

她凑到沐良琴的耳边：“‘兔兔糖’应该在直播。”

“啊？”沐良琴睁大眼，语气里带着惊疑，“有病？”

“道歉直播吧。”容榕耸肩。

沐良琴暗骂了两句，又看向对面一脸高傲的川南，哼笑道：“你真是被人利用了都不知道。”

一直到“兔兔糖”从洗手间回来，容榕嘴角带笑，幽幽开口：“怎么去了这么久？”

“今天肚子有些不舒服。”“兔兔糖”勉强一笑，又坐下了。

她将手机又摆回原来的位置。

川南担忧道：“你没事吧？反正已经道歉了，就先走吧。”

“兔兔糖”摆手，低声道：“我不光是来道歉的，也是想求得原谅。”

容榕直截了当地拒绝：“我不原谅。”

川南拍桌：“你够了没有啊？！”

“你问我够了没有，你怎么不问问她够了没有？”容榕双手抱胸，目光挪向“兔兔糖”，似调侃般不经意地笑道，“拿不到推广又不是什么丢脸的事，何苦这样揪着不放？显得你的肚量很小。”

“兔兔糖”的瞳孔微缩，终于冷笑出声：“你怎么知道我拿不到？论粉丝和知名度，我有哪一点比不过你吗？凭什么你能拿到我拿不到？‘自纯’是什么一线品牌？也有资格嫌弃我？”

容榕没出声，掏出手机拨通某个电话，顺便按下免提。

那边接得很快。

“大榕榕？”明快的女声从电话里响起。

“你们一开始拟定合作人选的时候，有‘兔兔糖’吗？”容榕不紧不慢地重复了一遍问题。

那边“啊”了一声，语气亲和：“没有的，‘兔兔糖’这类商业性质明显的博主是我们在第一批就已经筛选掉的，不在拟定合作名单里。”

“兔兔糖”的脸色发白，桌下的双手用力攥在一起，眼中的羞愤和恼怒像是即将爆裂的火山口，几欲要喷出滚烫的岩浆来。

容榕微笑，继续问道：“为什么商业性质明显？”

“如果遇到报酬比较高的推广，就会隐藏商品的广告性质，误导粉丝这是自费购买，从而刺激粉丝消费。而且这类广告非常隐形，一般都是在vlog、开箱、爱用品分享视频里出现，不会有优惠码和抽奖这类提醒行为，因此粉丝很难察觉。”

“兔兔糖”忽然起身，语气激动：“胡说！”

她猛地夺过容榕的手机，往地上狠狠一砸，屏幕和机身瞬间分离成两半。

这个举动瞬间引起咖啡店内所有人的注意。

有人甚至连快门声都忘了关，迫不及待地要将这一幕拍下来。

川南被吓了一大跳，拉着“兔兔糖”的衣袖想让她冷静下来。

“兔兔糖”甩开对方的手，目眦欲裂地瞪着容榕：“你们有什么证据吗？”

“没有证据啊。”容榕微笑，“跟你一样，也只是猜测，至于你的粉丝们信不信，我就不知道了。”

“你够狠。”“兔兔糖”忽然苦笑一声，颓然坐下，拿起手机看着已经被弹幕填满的屏幕。

“挺失望的。”

“连vlog里都有推广吗？”

容榕起身，看向地上寿终正寝的手机：“手机还是要赔的，记得微信给我转账，还有，你不是说我抢你的推广吗？我告诉你，M家的推广大使是我让给你的。”

“兔兔糖”难以置信地看着她，自我否认地摇着头：“不可能。”

容榕从包里拿出另外一部手机，迅速编辑消息发了微博。

门前一棵大榕树：“之前有眼不识泰山，向M品牌爸爸道歉。”

图片是她婉拒推广大使身份的聊天记录。

“这么刚的榕妹爱了爱了！”

……

她收好手机，冲一旁惊魂未定的川南笑道：“要送你回家吗？”

川南一时没反应过来，看着容榕指了指停在咖啡店门口的车。

宝马M760，甩“兔兔糖”的宝马3系一整条街。

川南张着嘴，一张脸烧得生疼，半天说不出话来。

容榕又摇头：“算了，毕竟我是穷装蒜，你还是坐‘兔兔糖’的车回家吧。”

她说得非常故意，简直像刻意挑衅。

坐上车后，沐良琴激动得双肩仍旧在颤抖，一脸兴奋：“太爽了！我要去微博看看‘兔兔糖’现在被吐槽成什么样了！”

她掏出手机刷了没几下，忽然惊叫：“怎么这么快就上热搜了？”

热搜第二，“大榕榕 兔兔糖”话题赫然在列。

容榕双手握着方向盘，声音平和：“我买的。”

“啊？”沐良琴愣神，以为自己听错了。

“她上热搜捆绑我那么多次，我只捆绑她这一次不过分吧？”

沐良琴呆呆地问她：“你怎么联系到微博那边的啊？”

容榕浅笑："有人花钱撤过热搜，我问那人要的。"

之前"兔兔糖"那批水军天天嚷嚷着"大榕榕"的白莲花人设什么时候崩。

现在"大榕榕"的人设真的崩了，连带着"兔兔糖"的人设也跟着崩了。

只不过"大榕榕"是从白莲花变成小钢炮，"兔兔糖"是从白莲花变成推广精。

"兔兔糖"被扒出，每两个视频里至少有一个隐形软广。自然得就像是自费购买，绝口不提产品从何而来。

粉丝们没想到，除了开箱视频和爱用品分享，连博主们的日常vlog居然也可以插广告。

去哪家店吃饭，在哪里购物，都有可能只是广告，乍看之下粉丝并没有被诱导消费，但其实这类状似不经意的夸赞和分享，最能让粉丝们下意识地相信，这是纯粹的分享，等偶尔去那里，就会不自觉地回想起那个博主推荐过这里，从而进店消费。

非常高明的广告手法，防不胜防。

"兔兔糖"的每一个日常vlog，至少有两到三个推广。

她的年收入甚至高于之前微博分析过的，网红博主们普遍的年入百万水平，纵使要和公司分成，纯利润也绝对可观。

依靠粉丝赚钱的博主，一旦粉丝大批量脱粉，就很难有东山再起的机会。

墙倒众人推，昔日"兔兔糖"那帮姐妹团，如今散伙的散伙，退圈的退圈，心狠一点的视频照发博主照做，只是麻溜地将"兔兔糖"的各个社交账号取关，就好像从来不认识这么一个人似的。

论坛里，有关于"兔兔糖"的帖子一直飘红在首页。

"兔兔糖"发了一条道歉微博，宣布暂时退网，只有小部分真爱粉表示知错能改就好，会一直等她回来。

容榕收到了她的赔款。

"满意了吗？"接着她又发了一句，"如果我的出身比你好，现在未必会不如你。"

容榕只是给她回了一段话，是东野圭吾的《恶意》选段。

“我就是恨你，我恨你抢先实现了我的理想，我恨你优越的生活，我恨我自己运气不够，我把对我自己的恨一并用来恨你，全部用来恨你。”

人最大的恶意，就是见不得他人好。

容榕将她的微信删掉，接着收拾自己的行李。

众润的周年庆活动包下了一整艘邮轮，举办为期三天两晚的海上之行，从维多利亚港出发，途径各个海港城市。

容青瓷的声音在电话那头响起：“容二小姐出手不凡，怪不得爷爷说你天生是块做生意的料。”

容榕知道她是在说“兔兔糖”的事。

“爷爷生气了吗？”

“你问这个干吗？难道他生气有什么用吗？”

容榕笑了两声：“没用。”

“这到底有什么吸引你的啊？”容青瓷叹息一声，“爷爷勉强能同意你画画已经很不错了，但美妆博主这个职业他估计这辈子都很难理解。”

“我喜欢。”容榕的语气轻松，目光平静，“无论是画画还是这个。”

容青瓷沉默了很久，才幽幽说道：“爷爷只是受不了你在网上被人骂，看到你漂亮地反击过去以后就没那么生气了。他不过就是想找个借口捆你跟我上船，让我带你多认识一些人。怎么，你要逃吗？”

“我不逃。”容榕放下行李，长长地舒了一口气，“我跟你去。”

容青瓷的语气听上去很惊讶：“想通了？”

“没有，就是敷衍一下爷爷。”容榕笑眯眯地解释。

“死丫头。”容青瓷闷哼一声，“你就继续当你的画家吧，我看你能撑到什么时候。”

容榕的笑声清脆：“那下次我办画展，你和爷爷能少买点我的画，让我有机会把画卖给真正的客人吗？”

容青瓷：“……”

挂断电话后，容榕伸了一个懒腰，走到书柜那边拿出了一本画集。这还只是初版，特意打样出来给她看看的。

磨砂质感的厚底封面，内页全部是高级油印纸张，将每一笔色彩都尽力还原。

她翻到第二页，柔和的线条勾勒出一对男女，正站在金黄色的夕阳下，对立而望。

容榕盯着看了好久，才关上画集。

封面处刻着她的艺名，Yinel（伊奈尔）。

等第二版出来了，找出版社多要几本寄给爷爷和姐姐他们看看吧。

容榕决定带画具去船上，靠近海平面的日出与日落，更能激发她落笔的热情。

飞机划过天空，留下一道飞行的痕迹，将天空分成两半。

这天天气颇好，云层之上，依旧是晴空万里，一望无垠。

容榕是睡过去的，等下了飞机要上船了，她还没缓过劲来。

容青瓷叫她两声："回神了。"

姐妹俩上了船就急着往安排好的房间走，赶着上床补觉，补充精力准备几个小时以后的晚宴。

容榕和容青瓷的房间挨着。

容青瓷打了个哈欠："晚上见。"

容榕站在阳台处，盯着蔚蓝的海看了半晌，刺骨的海风一吹，她倒是精神了。

北半球暂且还处于冬季，众润这次把周年庆定在邮轮上，一是钱多没地方花，二是为了防记者。

毕竟记者不可能大冬天的游过来。

关上窗，容榕吸了吸鼻子，躲回了温暖的房间。反正也睡不着了，干脆就出去逛逛。

她收拾好行李，打算出去走走。

刚打开门，还没完全推开，就听见一声怒吼："你怎么在这儿？还住我的对门？"

是容青瓷的声音，那语气就跟严刑拷打跟踪犯似的。

接着，散漫低沉的男声幽幽地传进容榕的耳朵："怎么？我不能来？"

"你怎么过来了？"

"律所的老陈是众润的法律顾问，我们是众润的合作方，这理由够充分吗？”

容榕猛地关上门。见鬼了，这邮轮上这么多房间，换房应该不难吧？

她刚关注了邮轮公众号，但发了好几条消息过去都没有回应。

容榕又拨通了床头柜上的电话，结果客服告诉她，这次周年庆邀请的客人众多，邮轮上的房间都已经住满了，要换房等于不可能。

她又打开窗，吹着冰凉的海风，一个人独自落寞，最后还是打通了沈渡的电话。

沈渡的声音响起：“怎么了？”

她开门见山：“沈总，我能申请换房吗？”

“理由。”

容榕使劲想了一个理由：“这房间太小了，我住不惯，我的身子很金贵的。”

“那你想住多大的？”

“套房，三室两厅的那种，越豪华越好。”容榕补充，“钱不是问题，最好给我换个楼层。”

“哦。”沈渡语气带笑，“原来你是看中了我的房间。”

容榕：“？”

“要来吗？”

容榕：“……”

“沈先生。”容榕深吸一口气，义正词严地拒绝了邀请，“我不是这样的人。”

电话那头的男人显然不愿放过她：“哪样？”

“就那样。”她模糊了个别形容词，却仍旧红脸，“能不能换房间啊？”

沈渡轻叹：“我让魏琛给你安排，你是要三室两厅？”

容榕连忙补充：“不是三室两厅也可以，反正换个房间，最好换个楼层，要加多少钱啊？我转给你。”

“你真的很喜欢给我转钱。”沈渡低促地笑出声，“船上的一切费用都由众润承担，不用加钱。”

容榕有些不好意思：“那太麻烦你了。”

“知道就好。”

容榕：“……”

说句客套话而已，这人怎么还当真了呢？

容榕靠在门边听着门外的动静，一直到没声音了才放心地打开门准备溜。

行李箱先出来探了个风，接着她才蹑手蹑脚地走出来。

左边没人，安全，右边，某个男人正靠在墙上，姿态慵懒地看着她。

容榕倒吸一口凉气，向后趔趄了几步，神色恐惧地看着面前的男人。

徐北也笑得欢畅：“做贼呢？”

船舱内有中央空调，徐北也穿了一件单薄的白色衬衫，靠近脖颈的两粒衣扣解开着，露出诱人的锁骨。

他戴着银边眼镜，笑得散漫，双手交叠，一副悠闲的模样。

容榕看着他，抿着嘴不说话，像只警惕的兔子。

徐北也叹了口气，语气有些受伤：“怎么我每次见你，你都是拖着行李箱一副要跑路的样子？你是不是欠我钱了？”

容榕将手别在身后，一脸不屑：“你想多了。”

“啊。”徐北也似乎没听到她的话，忽然露出恍然大悟的神情，“小时候我偷偷带你去邻省看演唱会，一路上给你买了不少零食呢。”

当时二叔二婶坚决不同意容青瓷去看演唱会，徐北也那帮朋友也没胆子瞒着父母陪他去，也就容榕这个没人管的野孩子被他三言两语骗过去，结局就是两个人平安回来后被爷爷暴打一顿，罚了一个月的门禁。

容榕那时还不到十四岁，徐北也订了一间房，牵着她从旅馆的柜台下溜进去。

他说，门锁好，不许任何人进来。

说完这话，徐北也出去了，在房门外过了一夜。

第二天，他顶着一双黑眼圈给她买来油条和豆浆。

容榕有些愧疚，埋着头不敢看他。倒是他笑得开心，露出一排大白牙。

“妹啊，要是真心疼哥，等回去了帮我求求情，别让你爷爷打死我。”

那次徐北也做得有多过分，看爷爷和他父母把他打成什么样就知道了。

容榕却很开心，往后她自己去看过很多歌星的演唱会，但没有一次像那次那么难忘。

她回神，扭过身子不看他。

“别生气了。”徐北也挪到容榕面前，弯下腰和她平视，“小榕子，哥哥真的知道错了。”

他微微扬唇，眼神温柔，语气和小时候哄她时无二。

容榕垂眸：“你去跟姐姐道歉吧。”

徐北也苦笑：“我跟她解释过很多次了，难道你真觉得你们姐妹之间这么别扭，只是单纯因为我？”

她没有说话，握着行李杆的手不自觉地收紧。

“你没来这个家的时候，她是容家的独生女，你爸爸那时候不知道多宠她。”徐北也直起身子，语气淡淡的，“然后你妈就带着你出现了，你爸爸有了你，哪里还能把所有的宠爱都放在侄女身上。”

接下来的话，徐北也没有再说出口。

无非就是后来她又成了没爹没妈的孤儿，所以爷爷对她更好了。

容榕垂着头一言不发。

徐北也攥着指尖，默了半晌后才又笑着开口：“小榕子，你到底是要去哪儿？”

“换房间。”容榕低声道。

他挑眉，语气懒懒的：“不是为了躲我吧？”

容榕僵硬地点头：“是。”

他呼了一口气，无奈道：“你要换到哪儿去？”

“不知道。”容榕有些心虚，“沈先生说会给我安排。”

一听这个称呼，徐北也下意识地拉平了嘴角，声音低沉：“沈渡？”

“嗯。”

“你跟他很熟？”

容榕点头：“算很熟吧。”

徐北也咧嘴：“你躲我躲得这么勤快，跟他倒是挺聊得来的啊？”

气氛正尴尬无比的时候，容榕兜里的手机响了起来。

她急不可耐地接起来，手机里是沈渡好听的声音：“过来找我，我让魏琛带你去新房间。”

容榕的眼神躲闪，说话声很小，几乎是气音："好。"

沈渡很敏锐："旁边有人？"

听她打电话的徐北也也很敏锐："沈渡？"

容榕咽了咽口水，"嗯"了一声。

徐北也舔了舔牙，修长的手直接拿走她的手机，放在自己耳边，态度十分友好："沈总，你好，我是北臣律所的徐北也，之前跟着老陈去过一趟贵公司，但没能见上一面，不过之前在小榕子家门口我们见过。"

电话那头的男人沉默了几秒，淡淡地回应："你好。"

"小榕子跟我吵架了在闹脾气，所以才想要换房间，不过我刚刚跟她道歉，现在已经和好了。给你添麻烦了，不好意思。"

徐北也看着一脸急切的容榕，又见她张牙舞爪地要过来抢手机，急忙按下免提，将手机举过头顶不让她拿到。

沈渡的声音听上去很不悦："你们住一间房？"

徐北也张嘴，刚想说什么，就先一步被容榕打断："没有！"

"那榕榕要换房间，跟徐律师有什么关系？"

"还我，快还我。"容榕踮起脚想把手机抢过来。

徐北也"啧"了两声："好歹也是住过一间房的关系，胳膊肘说往外拐就往外拐啊。"

沈渡的呼吸声听上去很沉，咬字清晰，声音很低："榕榕。"

容榕急忙回答："嗯。"

"想换房间吗？"

"想！"

"到我这儿来。"沈渡的声音轻轻的，还夹杂着别样的情绪，"给你安排最好的套房。"

说完，就挂断了电话。

容榕抢过手机，牢牢地将它护在怀里。

徐北也叉着腰绕着走了好几圈，最后才转向她，哼笑了两声："小榕子，你可以啊。"

"换都换了，不住白不住。"容榕抿唇，拖着行李箱就要走，"小北哥哥，你自便吧。"

徐北也愣了愣神，而后抚着头重重叹了一口气：“你这小孩怎么这么讨厌啊。”

之前死咬着口不叫他哥哥，这会儿猝不及防就叫了。

他心跳都差点停止。

“他要是对你有什么不轨的举动就打电话告诉我。”徐北也摆手，一副吊儿郎当的样子，勾着嘴角笑，“我送他进监狱。”

容榕：“什么罪名？”

“猥亵幼女。”

“你才幼女，你全家都幼女。”容榕瞪他，偏过头转身就走，连个招呼都懒得打。

一直到她的身影消失在拐角处，徐北也才敛下目光，自嘲地笑出了声。

自己刚刚生什么气呢。

沈渡给容榕安排的房间在八楼。

她一直跟在沈渡后面，左思右想都觉得不对。

就算带她去房间的不是工作人员，也应该是魏琛啊，怎么他这个老总还亲自带客人去新房间？

“这里。”沈渡在一间房门口停下。

容榕乖巧地向他道谢：“谢谢沈先生，真是麻烦你还特意带我过来。”

“顺路。”沈渡指了指她的对门，“我住这里。”

容榕：“……”

也是，豪华套房一般都在一层楼。

沈渡淡淡地嘱咐道：“晚上的宴会别迟到了。”

容榕点头：“知道了。”

两人面对面站着，谁也不说话，最后还是沈渡开口：“好好休息吧。”

然后他转身就要回自己房间。

容榕看着他的背影，忽然心头一紧，急忙开口叫住他：“沈先生。”

沈渡回头：“嗯？”

她一口气憋在嗓子眼，半天都吐不出一个字来，最后也只是僵硬地又说了声“谢谢”。

容榕原以为沈渡还是像以前一样，不置可否地点头，淡然接受她的谢意，却不想他这回倒是有了别的反应，他转了个身，垂眸看向她：“就一声谢谢吗？”

容榕扭捏了两下，刚打算加个称谓，就被他一声威胁又堵回去：“再敢叫‘爸爸’试试？”

容榕：“……”这个男人好懂她哦。

沈渡就这么看着她一脸愁容的模样，也不急，反正就陪她站在走廊这里耗着。

容榕默了半晌，才干巴巴地问了句：“你的房间香吗？”

沈渡：“……”

“我也没带什么东西过来，而且都是女孩子用的。”容榕拍了拍自己的行李箱，“就一个香薰蜡烛，你或许能勉强用得上。”

她听见沈渡微微叹了一口气。

“圣诞限量版呢，很好闻的。”容榕试图说服沈渡接受这个谢礼，“我在家就习惯点上，整个房间都是香香的。”

沈渡一个大老爷们，房间香香的有什么用？

不过他还是打开门，接受了这份礼物：“进来点上。”

豪华套房和普通房间天差地别，装饰使用了上等大理石和考究的木质材料，室内摆放着仿古欧式的名贵家具，容榕刚进门，迎面就是一阵金晃晃的光，闪到她的眼睛。

容榕从行李箱里拿出香薰蜡烛，又觉得实在太朴素了，顺便拿出了烛台。

小王子音乐旋转烛台会在热气的驱动下旋转底座，烛台上吊着六款不同金色挂件，在烛光的映照下，会散发出梦幻的光影。

容榕喜欢看《小王子》，所以就买了这款烛台。

沈渡看着这携带极不方便的烛台，终于知道为什么三天两夜的行程，她带的行李就像是要搬家。

容榕发现自己没带打火机，转身仰头看向沈渡：“有火机吗？”

沈渡走到茶几旁，拿起一只金色的火机递给她。

蜡烛点燃后，香气还没有这么快散开，容榕盯着那点点烛光，语气轻快："这是木质香，味道没那么浓，你等会儿闻闻看喜欢吗。"

她打开音乐盒的开关。

《La Vie en rose》（《玫瑰人生》）。

非常具有法国情调的经典曲目，让人恍若在巴塞罗那清晨的地铁上，所有人都低头看报，唯独她的耳根里充斥着悠扬的音乐。

沈渡的声音恰巧不高不低地顺着音符钻进她的耳朵里："喜欢。"

容榕转头，觉得他答得很敷衍："还没香味呢。"

沈渡忽然轻轻一笑，轻挪脚步走到她的面前，目光清冽，语气带笑："我闻到了。"

容榕用力吸了吸鼻子："有吗？"

"有。"他笑得极轻，薄唇微张，似乎还有些不解，"没闻到吗？"

容榕盯着他的条纹领带，蓦地红了脸。

闻到了，不过不是蜡烛的香味，是他身上的男香。

Chanel blue（香奈儿蔚蓝），醇厚的男性荷尔蒙香，此时中调雪松的香气细腻浓郁，就如同它的名称，犹如大海上那一抹最深邃的蓝。

第十章
你好

眼前的男人西装笔挺，英俊的眉眼里都是隐隐的笑意。

容榕按捺住心中的悸动，像螃蟹一样往旁边挪了挪。

她又吸了吸鼻子，讪讪道："啊，闻到了。"

沈渡看了一眼烛火，往后退了步，又与她保持一定的距离。

容榕鼻尖的香气又消失了。

香水的用量，最合适若有似无，当对方抓住了那一抹微弱的气味时，正想要再靠近一点，香味却徒然消失。就像是一只细小的钩子，勾住对方心尖，酥酥麻麻的，挣脱不了，也不想挣脱。

被勾住心尖的容榕咬唇，偏头不看他，声音很小："我回房间了。"

沈渡点头，声音低柔："回去吧。"

容榕不知道自己突如其来的失落是怎么回事，并且这股失落感一直到她回到房间还没有消失。

容榕斜倚在沙发上，直愣愣地望着房门口，如果她有透视眼，这会儿恐怕已经穿过两扇门将眼睛贴在了对门房间里的那个男人身上。

茶几上急促的手机铃声将她的思绪抓回来。

她接起，那边是容青瓷有些气恼的声音："你不在房间？我敲你的房门好半天了。"

“出去走了走。”容榕语气含糊，又问，“怎么了？”

那边顿了顿，喃喃道：“过来帮我参考参考。”

容榕抬手，看了一眼腕表，笑道：“这么早就开始打扮吗？”

“我是我们公司的代表，爷爷吩咐过今天绝对不能丢脸。”容青瓷叹了声，“你这个美妆博主过来帮我参考下。”

容榕兴奋地点头：“好，你等我过去。”

找到事做就没空胡思乱想了，容榕迅速起身打开自己的行李箱，把一些必要的工具都带上，准备给容青瓷当参谋。

她出门时恰巧碰上刚要走进对门的魏琛。

魏琛冲她笑了笑：“容小姐。”

她比魏琛还小上几岁，总是被叫敬称有些别扭，干脆道：“叫我名字就好了。”

“啊，好的。”魏琛摸了摸鼻子，有些害羞，“不过你的名字是叠字，叫起来总感觉是在念小名。”

容榕早习以为常：“没关系，我能从语气上听出来。”

比如容青瓷和徐东野，就肯定是叫她全名。

她刚说完这句话，就愣住了。有个人的语气，她判断不出。

容榕收起心神，转移了话题：“你今天穿得真帅。”

魏琛长相清秀，一米八几的个子，穿上深蓝色西装时看着比平时要成熟许多。

他咧嘴笑了：“晚上有晚宴嘛，当然要穿得帅一些。”

两个人客套间，门里有低沉的声音传出来：“怎么还不进来？”

魏琛应了一声，抱歉地冲她点点头，转身进去了。

刚进去就闻到一阵香味。

魏琛耸了耸鼻子：“沈总，您点熏香了？”

“不是我点的。”沙发上的沈渡难得一副惬意的样子，冲他伸出手，“宾客名单拿给我看。”

魏琛将手中的文件夹交给他。

沈总在看文件，他就找香味的来源。看到了那个少女气息很浓的烛台，香味就来自那抹微弱的烛火。

他好奇地走近观察，这种东西怎么看都不像是沈总会买的。

沈渡抬眼，见魏琛一直盯着那个烛台，扬唇轻飘飘地问了句：“好看吗？”

魏琛茫然地“啊”了一声，愣愣点头：“好看。”

“小姑娘喜欢的东西。”沈渡微微一笑，又垂眸继续看手中的文件，似乎是在自言自语，“也不嫌难带。”

沈总难得穿了一身银灰色西装，领夹银链一端牵在胸前领带处，一端牵在他的西服领口上，姿态放松地靠在沙发背上，即使低着头，仍能看到他柔和得有些不像话的俊逸眉眼。

魏琛立刻就猜到这烛台是谁的，没忍住，露出“姨母笑”。

他咳了咳，状似不经意道：“刚刚在门口碰见容小姐了。”

“然后呢？”

“她让我以后叫她的名字。”魏琛观察沈总的神情，心里在偷笑，“但是容小姐的名字是叠字，要是被人误会我跟她关系亲密就不好了，你说对吧，沈总？”

沈渡覆在文件纸上的指尖轻轻一顿，他抬眼看向魏琛：“对什么？”

魏琛一个激灵，连忙摇头：“没什么，沈总，您好好休息，晚上我过来接您。”

“嗯。”沈渡将文件夹还给他，又问，“这一层不接待宾客，跟工作人员说了吗？”

魏琛点头：“说了，除了这一层的套房，其余的都已经安排给宾客，对外就说是满房了，一定不会打扰到您休息。”

如果对门的容小姐不吵不闹的话。

做完自己该做的，魏琛转身就要离开。背后的沈总又忽然说了一句：“叫她容小姐就好。”

魏琛抿唇，忍下笑意：“知道了。”

容榕刚进门就被眼前的盛景惊呆了。

行李箱大开，礼服散落在每一个角落，床上地上更是一团乱，不知道的还以为被洗劫了。

容青瓷侧头瞪了她一眼：“怎么这么慢？”

容榕绕过地上的几双高跟鞋来到她的身边，有些无奈：“你怎么带的比我还多？”

“我让人帮我拿上来的。”容青瓷坐在梳妆台前，看着镜子的自己，哪哪儿都不顺眼，“带得多，反而不知道穿什么了。”

容榕把床上的礼服裙一一看过去，目光忽然被某条裙子吸引了。

容榕羡慕道：“我以为你从来不穿这种风格的裙子。”

D家这年的早春款走秀裙，到处断码断货，容榕排的定制已经到三个月后了。

容青瓷几乎瞬间就猜到容榕说的是哪条，漫不经心地“嗯”了一声：“哦，买给你的。”

“我？”容榕有些难以置信，以为自己幻听，“真的吗？”

容青瓷翻了一个白眼：“你什么时候看我穿过这种仙女裙？那天去门店看新款，恰巧看到这一条，想起你是走这种仙女路线的，就顺道给你带回来了。”

这个顺道让容榕高兴得不得了，顾不上什么，直接一把抱住容青瓷的脖子，甜甜地道谢：“谢谢姐姐。”

她闭着眼，感受容青瓷身上的香水味。没有察觉到容青瓷刹那间的失神，随即又扬起的一抹笑容。

“肉麻死了，给我滚开。”容青瓷嫌弃地将她一把推开，“赶紧给我挑。”

容榕帮她挑了一件黑白撞色露肩高定礼服，胸口处设计精巧的蝴蝶结为这条裙子添上几分优雅。

她将容青瓷的齐肩长发挽成髻，露出修长的脖颈，佩戴上蝴蝶剪影系列钻石项链，还帮她上了个妆，包了她的整个造型。

再从镜子里打量容青瓷时，容榕情不自禁地“哇哦”一声。

容青瓷神色别扭：“哇什么哇？”

“仙女下凡啊。”容榕笑道。

容青瓷提着裙摆走到她的面前，在她眨眼不解时一把掐上她的脸。

“我唯独不想被你夸。”容青瓷“哼”笑一声，“清河市谁不知道容家那个从来没露过面的容二小姐才是真正的天仙下凡。”

容榕撇嘴：“那我今天打扮得丑一点好了。”

“得了吧，你要是扮丑那就是丢容家的脸。”容青瓷拿起梳妆台前的绒布盒，爽快地丢到她怀里，“我不喜欢珍珠，这条给你戴吧。”

容榕打开盒子，果然是御家这年的樱花绽放新款。渐变色粉白五瓣樱花吊坠，三颗无暇珍珠点缀，少女感十足。

她如获至宝地将项链拿起，细细抚摸着上面的纹路。

容青瓷看着容榕那副好哄的样子，不自觉地笑了：“好好打扮，别给我们家丢脸。”

容榕用力点头，又抱起礼服裙，笑得一脸满足：“嗯！”

“穿上这个。”容青瓷的眼神忽然恍惚了一下，面上依旧还带着笑，“你就是容家最漂亮的小公主。”

就像她刚来家里那会儿，爷爷给她买了好多公主裙，娇娇小小的容榕穿着裙子从楼上下来，眼里带怯，可那副漂亮乖巧的样子怎么也让人讨厌不起来。

徐北也当时也在，不满十岁的少年将目光从游戏王卡牌上挪开，微微张嘴，盯着眼前忽然多出来的“小青梅”。

容青瓷看着他，告诉自己，就算再怎么讨厌那个所谓的大伯母，这也是她的妹妹。

她何尝看不出容榕的如履薄冰，又何尝不讨厌这样的自己。

容青瓷闭眼，压抑住忽然涌起的复杂情绪，冲她摆了摆手：“回你的房间去吧。”

容榕察觉到气氛忽然凝滞，甜甜的笑容僵在嘴角处，垂眸乖巧地点点头。

很快房间里只剩下容青瓷一个人。她深深地叹了一口气，颓然地坐在床上，望着镜子里的自己，忽然苦笑起来。

此时容榕坐电梯回到自己的房间，将礼服摊开放在大床上，小心翼翼地抚摸着裙上的薄纱。

这样的相处，已经很好了。

她深吸一口气，伸出手放在自己的嘴角两端，向上拉起。

“今天是值得高兴的。”

容榕坐在梳妆台前，开始为自己打扮。

她拿出平时最舍不得用的四色腮红，倒不是因为这有多贵，而是因为她收到这份礼物的时候，容青瓷的语气和刚才一模一样。

那时她从东京回来。

“你肯定喜欢这种包装，就顺便给你买了。”

腮红盒上烦琐华丽的浮雕纹，自带一把柔软的粉色腮红刷。

是她喜欢的。

等会儿就用这个吧。

容榕也不知道打扮了多久，一直到沈渡过来敲门才回过神，原来自己弄了这么久。

正在穿裙子的容榕勉强捂着胸口跑到门边，应了一声：“我在。”

沈渡低沉的声音在门外响起：“晚宴要开始了。”

“我马上就好。”容榕抚弄着轻纱，匆匆回道，“待会儿我自己下去就行了。”

“你怎么了？语气这么急？”

容榕脱口而出：“在穿裙子。”

门外的男人沉默了好久，才淡淡地嘱咐道：“快一点。”

“嗯，马上就好了。”

沈渡走了。

容榕穿好裙子后，将长发随意披在背后，最后喷了一点香水，拿起小包匆匆出门了。

晚宴在一楼的大厅举行，此时已经开场，乐团正在演奏交响曲。

她从旋转楼梯口下来，殊不知自己已经吸引了大部分的目光，肌肤如雪的美人最适合穿裸粉，披轻纱。

容青瓷正和沈渡说着话，听周围的人小声惊叹便将目光转向楼梯处。

饶是她也不禁愣了神。

“真的是公主啊。”她喃喃道。

沈渡回过头，顺着容青瓷的目光看过去。

沈渡双眼微眯，神色沉沉，举起高脚杯挡住自己的薄唇，挡住一抹笑意。

打扮了这么久，都是值得的，她实在漂亮得让人挪不开眼。

宴会厅很大，容榕没有急着下楼，而是站在阶梯上找人。

觥筹交错的大厅内，到处是穿着精致的男男女女，她戴的隐形眼镜没度数，要看清每个人的脸并不容易，也没有察觉自己已经成为视线焦点。

黑发如瀑的年轻女人露出些许茫然的神情，抿着唇微眯着杏眼，一副清纯又无害的样子。

她细嫩的指尖轻轻敲打着扶梯栏杆，一会儿往左看一会儿往右看，耳上坠着的珍珠随着她的幅度缓缓摆动着弧线。

容青瓷扶额："这丫头的近视没救了。"

容青瓷正打算去楼梯口接容榕，身边的沈总已先她一步往容榕那边走去。

容榕看到有个熟悉的影子朝她走过来，随着距离拉近，他的轮廓渐渐清晰，清俊的眉眼里带着一丝不悦。

高大挺拔的身影挡住了众人好奇的视线。

"沈总的女伴？"

"哪个流量小花啊？运气这么好。"

沈渡垂眸看着眼前的女人，语气低沉："愣在这儿做什么？"

"找你们啊。"容榕懊恼地撇嘴，"我看不清。"

他轻轻叹气："跟我过来。"

容榕乖巧地应了一声，跟在他的身后走下楼。

神情错愕的容青瓷就这样眼睁睁地看着那个油盐不进的沈总给自己的堂妹充当向导引路。

一直到容榕走到她的面前，她才抽了抽嘴角，语气调侃："近视多少度了？"

"没多少度，收拾行李的时候带错隐形眼镜了。"容榕从侍应生手里接过酒杯，放在唇边小口抿了抿。

周围的人又见她跟华渊的小容总那么熟，很快就将她的身份猜得八九不离十。

"我还以为是哪个小明星，搞了半天是华渊的容二小姐。"

"容老爷子居然舍得放他这个宝贝孙女出来了？"

"看来圈子里传的都是真的，这容二小姐长得真是跟天仙一样。"

"你也不想想她妈当年有多漂亮，上不了台面的戏子嫁进容家，不就是靠一张脸？"

三三两两的讨论声并没有影响到视线中心的这几个人。

“沈总。”容青瓷扬起笑意，正式为他介绍，“这是我妹妹，容榕，也是华渊的大股东之一，刚毕业回国没多久，爷爷特意吩咐我带她过来见见世面，不过我想沈总应该已经认识她了。”

沈渡微微点头，语气清冷：“确实已经认识了。”

果然认识了。

容青瓷挑眉，也不知道这两人认识到哪种程度了。

但是明面上的礼数不能少，她碰了碰容榕的胳膊，提醒道：“礼貌点，跟沈总打个招呼。”

容榕一脸别扭地冲沈渡点点头：“沈总好。”

沈渡的眉梢微动，面不改色：“你好。”

旁边的魏琛一副看破不说破的样子，眼睛往别的地方瞥，生怕自己再看这场景会笑出来。

强行不熟，其实住对门，服了。

“我妹妹年纪小，比较任性，如果有什么地方得罪了沈总，还望沈总多多包涵。”容青瓷笑容晏晏地进行官方客套，“看在众润和华渊已经是合作伙伴的分上。”

沈渡倒还真没跟她客气：“已经在包涵了。”

容榕：“……”

包涵什么了？这男人的脸真大。

魏琛猛掐大腿，不停地在心里告诫自己不能笑。

容青瓷愣了一会儿，嘴角的笑意越发明显。

“沈总。”

正客套间，有个浑厚的男声忽然从身后传来，几人同时回头，两个穿着西装的男人朝这边走来。

沈渡微微一笑：“陈律师。”

容青瓷凑到容榕耳边轻声说：“众润的法律顾问，北臣律所的合伙人之一。”

另一个，她们都熟。

陈律师爽朗一笑，和沈渡轻轻碰了碰杯，接着将身边的年轻男人介绍给他：“这是我们律所的另一个合伙人徐北也，当年要不是他投钱，我这律所恐怕也不能撑到今天。”

徐北也伸出手，笑道：“沈总。”

又是个强行不认识的。

几个人开始商业客套，容榕没多大兴趣听，双手把玩着酒杯看着宴会厅角落的乐团发呆。

那个大提琴手好像长得挺帅的，容榕下意识地往那边走，想看清楚对方的长相。

有人伸手拦住她的去路。

她抬眸，是个年轻男人，正低头笑着看她。

“容二小姐。”

容榕点头：“你好。”

“一直久闻容二小姐大名，但是从来没见过真容，今天难得容二小姐出席宴会。”男人勾唇，“不知道我有没有这个荣幸和容小姐喝一杯？”

也不等她说什么，男人一打响指，侍应生端来一杯酒。

猩红的液体在透明的高脚杯中晃动。

容榕蹙眉：“不用了，谢谢。”

男人“啊”了一声：“二小姐，你今天过来不会只是想站在角落里当个观赏娃娃吧？容老爷子没教你怎么应酬吗？”

容榕张了张嘴，刚要反驳，男人又继续调侃道：“你这样，老爷子会放心把华渊交给你吗？只怕到时候整个华渊都是你堂姐的了。”

“她不用应酬。”尖利的女声响起，容青瓷夺过男人手中的酒杯，仰头一口饮下。

男人的神情有些尴尬：“小容总。”

容青瓷挑眉一笑：“怎么？林总这是平时跟我在酒桌上喝得还不够，要到我妹妹这里来讨教？”

“我可不敢和小容总拼酒量。”

男人哂笑两声，找了个借口走开了。

“这红酒还挺带劲。”容青瓷伸出拇指擦了擦唇边漏出的酒，侧头不满地看着容榕，“你要跑哪儿去？”

容榕随口胡诌：“到处走走。”

“别瞎走，这儿的人你都不认识，而且你这张脸又打眼，大家都注意你。”容青瓷努了努嘴，“沈总和陈律师几个人去那边聊机密去了，要不是我留了个心眼，就羊入虎口了。”

容榕声音很小：“你经常喝酒吗？”

容青瓷皱眉：“酒桌上谁管你是男人女人，你少喝点，要是喝醉了我可抬不动你。”

容榕忽然抬头，眼神坚定：“爷爷不是说让你带我去认识人吗？带我去吧。”

“呵呵。”容青瓷眨眨眼，一脸难以置信，“小公主要出象牙塔啦？你能喝酒吗？”

容榕点头，比了个数字：“在国外的时候，我经常和舍友一起喝酒，酒量早就练出来了。”

“爷爷给你的生活费，是不是都让你拿去买酒了？”容青瓷冷哼一声，“看来你也不是那么乖啊。”

容榕抿唇，有些不好意思：“啤酒还挺便宜的。”

容青瓷拍了拍她的头：“钱给少了？居然买啤酒喝。”

她跟在容青瓷身后小声解释：“一个人也不需要那么讲究，我对酒没什么要求。”

“一个人在国外不好过吧？”容青瓷顿住脚步，侧头望向她，“后悔出国吗？”

容榕几乎没有思考，迅速摇了摇头。

容青瓷淡淡地笑了。

姐妹俩见了几个人，容榕按照姐姐说的，有礼貌地一一打过招呼，先留个好印象再说。

容青瓷一路为她挡酒，几个人见过去，容榕一杯酒还没喝完，她倒是已经从侍应生那儿拿了好几杯了。

直到又碰见刚巧回来的陈律师和徐北也。

徐北也看到容榕手里已经空了大半的酒杯后迅速蹙起眉头，走到她身边拿过她手里的酒杯，神色不虞：“你能喝酒吗？”

容榕又把酒杯拿回来：“能啊。”

“你在国外倒是学会不少。”

徐北也咧嘴笑了，转向容青瓷："别让小榕子喝醉。"

容青瓷冷笑，望向他的双目里没有丝毫温度："她总要学着应酬吧？难不成一辈子躲在城堡里当公主？"

徐北也叹气，只说："我是说让她少喝点。"

"你要觉得我会把她灌醉，那你带她去认识人吧。"容青瓷撇头，紧紧咬着唇，语气冷凝，"我不伺候公主了。"

"青瓷。"徐北也扶额，语气低缓，"你怎么了？"

"反正我做什么都是错，还不如将错就错。"容青瓷语气不善，索性破罐子破摔。

容榕想要伸手拉住她，却被她敏捷地一把挥开："别碰我。"

容青瓷像是高傲的黑天鹅，纵使生气到极点，仍抬起头颅，转身走得潇洒又从容。

徐北也镜片下的眸子流淌着晦涩难懂的情绪，他拧着眉头重重叹了口气："我才是做什么都是错的。"

宴会厅里，所有人都保持着得体的笑容，气氛看上去欢快极了。

容榕颓然地垂下手，一言未发。

徐北也喝了一口酒，笑容有些苦涩，语气散漫："小榕子，我不喜欢你姐姐，错了吗？"

容榕依旧沉默着。

"那我要是真喜欢你，是不是大错特错了？"他又问道。

容榕没看他，却坚定地点了点头。

"你个没良心的。"徐北也忽然笑出声，又唉声叹气的，"小时候你姐姐被管得严，根本没多少时间陪你，每周送你去上钢琴课的是我，教你下五子棋、飞行棋的也是我，用光了零花钱帮你把娃娃机抓空了哄你开心的还是我，你都忘得一干二净了吗？"

容榕终于抬头，毫不胆怯地与他对视："那你要我怎么办？"

徐北也忽然愣住了。

容榕指了指自己的心口，苦笑道："我宁愿爸爸妈妈都没死，哪怕跟着妈妈一起生活受人嘲讽也无所谓，只要别让我做什么都会惹人不高兴就行。"

"是哥哥的错。"徐北也走近她，伸出手想要落在她的眼角处，又停在半空中。

容榕勉强地笑了笑："小北哥哥，我才是真的做什么都是错的吧？"

徐北也收回手指，再一次拿过她手中的酒杯："走吧，我让老陈带你去认识一下其他人，酒我帮你喝，女孩子不能让别人看出来会喝酒，会吃亏的。"

"想喝酒。"她执拗着说。

"那待会儿和其他人打过招呼，我帮你拿几瓶酒，你回房间慢慢喝，好不好？"徐北也微微一笑，"听话。"

要见的人大多都是容青瓷已经为她引见了的。

也有不少人因为好奇容榕主动上前来打招呼。

两个穿着精致的年轻女人端着酒杯姿态窈窕地走过来。

其中一个女人举起酒杯，语气羡慕："容二小姐长得真漂亮啊。"

容榕礼貌地说了一声"谢谢"。

另一个女人睨了一眼身旁的徐北也，调笑道："前有沈总带路，后有徐三少负责挡酒，二小姐第一次出场就有这么两个重量级别的护花使者保驾护航，桃花运这么好，我们真是忍不住羡慕嫉妒恨啊。"

这话并不友好，容榕自然能听出来其中意味。

只是她的沉默，让人有了继续发挥的机会。

"听说二小姐刚从国外回来？所以这方面开放点也无可厚非。"

另一个女人笑道："千金大小姐哪会这么随便啊，别瞎说。"

徐北也蹙眉，正要开口，容榕却先声打断。

她只是淡淡地笑了笑："我漂亮又有钱，随便点怎么了？"

两个女人的笑容僵住了。

徐北也"扑哧"一声笑了出来。

他这个青梅竹马的小妹妹真是在国外把脾气都锻炼出来了啊。

"走吧，还有人没打招呼呢。"容榕转身，懒得再理那两个女人。

徐北也站在她旁边，一路为她挡酒，直到自己也喝得微醺。

容榕下意识地往宴会厅里看过去，都没有找到沈渡的身影。

"二小姐在找谁呢？"陈律师敏锐地发现她左右摇摆的视线，低声问道。

她抿唇，有些腼腆："找沈总。"

“沈总刚刚去接待几个从B市来的客人了，是他父亲那边的人脉。”陈律师呵呵一笑，“估计喝多了，回房间休息了吧？”

沈渡能在短短几年内在清河市扎稳脚跟，和他那个富豪父亲脱不了干系。

这世上原本就没有什么绝对的公平。他原本什么都有，自己又那样优秀。

容榕忽然很羡慕他。

她正失神间，徐北也按着太阳穴问她：“你先回房间，待会儿我让人送酒到你房间，把你的新房间号告诉我。”

容榕报出房间号，徐北也老觉得哪里不对，但也来不及细想，只点头道：“我知道了，回去吧。”

“你少喝点。”容榕忍不住皱眉提醒他。

徐北也摇了摇头，斯文俊秀的脸上露出笑意，声音慵懒：“哥哥为了律所的将来还得去应付几个大佬呢。”

容榕离开了。

徐北也的眼神忽然暗下来，他拍了拍老陈的肩：“我去找人算个账，待会儿来找你。”

没多久他就找到了那两个女人。

她们正埋头看手机，小声地交换着什么信息，时不时还笑出声来。

“两位美女，在聊什么呢？这么开心？”徐北也换上一副漫不经心的模样，缓缓走到她们面前。

两个女人同时抬头，心虚地将手机藏在身后：“徐三少。”

“我这个做哥哥的带妹妹喝个酒，怎么还被你们误会成那样了呢？”徐北也勾起嘴角，语气嘲讽，“是不是给人当情妇当久了，所以看什么都比较龌龊？”

两个女人的脸色瞬间白了。

老陈早在两个女人过来的时候就在他的耳边轻声提醒了。

某个老总新交的两个小女朋友，不在宾客名单里，只是那位老总没带太太和女儿，让这两个女人顶了她们的名额。

他直接伸出手：“手机给我。”

两个女人踌躇了半天，徐北也又轻笑了声：“想在这个圈子消失？”

拿到手机后，徐北也删掉了那些偷拍的照片。

“还敢拍照，想发上网啊？”徐北也挑眉，吊儿郎当地晃了晃手机，“进不来权贵圈子，难道连情妇圈也不想混了？没想过为什么网上到现在都没有我妹妹的照片？”

说完，他将两部手机丢在地上，顺势踩了两脚。

“让你们干爹再给你们买部最新款吧。”

容榕在房间默默等待着自己的酒，其实她已经不太想喝了，只是刚刚有些不高兴。

她躺在床上，百无聊赖地刷着手机。这时候，逛微博和逛论坛就成为最好的消遣。

论坛帖里有个帖子吸引了她的注意——今天总算是见识到什么是顶流白富美了。

“楼主有幸跟着老板参加一个大集团的周年庆，到处是大佬就不说了，今天有幸见到了某个从不露面的千金小姐，我只能说偶像剧里的都是假千金，真正的白富美站在那里就能让人感受到不同的气场，虽然楼主站得远，没看见脸。”

“真那么漂亮？”

楼主回复：“反正以我这个女人的眼光来说，气质没得挑。”

“现在不都流行富家子弟进娱乐圈玩，或许哪天在电视上就能看见了。”

楼主回复：“或许吧。”

帖子里都在依据楼主的描述套脸，有人猜了几个流量小花，直到有人提到了容榕的ID名。

“听楼主描述，我觉得B站的那个‘大榕榕’挺符合。”

然后便是一张视频截图。

楼主直接否认：“肯定不是啦，这种白富美不可能去当网红啦。”

之后话题便扯开了。

容榕松了口气。

此时房门被敲响，容榕穿着拖鞋去开门。

徐北也给她挑了几瓶好酒。

她窝在房间里，用玻璃杯盛满酒，一口灌下去，带着点甜味的红酒，喝进喉咙里有种说不出的炙热感，和啤酒不一样。

她没忍住，本身也不玩品酒这东西，一杯接着一杯地往下灌。

容榕摇着头试图让自己清醒一下，举着酒杯来到镜子前，看着镜子里面色潮红的女人，有些嫌弃地皱了皱眉。

她闻了闻自己："好大的酒味。"

容榕蹦蹦跳跳地走到梳妆台前，拿起一瓶香水就往身上喷。

暗麝心魄。

不是她爱闻的花香调，却让她爱到不行。麝香调混合绒革香，沉静而温暖，又让人心感燥热。

房门口又有了动静，容榕想莫不是徐北也又让人给她送酒来了，光着脚就往房门口走去。

刚打开房门就看见某个男人正一脸醉意地靠在门边，修长的手指用力按压着太阳穴，西装外套搭在手臂上，领带散落，衬衫微乱，难得衣衫不整。

她睁大了眼睛，脱口而出："沈……"

忽然一双大手覆在容榕唇上，扑面而来的男性气息瞬间将她牢牢包裹住，结实的手臂拦腰抱起她，一把将她抱进房内。

"咔嚓"一声，房门落了锁。

容榕闻着沈渡身上好闻的酒气，一颗心七上八下躁动得厉害。

门外有嘈杂的声音响起："贤侄，躲着可不是真男人哦！"

沈渡微微喘气，靠在门边，垂眸望着怀中的女人，大手依旧盖在她的唇上。

他醉得厉害，平时清明如洗的眸子里此时也尽是醉意。

刚放开她，就见她又要叫自己。

沈渡微微蹙眉，食指抵在她的唇上，轻声而低沉地吐出了一个语气词。

"嘘。"

第十一章
榕榕味

沈渡的指尖冰凉，她的嘴唇却温热。

被酒气沾染的两个人神智狠狠地恍惚了一下。

容榕难得看到这样脸色绯红的沈渡，顾不上思索他奇怪的举动，也顾不上问他到底发生了什么，只因为他轻轻对自己说了声“嘘”，示意她安静，被男色迷得七荤八素的她就顺从地点头。

大力的敲门声从外面传来，只不过敲的不是她的房门。

门外的人还在呼喊着：“贤侄？贤侄？躲在里面当鸵鸟可不系（是）男人的做法哦！”

接着是魏琛无奈的声音：“梁总，张总，沈总他只是喝多了，回房间上个厕所，待会儿肯定出来。”

“上个厕所还特意回房间上哦？”那人很明显不信，打了个醉嗝，一副耍赖的语气，“今天我就和老梁站在这里等贤侄出来，他老爸都不敢躲我们的酒，他以为自己能躲掉？”

“二位！”魏琛“哎哟”了一声。

两位喝多了的老总怕是真要席地而坐，非得把沈渡等出来。

沈渡靠在门边，轻轻地舒了一口气。

最少没有夺门而入，过不了多久应该就会离开。

他的指尖压着柔软的唇，忽然感觉指腹一痒，那抹柔软动了动。

他心中微动，垂眸看着她，房内灯光明亮，也将她的眸子照亮。

容榕眨了眨眼，小声问他："发生了什么事啊？"

沈渡叹气，放下指尖，微微凑近她，声音压得很低："实在喝不下了，只能跑了。"

她有些不解："不能拒绝吗？"

"是长辈敬的酒。"沈渡松开环在容榕腰间的手，按在自己太阳穴上，"想喝水。"

容榕呆呆地应了一声，转身就要去给他倒水，又被他拉住。

沈渡看着她的脚，语气微沉："怎么不穿鞋？"

她就穿着一件薄纱裙，两条细白的腿裸露在外，光着脚就这么踩在大理石砖上。

容榕不自在地缩了缩脚指头，声音有些颤："有暖气，不冷。"

"有暖气就不会感冒了吗？"沈渡眉梢微挑，脸色有些黑，"不许这么乱来。"

容榕点头："嗯，那我先去穿鞋。"

沈渡叹气："光着脚去穿鞋？"

说完便弯下腰，在容榕猝不及防间，一双有力的胳膊束住她的腰，微微向上使力，她的双脚离地，被人抱起来。

她低呼一声，环住沈渡的脖子。

沈渡像抱小孩一样，还将她往上掂了掂，试图寻找一个使力的最佳平衡点。

容榕的双腿垂着，怎么都不舒服。

沈渡皱眉，又将她放下，直接抱住她的大腿，将她再一次抱离地面。

他的手轻轻覆在她的腿上，一分也没有上挪，只是让自己的胳膊成为容榕的座椅。

容榕瞬间就清醒了，茫然地低头看他。

沈渡只是低笑："你好轻啊。"

他的语气听上去不像是夸奖，但确实取悦到容榕了，容榕憋了一口气，还是没忍住，傻傻地笑出声。

"笑什么？"他轻挑眉，声音里有些不解。

“你夸我了。”她咧嘴，杏眸里都是欣喜。

他抱着她来到沙发处，小心翼翼地放她坐下：“没夸你。”

容榕重复：“你刚刚夸我轻。”

“这也是夸？”他有些惊讶，摸摸容榕的头，“好像不算。”

“那怎么算是夸？”

沈渡笑了笑，半蹲在她面前，思索了一会儿，抬眸望进她的瞳孔里：“你今天很漂亮。”

容榕鼓着腮帮子，心跳微乱，侧头避开他的眼睛，看到不远处的高跟鞋。

“啊，我的鞋子在那儿。”

他只是看了一眼就收回目光：“这么高的鞋子穿着不累？”

“有点，但是好看啊。”容榕抬起双腿，窝在沙发上，又向下扯了扯裙子，试图挡住自己裸在外的脚趾。

沈渡起身，往主卧那边走去：“我去给你拿一双拖鞋。”

他们住的房间格局一样，所以拖鞋应该也是放在床头柜下。

不一会儿，沈渡拿着一双拖鞋放在她的面前。

容榕穿上拖鞋，站起来，指着房门口问道：“他们应该走了吧？”

沈渡摇头：“不知道。”

“我去看看。”

她走到门边，悄悄地打开了一条门缝，还没来得及看清门外到底有没有人，门又被轻轻地关上了。

沈渡的手撑在门上，清冽的男性气息还裹着一层浓烈的酒气席卷容榕的每一处神经。

他站在容榕身后，稍稍使力就关上了门，带着酒气的呼吸喷在她的耳边。

容榕瑟缩了一下脖子。

“榕榕。”沈渡的声音沙哑，尾音上扬，和平时说话很不一样，“你希望他们已经走了，还是没走？”

容榕没敢回头，声音很弱：“这个跟我有什么关系？”

“我想知道。”

她用细细的声音说道：“他们要是走了，你就可以回房间休息了。”

他又问："我不能在这里休息？"

容榕："……"

沈渡的气息又近了一点，伸出另一只手撑在她的另一侧，牢牢地将她桎梏在自己和房门之间。

她吸了一口气，感觉自己被调戏了。

酒气上涌，容榕也不是什么认尿的主，转过身直面仰视他："孤男寡女成何体统，不行。"

良家妇女的意味十足。

沈渡神色暗沉，嘴角微扬，脸上却没多少笑意："你跟徐律师不也是孤男寡女？"

她茫然地"啊"了一声。

"装傻？"沈渡又凑近她几分，声音也越发低了些，"不是跟他住过一间房？"

容榕想了半天，终于想起来了。

原来打电话的时候，徐北也那一句抱怨声，他听见了啊，而且还拿出来兴师问罪了。

"那是小时候。"容榕五官皱起，试图解释，"而且也不是一间房，他睡在外面。"

也不知道是不是错觉，沈渡的脸又比刚刚红了一些。

他张了张嘴，只挤出了一个字："哦。"

"而且我们都喝了酒。"容榕绞着手指，低头看着自己脚上的拖鞋，"要是出事了就不好了。"

这话刚说出口，容榕自己也愣了。

她怎么就说出来了！

沈渡的舌尖抵着口腔内壁，沉默了一会儿，才幽幽地问道："出什么事？"

容榕："……"

沈渡的喉结微动，绷着下巴，一直没听到她的回答。他又发出一声低哑的疑问："嗯？"

容榕："……"

大家都是成年人了，有的话也不用说得那么细，该懂的自然会懂。

沈渡在这里揣着明白装糊涂，分明就是在逗她。

容榕一时气闷，抬脚踩在他的皮鞋上。

被逗得没路可退的兔子酒气上涌，忍不住发飙："那你就在这儿休息吧！到时候真发生什么了别说我占你便宜！"

沈渡一时愣住，任由她从自己的胳膊下溜出去。

容榕转身拿起瓶酒，一副破罐子破摔的样子朝他比画了两下："来一瓶吗？"

沈渡："……"

他走过去，拿过容榕手中的红酒瓶。

Chateau Latour Pauillac（拉图波雅克干红葡萄酒） 1990，居然被她当成啤酒一口闷。

沈渡扶额，命令她老实坐在沙发那儿："红酒不是这么喝的。"

沈渡帮她倒了一小杯酒，顺着灯光看了看红酒的颜色，摇晃着杯中液体，递到她手上。

"先闻闻香味，再喝一小口，别急着往下咽，让舌尖感受味道。"

容榕按照沈渡说的做了，品出那么一点甘醇，这酒的口味活泼，一小口就足够刺激她整个味蕾，等咽下去时，喉咙就像被灼烧一般，馥郁间令人回味无穷。

她起身去橱柜那边拿了一个新杯子，给他也倒了点："你也尝尝。"

沈渡摇头："我不喝了。"

不喝拉倒。

她给自己又倒了杯，按照沈渡说的一看二摇三闻自己品酒。

一杯一杯地喝着，倒真喝出乐趣了。

容榕眨着眼，有些惊讶："我喝出点别的味道了。"

"什么味道？"

"说不上来，水果味？"容榕咂咂嘴，用舌尖仔细感受，"樱桃味？还有点甘草味？"

沈渡只是轻轻点头。

容榕以为沈渡不信，执拗地替他倒了一杯，递到他的唇边："你尝一口。"

沈渡哭笑不得地往后躲了躲："就这么想让我喝？"

“好酒要一起分享啊。”容榕鼓着嘴，有些不解，“你是不是不喜欢这个味道？”

沈渡摇头，依旧没有喝：“没有。”

“那你怎么不喝？”

“榕榕。”他叹了一口气，轻轻点了点她的鼻子，“要是连我都醉迷糊了，会发生什么我不敢保证。”

容榕早前已是半醉状态，只不过刚刚被沈渡吓到意识稍稍恢复了些，此时美酒入喉，酒精再一次占领她的大脑，整个人都轻飘飘的，好像下一秒就能升天。

“好吧。”容榕收回酒杯，放在茶几上，语气不满，“这么好的酒你都不喝，你没眼光。”

她真的醉了啊。

沈渡神色深沉，索性顺着她刚刚的话说道：“这不是我喜欢的味道。”

“嗯？”容榕起身就要去拿另一瓶酒，“那你喜欢什么味的？我给你找。”

沈渡忽然从背后环住她的腰，往后一拉，她猝不及防地坐在他的大腿上。

沈渡滚烫的呼吸洒在她的后颈上。

沈渡从背后伸出手，点了点她的唇：“这个味。”

容榕迷茫地问了一句：“这是什么味？”

沈渡低笑一声，语气暧昧，像是一片羽毛，撩得她的心痒痒麻麻的。

“榕榕味。”

容榕忽然打了一个酒嗝，旖旎的空气瞬间变味。

沈渡将她放在自己的身旁坐好，无奈地揉了揉她的头：“你啊。”

她睁着一双杏眼，咧嘴笑了：“我怎么了？”

“你很好。”沈渡靠在沙发上，抬头看着天花板，“好到让我舍不得走。”

最后那句话很轻，除了他，没人听得到。

容榕就坐在沈渡旁边，双腿蜷缩在一起，单薄娇小的身子被裸粉色的薄纱包裹住，长发凌乱，有几缕发丝沾在她的唇边，被她一不小心吃进嘴里。雪白的肌肤因为喝了酒，染上了一层暧昧的嫩粉色。

沈渡知道，她刚刚离喝醉也就只差那么一点点，这回几口酒下肚，已经是彻底醉糊涂了。

他其实也不是很清醒，只是肯定现在旁边坐着的是谁，自己却没有想离开的意思。

容榕眯着眼，一只手晃动着酒杯，一只手撑在自己下巴上，侧着身看着他笑："你不回自己的房间了吗？"

沈渡重重叹了一口气，声音压抑："你想我回去吗？"

"不想。"她笑嘻嘻地凑近他几分，幽幽地说，"一个人喝酒太闷了。"

沈渡顺着她的话说："那你还一个人喝？"

她闭眼，语气落寞："没人陪啊。"

容榕身上香甜的气味和浓醇的红酒混合在一起，沈渡那根理智的神经正在一点点崩坏。

沈渡接过她的酒杯放在茶几上，用手托着她的头，想让她换一个更舒服的姿势。

她的头一沉，直接躺在他的膝盖上。

沈渡的头更疼了，低头将她覆在脸上的发丝一点点拨开，轻轻拍拍她的脸："榕榕？"

她伸出胳膊，挡住头顶刺眼的光，只露出精巧的下巴和嫣红的嘴唇。

沈渡痛苦地闭眼，趁着自己还有一丝理智，捧起她的头放在柔软的沙发枕上，解放自己的膝盖，迅速起身要离开。

他刚要打开门，就听门外一声大喊。

"贤侄啊！你好狠的心！都不给叔叔开门！"

"我要跟你老爸告状！"

两个叔叔跟他父亲称兄道弟，几家企业之间贸易往来非常密切，一开始秉着晚辈的姿态，他能喝就尽量喝了，到后来喝到胃已经开始隐隐抽痛，才不得不想了个借口脱身。

谁知道这两个人喝醉了，早几年闯荡江湖时的那股古惑仔脾气上来了。

沈渡内衬里的手机振动了两下，是魏琛发过来的消息。

"沈总，你就躲在房间里，千万别出来。"

酒意瞬间上涌，沈渡转身，一把横抱起容榕往主卧走去。

容榕一碰到柔软的床垫，整个人就陷下去，抱着被子不肯撒手。

沈渡低头掐了掐她的脸，声音喑哑，似乎有些气恼：“要不是看你喝醉了。”

——今天未必放过你。

他回到客厅，看着茶几上喝了一半的酒，三两步走过去，就着她刚刚喝过的酒杯，灌了几口下肚。

三室两厅的房间，有两间是卧房，剩下一间是书房。

沈渡洗了一把脸，走进了次卧。

他按着胃，实在没力气再去考虑别的，单手解开领带丢在一边，整个人倒在床上，闭眼睡了过去。

容榕睡得并不安稳。

她挣扎着起了床，虽然头昏脑涨，身体也软成一摊泥，但脑子里只有一个想法。

卸妆。

这是身为一个女人最后的倔强。带妆睡觉这种肌肤自杀式行为，绝对不允许出现在她这个美妆博主身上。

容榕勉强坐在化妆镜前，眯着眼看着镜子里的自己发呆。

明明已经睡了一小觉了，但她的脸丝毫没有脱妆。

容榕对着镜子欣赏着这绝美妆效，最后还是压抑不住困意，把它卸掉了。

洗了个澡后，醉意就消了大半，整个人差不多又恢复过来了。此时，她终于想起，她和沈渡一起喝酒，然后喝着喝着就睡过去了。

容榕走到门口打开房门，走廊上的感应灯敏锐地亮了起来。

没人。

她舒了口气，沈渡应该回房间了。

又在客厅里找了大半天的手机，给沈渡发了个微信过去。没有回应，估计是睡下了。

她正要关机，又看见十几条未读消息。

是徐北也发过来的。

“你的新房间在八层？”

“八层只有沈总住，你这个小孩有没有一点防备之心啊？”

“你天天躲着我，沈渡不是男人？不用躲他？”

“伤我心了。”

“我拼死拼活帮你挡酒，你却跟其他男人缠缠绵绵。”

……

徐北也的语气渐渐癫狂。

容榕无语，回了个问号过去。

那边迅速打电话过来。

“你还没睡？”徐北也的语气听上去很不好。

“洗了个澡。”容榕看了一眼时间，“半夜三点了，你怎么还没睡？”

“我在负一楼的酒吧喝酒。”徐北也的话音刚落，声音立刻又严肃起来，“你一个人在房间？”

“嗯。”

徐北也“嘁”了一声：“沈渡有这么绅士？我不信。”

沈渡作为律所的金主，要是换作平时，徐北也绝对不敢说出这种话。

八成是醉了。

“你要不信就上楼看，就我一人。”容榕赌气说完这句话，毫不留情地挂断了电话。

五分钟后，徐北也真的上来了。衬衫乱糟糟的，一脸醉意，仿佛下一秒就要倒地不起。

容榕指了指对门：“人在对面睡得好好的，不信你敲门。”

徐北也只稍稍往里头看了一眼，神色尴尬地“唔”了一声，转身就要走，然后，他的眉头一皱，猛地捂住嘴。

容榕自然知道这不可能是害喜，淡定地指了指洗手间：“去吐吧。”

徐北也迅速小跑着进了洗手间，接着便是一阵惊天地泣鬼神的呕吐声。

容榕听着这声音，胃里一阵翻滚，也想吐。

以后绝对不能喝这么多酒。

容榕坐在沙发上等了十几分钟，洗手间里的人还没出来。

容榕怕他直接死在里头，到时候警察来了她没有人证，难逃谋杀罪名，于是只好认命地起身走到洗手间门口敲了敲门。

没有动静。她心中一跳，难道真是酒精中毒？

还好洗手间没锁，她不用撬锁或者是撞门。

徐北也坐在马桶上睡过去了。银框眼镜歪扭扭地挂在高挺的鼻梁上，狭长的眸子闭起，少了狐狸般的狡黠，比睁眼时看着更加斯文了。

好看的男人，就连喝醉了，都比旁人看着更为秀色可餐。

容榕打量了他一眼，在心里比较了一下。

嗯，还是沈先生更好看一些。

她走过去，捅了捅徐北也的胳膊："小北哥哥？"

徐北也的眉头一皱，后脑靠在墙砖上，转头继续睡。

"……"

大半夜的，船上的客房服务早就休息了。

她站在洗手间门口思考了两分钟的人生。

算了，反正还有一间次卧，大不了她锁门，相安无事。

两分钟后。

容榕的鼻子里塞着两个小纸团，拉着徐北也的一条腿将他拖出洗手间，姿态佝偻仿若七旬老太。

徐北也睡得挺香，还微微打鼾。

活脱脱的藏尸现场。

"我上辈子，一定欠了你跟容青瓷很多钱。"容榕满头大汗，坐在地上休息了几分钟又站起来继续干活，"不然……为什么……我要被你们……这么折磨？"

她试过，是真的扛不动徐北也，想了半天，就只能把他丢在地上，然后依靠大理石地板绝佳的滑动摩擦力，拖着他走。

力气都快用光了，离次卧还有好远的距离。

容榕好不容易拖着徐北也一条腿来到次卧，冲地上的徐北也猛喊一声："徐北也！"

"唔。"徐北也不满地应了一声，侧了个身又要继续睡。

还枕着自己的手臂，满足地舒了口气。

"自己滚进去睡！"容榕一把将鼻子里的纸团抽出来，大口喘着气，"这是我最后的善良！"

她将徐北也直接扔在次卧门口又走进洗手间，打算再洗个澡。

离开前还残忍地关掉了走廊上的中央空调。

在冰凉的大理石地板上躺了十几分钟，徐北也不出意外地被冻醒了。他坐在地板上，迷茫地看着眼前的光景。头晕得厉害，身上也没什么力气。

他只记得半夜在酒吧里喝了不少，最后无意听人说八层的豪华套房只有众润的总裁在住，又想起容榕给自己报的房间号是“八”打头，一时间气血上涌，冲动地给她发了好几条消息。

之后就上楼了，看到她说房间里只有她一个人，微微松了口气。

徐北也本来就是撑着身子上楼的，刚吐完，整个人仿佛一泻千里，瞬间就被冲走所有的力气，只想睡觉。

他隐约还是记得容榕说了什么。

徐北也爬了起来，打了个哆嗦，推门走进次卧，温暖的气息一下子将他重新包裹住。

徐北也摸黑走到床边，取下领带，扔掉衬衫，脱下西裤，回归人类最本真的状态。

他摘下眼镜放在床头柜，倒在床上，纵使这个房间里充斥着酒气，他也依旧很快地进入梦乡。

容榕洗完澡后，发现次卧门口的尸体已经诈尸不见，估计尸体被冻醒了，老实回次卧睡觉了。

她微微舒了口气，回到自己房间锁上房门，在劳累了一天后，也很快睡了过去。

希望翌日一早起来，又是令人愉悦的一天。

清晨，容榕是被手机铃声叫醒的。

她勉强从被子里伸出手往床头柜乱摸，把纸盒和遥控器都扫到了地上，好不容易才抓到手机。

一接起，眼睛还没睁开，心脏就被电话那头的怒吼吓得几乎骤停：“你昨晚没回房？去哪儿混了？！信不信我告诉爷爷把你的腿打断！”

她一阵耳鸣，耳膜都快直接破了。

她揉着眼睛，拿着手机伸长胳膊，迷迷糊糊道：“我在房间啊。”

“你在哪个房间呢？！我就站在你的房间门口！敲了半个小时的门，听不见？”容青瓷气极，说话都带着颤音，“徐北也也不在房间，我昨天就不该把你交给他！说！他对你做了什么？”

容榕猛地睁眼，顶着一头乱发坐起来：“不是，我换房间了。”

“换哪个房间了？”容青瓷冷笑一声，“跟徐北也一个房间了？”

容榕点头，又摇头：“确实跟他在一个房间，但我现在解释不清楚，你来看就知道了。”

她报完房间号，容青瓷说了一声“你等着”，电话迅速被挂断。

容榕打着哈欠走出房间，次卧的门还关着，徐北也应该还没起床。

此时客房的早餐服务已经按响了门铃。

容榕稍稍理了理头发，走过去打开门。

穿着小马甲，打着领结的侍应生笑容可掬：“你好，早餐服务。”

“进来吧。”

容榕侧身让侍应生进来，然后看见对门处，魏琛正一脸困惑地站在走廊上。

她有些奇怪：“怎么了？”

魏琛冲她点了点头：“早上好，我敲了沈总半天的门了，但是没人应我。”

“还在睡吧。”容榕回想，“他昨天不是喝了很多吗？”

“我第一次看沈总被灌那么多酒。”魏琛叹了一口气，“本来还给他带了胃药过来。”

容榕有些惊讶：“他有胃病吗？”

“也不算，就是偶尔喝多了会胃痛。”魏琛耸肩，“沈总之前创业的时候挺苦的，现在能不喝就尽量不喝了。”

容榕隐约记得昨晚她好像也让沈渡喝酒了，但是不知道他用什么理由拒绝了。

两个人说话间，尖刺的高跟鞋声音从走廊那边传过来。

容青瓷一脸怒意地冲过来，对着容榕就是一声怒吼：“你给我好好解释清楚！”

“我住的主卧，徐北也住的次卧，我们什么都没发生。”容榕指了指里面，“他现在还在次卧睡，你去看就知道了。”

容青瓷一脚踏进房间，大步走到次卧跟前，猛地推开门。

窗帘是遮光的，此时房间还是一片黑暗，唯有房门口的一丝光亮勉强照亮了里面。

散落在地上的衬衫、西裤以及领带，还有并不好闻的酒气。

容青瓷打开灯，在看清床上的光景后，她睁大眼骂了一句：“这发生了什么？！”

站在门口的容榕和魏琛同时一愣，以为发生了什么命案，顾不得其他直接往里面冲。

“……”

“……”

两个秀色可餐的男人并排躺在大床上，姿势完美还原人民大学校徽，其中睡得并不安稳的沈渡正被环着腰，双腿微蜷，身上的衣衫勉强完好，就是衬衫扣子被解开，露出了迷人的锁骨和腹肌。

而回归人类本真的徐北一脸安然地环着沈渡的腰，发丝凌乱。

床顶上的大吊灯打下来的光芒，照亮了这一副绝美的画卷。

容榕张着嘴，试图回想起昨晚的全部细节。

魏琛颤巍巍地问道：“这是，我们沈总吗？”

容榕不确定地点了点头：“应该是。”

容青瓷深吸一口气，捂着嘴唇，指着床上还在睡的两个男人：“你们谁去把他们叫醒？”

她的话音一落，三个人同时沉默。

容榕戳了戳魏琛的胳膊：“去把你们沈总叫醒。”

魏琛缩了缩胳膊：“我不去，我还想多活两年。”

“你把他叫醒怎么就不能活了？”

魏琛生无可恋地看着她：“容小姐，你凭良心说，我还能不能活？”

容榕：“……”

“算了。”容青瓷烦躁地按着眉心，“我们要对这个社会包容一点，一大早给我气得胃疼，早餐都还没吃，去吃早餐了。”

容榕指了指床：“那他们呢？”

“他们总会醒过来吧？”容青瓷眉头一挑。

魏琛欲言又止，容榕拍了拍他的肩："走吧，或许这时候，装作什么都不知道才是唯一的活路。"

他想了想觉得挺有道理，跟在姐妹俩后头去吃早餐了。

房门重新被关上，一切归于寂静。

午餐都是统一在五楼的餐厅吃。

沈渡阴沉着脸出现在餐厅门口，容青瓷的视力好，最先看到他。

她立刻低头警告道："待会儿你们就装作什么都不知道。"

魏琛和容榕用力点头。

容青瓷甩了甩头："叫你们总裁过来吃饭吧？"

魏琛咳了咳，起身走向沈渡，也不知道说了什么，总之沈渡过来了。

容榕扬起一抹天真无邪的美好笑容，字正腔圆，宛若小学生："沈先生，中午好。"

沈渡面无表情地看了她一眼，没理她，直接坐下准备点菜。

按照一个大男人的食量，沈渡居然只点了一份简单的鹅肝饭，这绝对不正常。

魏琛笑得很勉强："沈总，您怎么不多吃点？胃能受得了吗？"

沈渡的语气淡淡的："吃不下。"

容榕和容青瓷对视一眼，默契地低下头。

十几分钟后，徐北也也来到了餐厅。

他的眼角泛青，脸色苍白，鼻头微红，整个人憔悴得不行。

有人出声调侃："哟，我们徐三少这是昨晚上被哪位佳人榨干了？"

容榕正喝着茶，闻言猛地一呛，捂着胸口痛苦地喘气。

容青瓷拍了拍她的背："喝口茶也能呛着，你是小孩吗？"

沈渡淡淡地看了她一眼。

徐北也直接一脚踢在那人的椅子脚上，对方趔趄了两下差点摔在地上，正要破口大骂，就被徐北也一个阴鸷的眼神吓回去了。

徐北也咧嘴冷笑，扭着脖子垂眸盯着那人，沉声开口："有胆子再给老子说一次？"

那人急匆匆站起身逃出了餐厅。

他扫了一眼其他人，最后朝容榕这桌走来。

“小榕子。”徐北也坐在她的对面，直截了当地问，“昨晚故意的？”

容榕“啊”了一声：“什么？”

“你说我说什么？”徐北也勾起嘴角，嘲讽意味十足。

沈渡放下筷子，语气平静：“徐律师，鼻子还痛吗？”

徐北也睨了他一眼，哼笑：“沈总下手还真是毫不留情啊。”

“我要是真不留情，你的鼻骨已经断了。”沈渡微微一笑，眼神冷冽，“所以闭嘴，吃饭。”

徐北也一脸气闷地闭嘴了。

这顿饭吃得压抑极了。

容榕吃完就要躲回自己的房间，被徐北也一把扯回椅子上：“去哪儿啊？”

容榕看向沈渡。

沈渡擦了擦嘴，面无表情道：“把事情解释清楚。”

她又看向容青瓷和魏琛，两个无耻队友火速反水，跑了。

容榕坐在椅子上，语气纠结：“如果我说，我也不知道为什么会这样，你们信吗？”

两个男人异口同声：“你觉得呢？”

容榕叹了口气：“我觉得男子汉心胸还是要宽广一点，反正谁也不吃亏，没必要这么计较，你们觉得呢？”

两个男人的脸色同时黑了黑。

容榕再接再厉：“如果你们是因为上下……”

两个男人咬牙切齿：“闭嘴。”

容榕闭嘴了，乖巧地坐在椅子上对手指。

午餐时间已经过去很久了，餐厅里却还坐着不少人，侍应生把餐盘都收了个大概，那些用完餐的人捧着饭后热茶兴冲冲地观摩着那一团和周围格格不入的冷凝空气。

这次宴请宾客名单里，光清河市本地的名流富豪就占了大半，无论是和众润有过合作或是竞争的，只要接到邀请，基本到场了。

生意场上没有永恒的敌人，这种宴会明面上是周年庆，实际就是人脉拓展大会。

富豪圈子一共就那么大，那三位无论是哪一个单拎出来，都是圈子里让人津津乐道的八卦话题。

不靠家中金山毅然跑到内陆打拼事业的粤圈太子爷，家族铺好从政路却偏偏不争气的二世祖，以及话题度远超华渊小容总，直到昨天晚宴才显露真颜的容二小姐。

三人对峙也实在问不出什么，最后还是沈渡拍案，语气淡然："既然都不记得了，那就当没发生过。"

说罢，他最先起身离开餐厅。

徐北也和容榕对视一眼，默契地选择接受沈渡的提议，一前一后地跟着离开了。

餐厅又重新恢复平时的气氛。

众人之间的窃窃私语无非环绕着这三个人。

徐三少在游轮上发飙的事情传得挺快，他前脚出餐厅，后脚就接到大哥打来的电话。

徐东野的声音听上去带着一丝薄怒："你在船上发什么疯？"

"这才几分钟啊，大哥，你派了间谍过来监视我吧？"徐北也"呵"了一声，捂着额头在甲板上转了几圈，"沈渡好歹也算是我们律所的金主，我哪敢在他的地盘上发疯？"

"不要得罪他。"徐东野的声音浑厚有力，夹杂着一丝忠告，"他不是你能惹得起的。"

徐北也嗤笑一声："市政秘书特意嘱咐，怎么，难道他真的能只手遮天？"

"只手遮天的不是他，是他的父亲。"徐东野稍稍一顿，似有些无奈，"沈渡只用了八年时间就在内陆扎稳了脚跟，去年大陆富豪的排行榜上，他是唯一一个不满三十岁的企业家，你以为这全是他一个人的努力所得？"

徐北也用脚指头想也知道，这不可能，"白手起家"这四个字哪是说说就能真的做到。

徐东野继续说："他放弃了家族企业来到内陆拓展事业，本身经商天赋极高，再加上有他父亲的庇护，这些年几乎可以说是顺风顺水。"

徐北也沉默许久，最终才问出一句："他爸到底什么来头啊？"

"你脚下踩着的索菲娜游轮号，就是他父亲的造船业产物之一。"

挂掉电话后，徐北也靠着栏杆，望着灰白色的海平面出神，任风吹乱自己额前的头发。

徐家在政治圈混得风生水起，他的两个哥哥都在政府担任要职，前途一片大好，唯独自己开了一间律所，上到商业纠纷下到离婚财产分割，什么官司都接。

在别人眼中，律师这份职业社会地位高，靠着一张嘴皮子就能拿高工资，可在他们徐家，不过是他年少叛逆，不满家人处处约束而做出来的荒唐决定。

他和沈渡都跳出了家族的桎梏。

不同的是，他还是不学无术的二世祖，沈渡却是备受瞩目的新晋内地富豪。

——比你优秀的人还比你努力，何其讽刺。

他忽然想起很久前，快高考那会儿，和容青瓷在图书馆说悄悄话。

那时他说，自己是打死都要出国的，因为不论他大学选了什么专业，毕业以后家里人都绝对会让他考公务员。

出了国，考公务员这事自然就泡汤了。

容青瓷当时只是淡淡一笑，说她无所谓，爷爷和爸爸都已经帮她选好了。

他执拗地非得要她说出自己喜欢的。她的眼神涣散了几秒，忽然叹道，其实她也喜欢画画，她觉得比做文综题要有趣多了。

还没等他开口，容青瓷又迅速否定了自己的想法。还是算了，学画画的有容榕一个就够了。

她最终也没有跳出家族的桎梏。

徐北也将头埋在手臂里，半晌后终于苦笑一声。

这么一想，最不学无术的，还是只有他一个人。

剩下的两天，容榕都没有出房门。

一直到游轮返港，容青瓷去房间堵她，才发现她窝在房间里足足画了两天画。

容榕坐在阳台上，面前架着画板，用画笔一点点地还原了面前的海景。

她也不嫌冷，就穿了一件单薄的毛衣迎面对着冷风吹，长发随意地别在耳后，白皙的手指间全是斑斓的颜料。

“容大画家真是金刚不坏之身，条件如此艰苦还能进行创作？”

容青瓷拿起沙发上的褥子走到阳台，一把丢在她的身上，末了还不忘敲她的头：“要是感冒了，爷爷又该怪我没好好照顾你了。”

容榕吸了吸鼻子，指着自己的画，抬眸看着她笑：“好看吗？”

印象派对于线条的要求并不高，她的画重光和色彩，由浅至深的银白到灰白，恰巧绘出了冬季里略显萧条的天空，连同海天一线的那片区域，都呈现出破败的暗色。

整幅画的色调都带着一丝压抑，没有活泼的颜色。

容青瓷指了指她的画盘：“你调的这些比较明亮的颜色，为什么不用？”

“用不上。”容榕指着不远处的天，“天气不好。”

“你都画了哪些？给我看看。”

容榕翻了几页画纸给她看，确实和天色有关，除了角度和场景有变化，光线都显得有些沉闷。

容青瓷叹气：“这几天你画的画都在这儿了？”

“差不多。”容榕想了一会儿，笑容恬淡，“其他的都是素描了。”

“给我看看。”

容榕抿唇，有些不好意思：“随便画的，乱七八糟的，就算了吧。”

“你学画画这么多年，就算是乱七八糟，也比我们这些门外汉要好得多吧？”容青瓷笑了笑，“要是我学了这么久，绝对不会这么说自己的画。”

容榕还是不太愿意拿出来。

她摆手：“算了，算了，收拾东西准备下船，我定了明天晚上的飞机票直接回清河市，来的时候太匆忙来不及买东西，难得到B市了，说什么也要买个够。”

容榕眼神一亮：“去哪儿买啊？”

“还能哪儿，不就海港城那些地方，赶紧收拾收拾。”容青瓷直接坐在床上等她，跷着腿一副不耐烦的样子，“快点，不然我们就是最后下船的了。”

“哦。”容榕迅速起身开始收拾画板，这些画大多是废稿，她也没打算带走，随手就丢在垃圾桶里。

倒是放在桌上反过来的几张纸被她小心翼翼地收进行李里。

容青瓷恰好和容榕温暾的性格相反，实在看不过去，挽起袖子上前帮她一起收拾。

两个人效率高，配合默契，行李收拾得很快。

容青瓷正帮容榕收拾化妆品，嘴上抱怨着：“你们美妆博主的化妆包跟潘多拉魔盒似的。”

容榕笑了两下，正要回话，房门忽然被叩响了。

“去开门。”容青瓷指了指门口，“为什么你的东西这么多，却只带了一个这么小的包？”

容青瓷混到这个职位，每天带的包包也侧面反映了她的职场地位，因此没办法跟容榕一样背这些小众轻奢包。

虽然她承认，这个包款式真的蛮不错。

“好看啊。”容榕一边回答一边跑去开门。

是魏琛。

他“啊”了一声：“你果然还在。”

容榕眨眼：“什么？”

“一直没看到你下船，就在想你是不是还在房间里。”魏琛爽朗一笑，语气轻快，“沈总打算直接从这里去D市，再坐私人飞机回清河市，容小姐要一起吗？”

容榕一时间没反应过来，呆呆地问道：“这是沈先生的意思吗？”

魏琛哭笑不得：“不然我怎么可能一个人做主？”

容榕若有所指地看了一眼房间：“但是我和我姐姐已经……”

刚说到一半，有人猛拍了下她的背，硬生生地堵住她接下来的话。

容青瓷不知何时走到容榕身边，语气真诚，笑容亲切：“魏助理，能问问你们沈总，介不介意多在B市待上一天，让我和我妹妹多一天时间买买买？”

魏琛有些惊讶：“小容总也在啊？”

“如果不方便，就让我妹妹跟沈总一起，正好我也省了一张头等舱的票。”容青瓷笑眯眯地补充道。

“那我给沈总打个电话。”

“好的。”

魏琛离开去打电话了，容榕有些埋怨地看着容青瓷，语气嘟囔：“头等舱的钱我可以还你，干吗这么麻烦沈先生？”

容青瓷恨声道：“你都二十多岁的人了，某些方面开点窍行不行？”

容榕顾左右而言他：“什么？”

“懒得理你，自己领悟。”容青瓷转身继续帮她收拾行李去了。

容榕皱了皱鼻子，有些别扭。

魏琛拿着手机又走了过来：“容小姐，沈总要跟你说话。”

容榕犹豫着接过手机，放在耳边，轻轻“喂”了一声。

沈渡低沉清冷的声音响起：“要逛街？”

容榕点头：“是啊。”

“好。”沈渡非常体贴地替她安排了行程，“我在车里等你们，收拾好就过来吧，我带你们去。”

容榕语气困惑：“带我们去哪儿啊？”

连这都没听懂，沈渡一时间对她的智商有些怀疑，他学着她刚刚的语气又重复了一遍：“逛街啊。”

容榕的语气依旧很困惑：“我和我姐姐逛街，不用你带啊。”

沈渡顿了好久，反问她：“你们去哪儿逛？海湾城？”

“对啊。”

沈渡轻叹一声，语气间带着一丝哭笑不得：“没新意。”

容榕：“……”

接着他又说：“不想去新鲜点的地方逛逛吗？”语气活像拐骗无知少女。

无知少女上钩了：“真的假的？”

“骗你我有什么好处吗？”

“……”

沈渡低笑：“上不上车啊？”

这男人略带引诱的语气竟然该死的甜美，让她无法拒绝！

将手机还给魏琛后，容榕红着脸回到房间跟容青瓷交代了所谓的计划赶不上变化。

容青瓷微笑："挺好的，还能搭便车，连车费都省了。"

作为一个女霸总这么小气，真的很不正常。

趁着容榕收拾行李，容青瓷将刚刚偷看的素描纸又小心地塞回了容榕的行李箱。

连着五六张，画的都是一个男人。只用简单的线条就勾勒出俊逸的轮廓，就算她画得马马虎虎，但容青瓷还是看出了那个男人是谁。

因为画纸的右下角，是她一点也不潦草的三个大字。

"沈先生"。

这还不够，末尾处，容榕还画了一颗小红心。

啧，好肉麻的少女心思。

此时，魏琛正在门口默默地等待着两位女士收拾好行李跟他一起上车。

电话还没挂断，沈渡在那边吩咐他："待会儿你跟我一起。"

魏琛："啊？"

"不愿意？"

"沈总，等一下，这不是我愿不愿意的问题，为什么我要陪着您一起跟两位小姐逛街啊？"

沈渡沉默了一会儿，语气悠悠："不然我一个人带她们逛街？"

"您要是不愿意，为什么要提出来一起逛街啊？"

灵魂拷问。

沈渡的语气清冷："不这么说，怎么见面？"

魏琛："……"

沈总的情商总是忽高忽低，他这个助理真的很难做。

——您开心就好，谁让您是老板。

● **第十二章**

阳奉阴违

本来女人收拾东西就很麻烦，更何况是容榕这种有拖延症的。

容青瓷双手抱胸，睨了一眼坐在化妆镜前的容榕：“容小姐，您不觉得您有点磨蹭了吗？”

容榕一本正经地回答：“作为一个美妆博主，我必须要以身作则。”

素面朝天地窝在房间画了两天，现在倒是想起来要以身作则了。

容青瓷干脆搬了一张凳子在她身边坐下，撑着下巴看她化妆。

容榕缩了缩脖子：“怎么了？”

“听粉丝们说，看大榕榕化妆是一种享受。”容青瓷眉头一挑，语气慵懒，“我坐VVVIP（超级贵宾）席位见识一下。”

容榕被这直勾勾的眼神盯得浑身都不自在，又不想赶姐姐走，就只好暗示自己将注意力全数放在脸上。

她的眼睛本来就大，戴美瞳时整个过程更是一气呵成。睁大眼，将镜片放进眼睛里，眨眼调整位置，擦去流出眼角的护理液，容青瓷还没有反应过来，她就搞定了。

容榕侧头对她轻轻笑了笑。她眼睛大，瞳色却不深，浅棕色的眼瞳就像是沁水的玻璃珠。

杏眸的中央弧度圆润，盯着人看时像只初生牛犊的小鹿。

容榕的美瞳款式大都偏自然，因为眼睛生得漂亮，明明只戴着外围有一圈着色的棕色美瞳，也让容青瓷愣了片刻。

她带来的这一款没有度数，有时候化眼妆，为了最终的视频效果，容榕就会戴上这一款，然后再加一副框架眼镜，自然又心机。

容青瓷就这样坐在旁边，看她轮换着各种大小类型的化妆刷就像是在脸上画画似的，一点一点地将整个妆面丰富起来。

容榕的妆依旧少女感十足，她在鼻梁上架了一副带装饰细链条的眼镜。

为了配上身的浅豆绿色半袖大衣，容榕特意选择了奶白羊绒围巾与小羊皮，末了还在容青瓷面前转了一圈，不停地问好不好看。

“如果我是男人，现在就把你摁在床上就地解决。”容青瓷邪气地笑了笑，“你说好不好看？”

容榕愣了好半天，才嘟囔了一句：“太暴力了。”

“你不喜欢？”容青瓷凑到容榕耳边，轻轻吹了口气，“还是说你只喜欢沈渡对你这样啊？”

容榕的耳根瞬间变得滚烫。

看来她也不是那么纯情嘛，容青瓷朝着门口挥手：“出发。”

姐妹俩下了甲板，急促的海风瞬间吹乱两人的长发，容榕扣紧脑袋上的贝雷帽，半睁着眼问道：“沈先生的车在哪儿啊？”

容青瓷指着离这里约莫一百多米的某辆黑色轿车：“那个吧？”

后面还停着一辆差不多款式的车。

双牌照的车，下面那个“粤 B”打头，应该是沈渡的车没错。

后面的车先行下来了两个男人，将容青瓷和容榕的行李箱承包了。

魏琛摇下副驾驶座的车窗：“小容总和容小姐坐前面吧，沈总也在那一辆车里。”

两个人并排走向前面那辆车。

司机下车刚打开后座的门，容青瓷就一个转向往后面那辆车走了。

容榕猝不及防：“不是坐这辆吗？”

“我比较喜欢后面那辆车的款式。”容青瓷头也不回地冲她挥挥手，“反正坐哪辆都一样。”

容榕站在车门口不知所措，直到车里的男人沉声催促她：“进来。”

容榕下意识地看了司机一眼，后者冲她轻声说了句“请”。

两辆车一前一后地驶离了船港。

容榕颇不自在地坐在最侧边，这已经不知道是第几次，她和沈渡并排坐在车里了，只是每次坐的都是他的车。

车内的装修很骚包，连皮革都是金橙色的，和沈渡在清河市的车风格大相径庭。

容榕动了动身子，沈渡终于出声：“不舒服？”

“没有。”容榕立刻端正坐好，一动不动，“很舒服。”

沈渡轻声笑道：“那你动什么？”

“动一下也不行吗？”容榕鼓嘴，有些不满地看着他。

对于容榕突如其来的脾气，沈渡先是愣了一下，接着挑眉道：“好，随你怎么动。”

容榕的身子一僵，又不动了。

沈渡实在觉得好笑，没忍住，从喉间发出一声短促的低笑。

她咬唇，闷声闷气地问他：“我们去哪里逛街啊？”

“松雅广场。”

容榕没听说过这个广场，但既然是沈渡带她去的，应该是个好地方吧？

容榕不算话痨，但绝对不寡言，只是坐在沈渡旁边，她常常都不知道该说什么。

之前每次见面，都充满不可抗力的巧合，就算没有共同话题，最少有前因后果还是能说个几句的。

沉默半晌，容榕挤了一句话出来：“你没发现我有什么不同吗？”

沈渡转头打量了容榕几眼，容榕连忙扶了扶眼镜，试图引起他的注意。

结果沈渡敷衍的回答令她好失望：“没有。”

容榕愤怒地取下眼镜递给他：“我戴眼镜了！”

沈渡接过眼镜，扫了两眼又还给她：“近视眼戴眼镜很奇怪吗？”

容榕：“这不是因为近视戴的，这是因为好看才戴的。”

沈渡：“……”

她戴上眼镜，又摘下，然后盯着他幽幽问道：“看出不同了吗？”

“看出来了。”沈渡淡淡道，“过来。”

她愣了愣，老实地挪了挪屁股，靠近他。

他柔软的指腹轻轻搭在她的鼻梁上。

容榕看着近在咫尺的男人，一时间心跳加速，连呼吸都变得急促起来。

沈渡的指腹摩挲过她的鼻梁，眼中带笑：“留印了。”

他所说的留印，就是鼻托压在山根两侧，造成了粉底小范围的脱妆。

容榕迅速往后仰头，用手挡住鼻子，脸颊连同耳朵都在迅速升温，红红的。

她尴尬地戴上眼镜，试图用镜片挡住眼中的羞赧。

圆圆的眼镜架在她巴掌大的小脸上，几乎占去一半的面积，沈渡看着缩着肩膀坐在离他很远的小姑娘，一时间有些哭笑不得。

沈渡敛去嘴角的笑意，眼睛里的却藏不住：“为什么不戴隐形？”

“隐形没度数，看不清。”容榕闷哼一声，背对着他悄悄抬起眼镜搓了搓鼻子，“很奇怪吗？”

“没有。”沈渡神色温润，“只是觉得很稀奇。”

“那……”容榕的双手悄悄捏紧膝盖，来回地倾着身子，嘴唇微张，大着舌头问了句，“好看吗？”

沈渡转头看她：“嗯？”

容榕：“……”

算了，她没脸再问一遍。

“胆子变小了啊。”沈渡好整以暇地看着她，“不好看。”

容榕迅速转头瞪他。她打扮了好久！不好看！伤自尊了！

就在她陷入强烈的自我否定情绪时，沈渡又开口问道：“你觉得可能吗？”

容榕的心情被沈渡挑逗得七上八下，憋着一口恶气，凶巴巴地命令他：“那你快夸我好看。”

沈渡遵照她的意思，夸她：“好看。”

容榕甚是满意，撇过头看着窗外，懒得看他了。

身后的男人幽幽道：“不听了吗？还没夸完。”

容榕回头，仰着头看他：“还有什么？”

沈渡笑得咳了一声，难得说了个新词：“可爱。”

容榕抿唇，变本加厉：“有多可爱？”

沈渡正要回答，却忽然感到一阵灼热的视线，他转头，正巧从后视镜里看到司机躲闪不及的眼神。

不论是他的司机，还是他父亲的司机，都学不会好好开车。

容榕见他又不说话了，有些不满地重复了一遍：“有多可爱？”

沈渡清冽的气息忽然靠近，容榕双肩微颤，感受到他的唇正靠在自己的耳边，他的呼吸声吹动着她耳尖上的细小绒毛。

沈渡非常简单粗暴地夸她：“超级可爱。”

容榕此刻才意识到，自己有多么不善言辞。明明肚子里憋了好多话，到了关键时刻什么也说不出口。

容榕感觉一字一句都要斟酌，到最后发现自己说什么都不合适，还是安安静静地当一个哑巴比较好。

比如此时，她觉得自己说什么都不对。因为只要她微微张开紧抿着的唇，傻笑声肯定会溜出来。

又惹他笑，她才不要。

车子到目的地后，容榕就像解放一般，还不等司机过来开门，就迅速溜了。

她赶紧走到后车那里等容青瓷，容青瓷看着她那一脸的期待样，有些惊讶：“这么兴奋吗？”

容榕不管不顾地走过去强行挽上了容青瓷的胳膊。

广场位于B市寸土寸金的中环地区，最中心区的商城楼高四层，地下一层为百货商城，内部设有人行天桥直通廊桥，商场中央屹立着一颗百年大榕树，覆盖着天顶。

容榕很喜欢这棵榕树，特意拍了一张照片发微博。

门前一棵大榕树：“商场里有一棵大榕树。”

人不多，一家门店最多只有两三个客人在逛。

容青瓷冷哼一声：“我一定要把白贝母买到手。”

之前容青瓷就一直想让容榕帮她买，这回到了地方，容青瓷直接走到专柜前。

也许是因为客人少，所以货很全，热门款式每个号基本不缺，容青瓷迅速下单她一直想要的白贝母珍珠项链，顺带又看中了同款的贝母镶钻中号戒指，进商场不到几分钟，钱就花出去了。

“姐买到一直想要的了。”容青瓷心情大好，连语气都轻快无比，“你随便挑，姐买单。”

容榕挑了一条四叶草项链，她钟爱日系，对于它家的款式其实并不感冒。

容青瓷从包里拿出卡：“刷卡吧。”

穿着正装的柜姐冲她鞠了一躬，用港味浓厚的普通话说道：“小姐，你好，单已经付了。”

“啊？”

柜姐笑着解释：“小沈总说，今天二位小姐在商场消费的所有商品，都由他买单。”

容榕转过头，看着门口正在等她们的沈渡。

他正在和魏琛说话。

微博消息提示没有关，她的手机一直在振动。

二十分钟前发的微博，评论已经破千了。

“榕妹在柏雅逛街吗？”

“话说柏雅好像是某个阔太太嫌弃购物太挤，她丈夫特意为她打造的私人商场。”

……

容青瓷挑眉：“小沈总？这里该不会私人商场吧？”

“是的。”柜姐点头，语气亲和，“我们商场隶属柏林地产，是沈总特意为他的太太建造的私人商场，二位小姐今天可以随意挑选自己想要的商品，统一都记在小沈总的私人账单下。”

在中环，沈渡的老子拥有一座七十万平方米大的购物一体式广场。

她和容榕买的这五六万的首饰算什么。如果她和容榕脸皮再厚一点，前后左右的奢侈品店她就算搬空，估计沈渡都不会眨一下眼睛。

华渊在清河市已属于富甲一方，但容青瓷还是发出一声感叹。

有钱真好。

容青瓷盯着容榕看，嫉妒使她质壁分离。

而那个偶像剧女主角正一脸不解地冲沈渡富贵不能淫："我带够钱了，不用你帮我付。"

傻妹妹。

容榕仰着一张小脸不满地看着沈渡。

魏琛在一边暗自偷笑。

他们沈总第一次陪女士逛街，还为女士买单，没想到反而惹人不高兴。

正当他斜眼打算偷看沈总吃瘪时，结果他们沈总非但没有生气，反而一脸平静地为自己解释："我买单的话有内部折扣。"

容榕一脸茫然地看着沈渡，他又不咸不淡地添了一句："我是内部员工。"

魏琛扶额，无力吐槽。也是，小老板当然算内部员工了。

容榕点头，顺口问："能打几折？"

沈渡顿了一顿，说了个很令人心动的折扣："六折。"

容榕感到不可思议："你们的员工福利这么好吗？"

沈渡面不红心不跳地点头："是的。"

容榕露出羡慕的神情。

打个比方，容青瓷那条白贝母项链折合人民币是两万一千元，打了六折相当于便宜了八千四百元。

足够她再买一条项链了。

容榕买东西一直很佛系，没折扣的时候她也不心疼，有折扣那当然更好。

她决定了："那你先付，等会儿买好了我再把钱转给你。"

沈渡只是轻轻笑了笑："好。"

容榕现在看沈渡就像看折扣卡似的，觉得有了他，她能省点钱再买其他好多东西。

放开心情逛街的女人最可怕，魏琛不知道沈总感受到没有，反正他感受深刻。

因为不能打扰沈总，所以他只能认命地跟在容青瓷身后，然后就被当成免费的劳力。

容青瓷踩着一双七厘米的高跟，对着他"啧啧"了两声："魏助理，你以前没陪女朋友逛过街吗？”

当然陪过，只是女朋友没有容青瓷这么能买，他双手已经拎着大大小小十几个购物袋，她好像还是没有要停手的意思。

这两姐妹的品位非常不同，早已经分道扬镳了，容青瓷的消费能力让魏琛在心中暗暗下定决心，以后再交女朋友，绝对不能交这么能买的。

他一个月那点工资，容青瓷一个包就没了。

“你看是这个白色中号的好看，还是这个橙色大号的好看？”容青瓷一只手拿着一个包让魏琛给她参考。

一个金扣短链，一个银扣长链，就连魏琛这个直男都能看出来，两个包的风格很不一样。

不过他哪能选出哪个好看，只能说：“都好看。”

容青瓷翻了个白眼：“那我还问你干什么？”

魏琛苦笑：“小容总，我一个大男人哪懂女包啊，您这不是为难我吗？”

容青瓷点了点头：“也对。”

然后她买了两个包。

魏琛：“……”

“女人为什么要赚这么多钱？”容青瓷笑眯眯地冲他笑了笑，“就是为了在选择困难的时候，一口气把两个都拿下，这样什么烦恼都没有了。”

魏琛居然还觉得挺有道理。

毕竟女人逛街，之所以会那么花时间，就是因为把时间浪费在选择上。

买哪双鞋子，买哪个包包，买哪款首饰，左右为难，常常选了这个又不舍那个。

多赚点钱，就不会这么纠结，两个都买就行了。

魏琛看着容青瓷，眼神忽然变得崇敬起来，简直就是当代励志女强人典范。

“不过我还是比较喜欢橙色这个。”容青瓷甩了甩手中的袋子，“这个白色的给容榕好了。”

魏琛眨眨眼："难道这不是一开始就打算送给容小姐的吗？"

"没有啊。"容青瓷"喊"了一声，"这只是顺便而已。"

魏琛只是沉思，而后又被丢了两个购物袋到手上，容青瓷拍拍他的肩膀，打趣道："魏助理，好好拿着，这是为你以后交女朋友提前做培训。"

"我女朋友才不会舍得我拿这么多东西呢。"魏琛嘟囔道。

容青瓷没听清："什么？"

魏琛摇头，下意识地往楼上看去，也不知道沈总是不是也这么凄惨。

此时楼上，沈渡正和容榕面对面对峙着。

容榕坚定地将购物袋藏在身后："不用你拿，我自己来就行。"

沈渡叹气："你都快拿不下了。"

"我可以把小的袋子放进大袋子里。"

果然，她的手一下子就空了出来，还能再提一些东西。

"给我吧。"沈渡还是坚持朝她伸出手，"这样你方便挑东西。"

容榕垂眸："太麻烦你了。"

本来让他陪着逛街就很麻烦他了，她不能变本加厉。说罢，她就转身又走进了一家店。

是她喜欢的T品牌专柜。

他们家的首饰一直以小巧精致闻名，几十分的钻嵌在别的款式上或许显得小气，但如果是出现在T品牌的款式上，容榕就觉得越小越迷人。

她将购物袋放在脚边，找柜姐拿了几款比较中意的。

柜姐的笑容甜美："我来帮小姐您戴上吧。"

"麻烦你了。"容榕迅速转身，将脖颈后方对着她。

一直在旁边没说话的沈渡，终于开口说："我来吧。"

柜姐迅速收手："好的。"

容榕愣住："啊，你来吗？"

沈渡伸手轻轻拍她的肩膀："背对我。"

她老实转过来，捞起长发，白皙修长的后脖让沈渡不禁一怔。

或许她在发丝上也喷了香水。

随着他的动作，有淡淡的香灌进他的鼻腔。

沈渡的嘴角带笑，不动声色地隐去眼中神色，为她戴上项链：“好了。”

“好快啊。”容榕转过身来，调整了一下位置，细小的钻石恰好卡在她的锁骨处，“好看吗？”

沈渡点头：“买吧。”

有过一次就有第二次，沈渡轻车熟路地为她摘下又戴上。

一直看着眼前场景的柜姐不禁发出笑声，藏在柜台下的手在手机屏幕上飞舞着。

“小老板带女朋友过来挑首饰。”

“女孩靓不靓？”

……

容榕对着柜台前的几款项链左右为难。

沈渡直接道：“都买吧。”

“不行，同款式的我已经有很多了。”容榕严肃地摇头，“选一条就好。”

沈渡叹气，朝柜姐说道：“这里摆着的都包起来。”

容榕连忙说：“我不全买啊。”

“你选一条吧。”沈渡直截了当地让她做出选择。

容榕还是选了那条玫瑰金的细链。

沈渡接着说：“这条你买，剩下的我给你买，这样就算你只买了一条。”

柜姐兴高采烈地去拿包装盒。

容榕睁大眼睛，愣了半晌，才小声问道：“沈先生，你是不是钱没地方花？”

沈渡的声音清冷：“没有。”

“那你为什么乱花钱？”

容榕已经算很会花钱了，可也从来没有在同一家门店一次性买五条项链的体验。

沈渡垂眸看着她：“你都喜欢的话，就不叫乱花钱。”

容榕脸红，低头喃喃道：“那这里的我要是都喜欢呢？”

“是吗？”沈渡又朝着柜姐道，“这里的都……”

沈渡剩下的话没说出口，一只软糯的小手盖在他的唇上，堵住了他后面的几个字。

“我开玩笑的！”容榕急忙解释。

沈渡挑眉，被她堵着嘴，自然也就不能说话了。

不过容榕能感受到他渐渐扬起的嘴角。

她收回手，插进兜里藏着：“钱不是这么花的。”

虽然她没什么资格评价沈渡，不过从沈渡的消费行为来看，他花钱绝对比她厉害。

“那怎么花？”他反问她。

容榕也说不出个所以然来。

沈渡接过柜姐手里的礼盒袋，又弯腰提起了她放在脚边的购物袋：“榕榕，我是陪你逛街，不是看你逛街。”

容榕不明白这两者有什么不同。

“所以帮你拿东西，帮你试戴项链，都是应该的。”沈渡微微偏头，语气轻柔，“别把我当空气。”

长身玉立的英俊男人站在她身边，她怎么可能把他当空气？就是想给他留个好印象罢了，不想让他觉得自己很娇气。

这话一直到很久后，她都没好意思说出口。

倒是某次沈渡掐着她的脸，沉声叹道：“你怎么就这么肯定，我不喜欢你娇气？”

不下六位数的购物清单，容榕觉得拍一个购物分享再好不过了。

正好她的视频也挺久没拍了。

她的视频标题很简单——大榕榕B市购物分享。

“大家好，前段时间去B市玩，买了很多东西，在这里给大家分享一下我都买了些什么。”容榕冲着镜头笑了笑，“关注我微博的应该知道，我去的是广场，游客比较少，所以体验很不错。”

容榕最先从首饰说起，视频里的她似乎顿了顿，笑容有些腼腆：“那个，我这里有五条T品牌的项链，款式都差不多…”

“我酸了，一口气买五条。”

……

她一一给项链特写，然后叹气道："大家不要学沈……我，这属于浪费钱。"

说罢，她又强调了一句："如果有男生看我的视频，你们给女孩子送礼物，不要一次送这么多，会让女孩子的心理压力激增。"

她这视频刚发出来没多久，就接到某个人的消息。前一条消息是她给这人转账，结果他没收。

"压力激增？"

容榕郑重地敲了个字回复："对。"

"那好，你继续激增吧。"

容榕："……"

这人怎么回事啊？

容榕泄气地退出界面，返回视频详情，一点点地往下翻评论。

就算现在评论多了，她仍然保持着看评论的习惯。哪怕评论有好有坏，她都能一笑置之。

"感觉UP主在刻意炫富，以为买买轻奢就能装白富美骗小粉丝，而且还没有炫好，装模作样的既视感很强，最多只能骗骗没钱的学生党，个人看法，求不杠。"

要是换作以前的她，估计这时候已经愤怒地敲下一大串回复了。

理智告诉她，绝对不能回。回了，就是她玻璃心，心眼小，只能接受赞美，连一点点别的声音都听不得。

这条评论是热门，原因是不少粉丝怼了。

"榕妹想买什么就买什么，这也能杠，服了。"

"我榕妹本来就是白富美，不容反驳。"

层主回复："省几个月的生活费咬牙买个包也叫白富美吗？笑死，参考某个真白富美UP主吧，那才是真富。"

粉丝回复："大姐，你哪只眼睛看见榕妹咬牙省生活费买包啊，想象力不要太丰富好吗？"

层主回复："不回了。你家UP主要真这么有钱，何必接推广？她每个月的零花钱就足够开销了好吗？粉丝们别怼我了，再怼直接拉黑。"

这位层主说不回，但一旦有粉丝出来反驳，还是没忍住骂回去。

楼越堆越高，隐隐有些人身攻击的意思，容榕实在忍不了，动手删掉了这条评论，还顺带拉黑了这个层主。

不拉黑，估计她又会发“为什么删我评论？心虚吗”这类的质疑言论。

有粉丝骂得正欢快，突然发现这条评论不见了，留了新评大呼“过瘾”“榕妹刚”。

容榕不在意这些，倒是好奇那个层主说的真白富美是谁。

评论里恰好有人提到了那个真白富美。

容榕好奇搜了一下这位 UP 主。

“苏安”的热度一直不算太高，只是因为最近“兔兔糖”倒台了，不少粉转黑打算找新墙头。

有了前车之鉴，她们再不敢找草根 UP 主了。

最好新UP本身就不缺钱，自然就没有吸粉丝血的理由，这位“苏安”就是最近异军突起的小众博主。

粉丝二十万，视频只拍半张脸，下巴精巧，红唇撩人，背景豪华。

容榕一眼就看出，她背景中的其中一幅镶着浮雕金框的油画，是帕特森的作品。

这种级别的画家，作品通常只能在美术馆或是巡回展上看到，她能买回家当墙壁装饰挂着，可想而知砸了多少银子。

她最新发的一个视频，也是购物分享。

除了彩妆护肤，几乎没有单价低于五万元的。

其中一条热评是沉寂很久的川南。

自从上次“兔兔糖”宣布退圈，川南在“兔兔糖”的退圈微博下发了个哭泣的表情，评论好多人夸她和“兔兔糖”是真友谊，顺道赚了她一拨路人粉。

我家住在川南边：“这位家中有矿的白富美，给勾搭吗？”

苏安回复：“滚。”

另外几条热门都是粉丝评论。

容榕往后翻了翻，看到了一个熟悉的 ID。

“真白富美，比某个买了点轻奢还以为自己多有钱的美妆大佬真实多了。”

“好奇，谁啊？”

层主回复：“B 站美妆第一人呗。”

“大榕榕？大榕榕怎么了？”

层主回复：“你去看她的购物分享就知道了，我质疑了一句就给我拉黑，没见过这么玻璃心的。”

有粉丝帮她怼了回去：“我们榕妹好惨一女的，被内涵到别的 UP 主视频下面了。”

再刷新，苏安回复了这条评论。

“别在我的视频下随便提别人，拉黑不见。”

不过半分钟，这条高楼评论不见了。

然后容榕收到了一条私信，是苏安发过来的。

“不知道你怎么得罪这人了，但是麻烦你管好自己的粉丝。”

容榕一时间也不知道回什么，发了个“谢谢”过去。

那边高冷地回了一个“嗯”。

然后容榕发现苏安早就关注了自己。

好吧，回关一个。

她 B 站账号上关注的人本来就不多，基本上都是各个区的大 UP 主，人数还不过百，这样一添加关注，立刻就被粉丝察觉了。

苏安又给她发了一条私信。

“谢谢关注。”

容榕这一关注，沐良琴立刻就不干了，特意打了个电话表示吃醋：“容榕！我不是你唯一的狗子了！你爱上了别的女人！”

容榕正要开口解释，沐良琴又是一阵说唱式哀号：“我以为我们的爱可以天长地久，但这只是我以为，你去了趟 B 市，就看不上我这个穷鬼，容榕，你好狠。”

“你要不喜欢我关注她，我就取消。”

“哼。”沐良琴冷哼一声，“女人的嘴，骗人的鬼。”

容榕叹气：“你说你想我怎么做吧。”

沐良琴激动地大喊：“这种渣男发言你也说得出口，你信不信我现在就去给网红爆料投稿，说你就是那个游轮白富美！我要把你的身份曝光！”

“什么游轮白富美？”容榕下意识地问了一句，但下一秒就意识到了，“那个话题还没过去吗？”

沐良“嗖”的一下就甩给容榕好几个链接。

要说吃瓜，沐良琴真是站在第一线，容榕树荫下乘凉，永远不缺最新鲜的瓜吃，哪怕这个瓜是从她自己身上种出来的。

最近比较热门的豪门相关帖，最受关注的就是华渊二小姐。

因为原帖吹得太过，让其他人好奇心一度强烈到顶点，凡是有点门路的都在扒这位二小姐的真容。

结果是什么都没扒到。

有人猜过是不是“大榕榕”，但这种猜想很快被否定了。

现在倒是有不少人猜苏安的。

容榕咂舌，退出帖子，打开了下一个。

柏林地产太子爷的帖子，她点进去看了两眼就退出来了。

除此，容榕还注意到沐良琴多发了一个帖子过来，是关于“自纯”的创始人温槐安的。

发帖人 ID：我的良心去哪里了啊。

“原来‘自纯’的创始人这么年轻！我可以！”

“天啊，撤不回了。”手机那头是沐良琴略显惊慌的声音。

容榕：“什么时候开始的？”

沐良琴的声音听上去很虚：“单恋，单恋。”

“然后你有行动吗？”容榕半调笑问道。

“人家是清华学霸，博士毕业后自创品牌，我是普通本科，朝九晚五上班族，兼职小网红。”沐良琴轻轻叹了一口气，“差距太大，不敢肖想。”

容榕刚要说点什么，沐良琴的声音又忽然低落下来：“其实你能跟我做朋友，我也觉得很不可思议。”

当初沐良琴刚去勾搭容榕的时候，她还只有五十万粉丝，可对于当时刚拍视频没多久的她已经是一个不可攀登的高峰了。

原本以为容榕会直接无视自己的私信或者恭维一下婉拒，没想到，大榕榕回了一个“好啊，加微信聊吧”，就这样勾搭上了。

她之前听别的 UP 主说过，大榕榕人很高冷，从来不加群，也不主动跟人聊天，大家都是有粉丝拥护的人，慢慢地也懒得热脸贴冷屁股，大榕榕就这样被高处不胜寒了。

相处久了沐良琴才发现，容榕不过是性格比较慢热，只要熟悉了，就很可爱。

一开始看到容榕关注了苏安，沐良琴是真的有些不安。

毕竟苏安和她不一样，两个背景相当的人做朋友，相处起来也不会太累。

女孩子之间的友谊，说铁也铁，说脆弱也脆弱，有时候甚至比情侣间的醋意更浓。

沐良琴又七七八八地说了些什么转移话题，等要挂电话了，容榕才有机会插嘴。

“放心吧，你才是我心中最重要的。”

沐良琴沉默了一会儿，道：“那沈总呢？”

“你好端端的提他干什么？”容榕闷声道。

沐良琴“哟”了一声：“怎么，都不能提了啊？”

容榕的语气僵硬：“那我提温槐安你高不高兴？”

“你拿温槐安作对比？”沐良琴笑得欢畅，“狗榕，我喜欢温槐安啊，你要这么说，那岂不就是变相地承认你喜欢沈总了？”

容榕懊恼地咬咬唇，声音很凶：“闭嘴。”

“我觉得我们不应该叫你容榕。”沐良琴的语气很严肃。

不等容榕回答，她不怀好意地说：“以后我就叫你容怀春了。”

“沐良琴，绝交。”

“别别别，不好听就换一个。”沐良琴思索片刻，笑道，“容心动怎么样？”

容榕面无表情地挂掉了电话。

沐良琴捂着肚子坐在办公室里笑得很不厚道，然后给容榕发了几条消息。

“之前你说让我陪你去看的那部首映电影，我突然没空了，你找别人吧。”

容榕叹气，总觉得一个人看电影实在太凄凉。

沐良琴接下来的话，正正好在她的胸口上开了一枪。

“你找沈总吧。”

眼看着离售票日期越来越近，容榕找了容青瓷。

容青瓷：“没兴趣，找别人去。”

容榕在国内的朋友不多，一刷朋友圈，倒是国外的朋友们要找人组队看。

其实谁对这部电影感兴趣她清楚，无非就是徐北也。

容榕特意编辑了一条朋友圈。

“被朋友鸽了，求人组队抢票看首映。”

正要发出的时候，容榕也不知道自己发什么神经，选了个部分可见，然后手指挪到了“沈肚肚”上。

她点了完成，页面上跳出“保存为标签，下次可直接选用”的提示，容榕心虚地左右张望了一下，按了左边的键。

好了，是死是活就看这个了。

容榕将手机丢到好远的地方，眼睛却时不时地盯着屏幕，看有没有亮起。

亮了！

她冲过去打开，哦，10086回馈新老客户，充话费送流量。

她烦躁地揉了揉头发：“我在干什么啊？”

因为心里很烦，容榕只能拿出瑜伽垫，打算做个减肥操冷静冷静。

天鹅臂刚做完一遍，手机就响了起来。

容榕气喘吁吁地拿起手机，她的声音很虚弱：“喂？”

男人的声音有些紧张：“怎么了？”

沈渡！

她一个托马斯回旋加鲤鱼打挺稍息立正站好，深吸一口气，吐字清晰宛若小学生：“请问有什么事吗？”

沈渡：“想看电影吗？”

“想！”

“想看哪一场？我买票。”沈渡轻声问，“首映吗？”

“首映，买贵宾厅的！”容榕的语气兴奋。

似乎是感受到她的喜悦，沈渡失笑道：“好。”

他没挂电话，似乎在看票。

几分钟后，沈渡开口问："确定要贵宾厅的吗？"

容榕拼命点头："嗯，只看贵宾厅！"

"巨幕电影厅不行？"

"贵宾厅环境最好啊！"

"好。"

在得到沈渡说买好了票的答复后，容榕没忍住在沙发上捶了几下。

凌晨首映的电影，容榕非常绅士地替沈渡把回家的安排都想好了："沈先生，那天我开车来接你吧，看完了再送你回家。"

沈渡用沉默代替拒绝。

"不行吗？"

"不行。"

"为什么？"

"没有为什么。"沈渡强硬地说，"我来接你。"

容榕有些不乐意了："我刚买了一辆新车，你不想见识一下吗？"

沈渡异常绝情："不想。"

"你不让我接你，那我找别人看电影了。"

沈渡低叹："你啊……"

"答应了？"

"先送你回家，我让司机来接就可以了。"

容榕嘟唇："让我送你吧。"

"你找别人看吧。"

容榕："……"

最后双方各自妥协，达成友好协议。

挂掉电话后，容榕兴冲冲地打算删掉那条只有沈渡可见的朋友圈，想了一会儿又觉得这也是个纪念，最后还是留着。

沈渡又发了一条消息过来："记得把朋友圈删掉。"

"为什么？"

"已经没作用了。"

容榕最擅长阳奉阴违，嘴上说"好"，心里喜滋滋的，还是继续留着这条朋友圈动态。

沈渡刷了好几下，发现这条朋友圈还在。

此时正好魏琛进来送咖啡。

“手机借我。”

魏琛不知道沈总要干吗，但还是老实地交出手机。

沈渡直接打开他的朋友圈，刷了几下，没刷到这一条。

他皱起眉：“你有没有加榕榕的微信？”

魏琛不明所以地点头：“加了啊。”

沈渡又刷新了自己的手机，还在。他的一顿，将手机还给魏琛。

待办公室终于只剩下他一人时，他忽然轻笑一声，端着咖啡从椅子上站起来，走到身旁的落地窗前，从上而下地俯视着这座城市，脑海中又忽然浮现出那张清丽可爱的小脸，也不知道她在将朋友圈设为只对他可见时，脸上是何种表情。

沈渡想到这里，喝了一口苦咖啡。

他原本不怕苦，可这不代表他的味觉感受不到苦，但现在好像他的味觉忽然失灵了一般。

沈渡不禁抿唇，嘴角勾起一抹淡笑。

电影零点首映，前一天的晚上十点半，容榕准时出现在沈渡家楼下。

晚上光线不好，她特意在眼皮下方抹上了液体眼影，打造亮闪闪的少女卧蚕，俗称“发光的眼屎”。

她刚把车开到他家楼下，就看到有个男人正站在路灯下，身影挺拔，因为昏黄的灯影，让他的影子看上去多了分温柔。

容榕关掉车灯，在他身后不远处停下。

她拨通了沈渡的电话。

“路上有些堵车，可能要迟一点。”容榕的声音很轻，“你可以晚一点下楼。”

车窗外的男人一只手插兜，一只手握着手机放在耳边，低沉的声音透过手机传入她的耳膜：“好。”

她不知道沈渡是什么时候也学会阳奉阴违这一套的，明明连脚都没动一下。

容榕按了按车喇叭，沈渡回过头，看到了她。

她下车，拍了拍引擎盖，语气轻快：“这车帅不帅？”

沈渡的语气淡淡的：“还可以。”

容榕对这个回答不太满意，不过她一开始也没想得到什么真心夸奖，毕竟她和沈渡眼光差异挺大的。

这车是新的，车厢里只有车载香水淡淡的香气，沈渡上车后，容榕忽然就闻到一股别的气息。

是沈渡身上的，干净又令人脸红的气息。

容榕稳住心神，按下手刹，启动车子。

一路无话，直到车子开到电影院楼下的停车场。

沈渡去自动取票机那里排队取票。

他穿得不算正式，一袭简单的过膝风衣，里面穿了一件衬衫，没有像往常那样扣上最后一颗，显得有些闲散慵懒，高挑的男人真的非常适合穿风衣。

排队的人很多，容榕几乎不用找，一眼就能发现他。

沈渡光是站在那儿，就吸引了不少人的注意。

等他取完票走向容榕时，她都能听见周围隐隐的惊叹声。

他把两张票都递给了容榕。

容榕扫了一眼座位号，果然不是最中间那一排，不过也不算太差，首映票本来就难抢。

在瞄到后面那个数字时，容榕反复对比了一下，确保自己没有眼花，没看错数字。

这两张票的座位号居然没连在一起。

容榕幽幽地看向他：“你为什么不买连座的票？”

沈渡有些无奈：“没有连座的。”

“……”

“我问你要不要换个厅，你说不要。”

“……”

两个人来电影院，不连座，跟她一个人来看电影有什么区别？

容榕此前在心里预想过很多场景。

比如两个人的手同时伸向爆米花，然后不小心碰在一起，一阵爱的电流流过心田。

又比如她看到一半睡着了，被他一把揽在肩上，闻着他的气味安然地睡过去。

再比如……

没有比如了，他们都不连座，比如个屁。

第十三章 小猫咪

容榕拿着沈渡给她买的小份爆米花黑着脸进厅了。

沈渡和她中间隔了四个座位，分别是两对情侣，其中一对还穿着校服。

学生情侣正讨论着从微博上看来的不靠谱剧透，另一对则是咬着耳朵说悄悄话。

放眼一望整个放映厅，所有人都有伴。

容榕有伴胜无伴。

其实要跟沈渡坐一起也不难，麻烦中间这五位集体往她这边挪一个位置就行了，但她不想。

她只想一个人安安静静地看完整场电影。

容榕毫无灵魂地塞了一把爆米花进嘴里，就听见那个年轻女学生冲男朋友抱怨：“你怎么没买爆米花啊？”

容榕侧眼望去，正好瞥见那个女孩指着自己手里的爆米花，但因为察觉到她看过去，又迅速缩回去。

容榕将爆米花递过去，微微一笑：“吃吗？”

女孩红着脸摇头，乖巧道谢：“谢谢姐姐，我让他出去买就行了。”

容榕指着屏上正播放的广告：“电影马上就开始了，吃我的吧。”

女孩腼腆地再次说了句“谢谢”，接过了容榕手中的爆米花。

她吃了一小口，又好奇地问容榕：“姐姐，你是一个人来看电影的吗？”

容榕犹豫了一下，点头承认：“是啊，一个人来的。”

这回不光是女孩了，就连从刚刚开始一直沉默着的男孩子看她的眼神也忽然充满同情。

容榕这才发现，这对学生情侣长得还挺像，都生了一双潋滟多情的桃花眼，只是面庞还显得稚嫩，压住了五官的惊艳。

“你们是兄妹吗？”

男孩语气慵懒：“她是我女朋友。”

女孩打断男孩的话：“我是他爸爸。”

“耳朵，你怎么这样啊。”男孩蹙起俊秀的眉，压着声音嘟囔道，“亲都亲过了还爸爸长爸爸短的。”

女孩嗔他：“闭嘴。”

容榕略羡慕地看着眼前的这对小情侣。

连小男生都比沈渡知趣，沈渡三十年的人生算白活了。

容榕笑着问：“你叫耳朵啊？好可爱的名字。”

“这是绰号。”男孩歪头，得意地挑了挑眉，“只有我能叫。”

电影开始，可能是为了照顾她孤家寡人，女孩特意跟男孩换了个位子，凑到她身边跟她闲聊。

看这种超级英雄的电影，身旁就一定要有人一起吐槽一起哀号，碰上哪个角色猝不及防地领便当了，还要齐声高呼一声，以表达内心震惊。

两个人还顺道聊起了前面三部，越聊越投机，头也越靠越近。

男孩瞥了一眼女朋友，又瞥了一眼容榕，不安地动了动身子，试图将注意力转到电影屏幕上，最后还是没忍住，将手伸过去，抓住女孩的手。

容榕注意到正笑眯眯的女孩突然一僵，而后害羞地抿起唇。

她朝容榕小声说了句“抱歉”，转过头和男孩咬耳朵。

电影特效的白光照亮了两人十指紧扣着的手。

真美好。

容榕忽然想回到美好的学生时代，想这样纯纯地谈一次恋爱，只可惜她已经毕业了。离开了学校，才发觉校园生活有多美好。

容榕不自觉地探出身子看向和她隔着几个座位的沈渡。

他似乎对电影兴趣不大，哪怕现在正是特效烧钱的部分，也依旧端坐在位子上，单手撑着下巴就那样静静地望着屏幕。

“姐姐，你怎么一直往那边看啊？”女孩顺着她的目光看过去，很快就注意到了沈渡，“扑哧”一笑，“那个叔叔也是一个人来看吗？”

容榕心虚地收回目光，语气含糊：“不知道。”

微弱的光下，沈渡戴着特效眼镜，轮廓清俊，手骨线条修长有力，一双长腿被包裹在剪裁精致的休闲裤里，隐隐能从裤管中看出那分布均匀、惹人遐想的肌肉线条。

“傻了？”男孩将女孩的头掰过来，“屏幕在前面。”

“这个世道真奇怪。”女孩喃喃道，“看上去最不可能一个人来看电影的人居然都是一个人来看的电影。”

长得这么好看，居然都是单身，真是不可思议。

男孩不知道女孩在想什么，顺着她刚刚的目光看过去，脸黑了。

一直到电影结束，容榕和女孩都没怎么看进去。

男孩也没看进去。

隔得老远的沈渡看进去了，但他没什么特别感受。

出厅的时候，所有人脸上都带着或兴奋或悲伤的神情，三三两两地讨论着剧情，唯独这四人宛若大梦一场。

容榕生着气，也没等沈渡，直接和这对学生情侣走出放映厅。

她正和女孩说着话，忽然感到背后一阵如芒针刺。她转头，那个人群中最高挑的男人正蹙眉，有些愠怒地看着自己。

女孩此时正要去上厕所，匆匆打了个招呼，小跑着钻进了洗手间。

容榕和男孩并排站着。

男孩靠着墙，双腿交叠，低头看着手机，俊秀的脸上带着一丝困意。

现在都三点多了，小孩子这时候怎么都该睡觉了。

容榕轻声问他：“你们明天要上课吗？”

男孩“嗯”了一声：“要上早课。”

“那你们还这么晚来看电影？”

“没办法啊，她想看。”男孩懒洋洋地抬起眼皮，淡淡地扫了她一眼，“看晚了怕别人剧透，而且我要是不陪她看，难道让她找别人？”

沈渡不悦的低沉嗓音从背后传来：“榕榕。”

容榕缩了缩肩膀，没有回应。

男孩稍稍瞥了一眼后面，嘴角一勾，轻飘飘地问了一句：“姐姐，你真是一个人来看电影吗？”

容榕仍坚定地点头：“是啊。”

“那待会儿要不要和我们一起去肯德基？”男孩双手插兜，漂亮的桃花眼里波光流转，语气轻佻，“姐姐，你长得这么漂亮，没人陪真是太可惜了。”

容榕被男孩突如其来的转变震惊到了。

明明看电影的时候还把她当情敌看。

“她不是一个人。”

容榕仰头看向沈渡，他的脸很黑，神色阴沉，一副“谁动了我的奶酪”的冰块样。

男孩“嘁”了一声：“叔叔，你是谁啊？”

气焰极其嚣张，如果这是他儿子，早就被胖揍一顿，直接倒挂在树上晒一晚上月亮，杀杀他的脾气。

沈渡的下颚紧绷，看着眼前这个不知天高地厚的小兔崽子。

男孩神色松散，一脸不屑地看着眼前这个大他一轮的老男人。

“姐姐，去吃肯德基吗？”男孩挑了挑眉，又看向容榕。

容榕点头：“去吧，我请你们吃。”

“哪能让女孩子请客，我请客吧。”男孩微微一笑，“等耳朵出来。”

沈渡的声音冷淡，但是说出来的话很不符合他的人设：“你不是说要送我回家吗？”

容榕“啊”了一声，笑容甜美：“事发突然，你打车回家吧。”

“……”

男孩不咸不淡地开口补刀：“叔叔，你这么大个人了，还怕被人劫色不成啊？”

沈渡顿了顿，面色不改：“不行吗？”

等女孩上完厕所走出来，就看到眼前这三人对峙的场景，然后她猛然发现刚刚那个英俊的男人居然和漂亮姐姐是认识的。

有猫腻。

最后四个人一起走进了电影院楼下的肯德基。

四杯可乐，一个“十翅一桶”，大晚上的吃多了对肠胃不好，点这些足够了。

付钱的时候，沈渡作为最老的男人，哪怕他不喜欢吃肯德基，也一定要付钱。

这事关男人的尊严。

容榕喝了小半杯可乐，就有上厕所的冲动了。她走后，桌上的气氛变得无比尴尬。

沈渡不喜欢吃这玩意，就看着两个小朋友坐在他对面吃得津津有味。

女孩的嗓音甜美，说话却异常犀利：“叔叔，你和姐姐看电影为什么要分开坐？你是不是情商很低？”

“叔叔？姐姐？”沈渡沉声重复了一遍她的称呼。

“姐姐这么年轻，难道要我们叫她阿姨吗？”男孩的语气慵懒，态度更加嚣张，“难道你想我们叫你哥哥？啧啧，叔叔，你的脸皮好厚。”

沈渡微微眯眼，总算记起在哪儿见过这两个小孩了。

余光扫过二人，他肯定了心中想法：“师大的学生？”

女孩下意识地问：“干吗？”

“你们学校有允许半夜三更不回宿舍吗？”

“没说不允许啊。”

沈渡轻笑一声，语气从善如流：“那好，再过五个多小时你们就要上课了，不如我直接送你们去学校？”

两小朋友一僵。

沈渡神色悠悠：“去年，师大七十周年校庆，二位似乎都有精彩演出？”

两个不知天高地厚的小兔崽子。

等容榕上完厕所出来后，发现他们三个人的气氛忽然和谐起来。

沈渡是什么时候驯化了这两个小朋友的？

“十翅一桶”吃完，容榕送他们上了出租车。

两个小朋友恋恋不舍地和沈渡告别。

“沈叔叔，您千万别跟我们爸爸告状，不然我们这辈子也别想出来看电影了。”

沈渡点头：“嗯，好好学习，替我向司书记和顾总问好。”

两个小兔崽子拼命点头：“一定，一定，沈叔叔晚安，祝你早日追到姐姐。”

沈渡淡淡地扫了他们一眼。

小兔崽子立刻改口：“阿姨。”

出租车开走，又只剩下容榕和沈渡两个人了。

两个人一晚上都没有单独相处的机会，现在终于有了，反倒觉得有一丝尴尬。

容榕还生着气，不太想理会沈渡，硬着头皮对他说：“我送你回家。”

沈渡：“榕榕，你是不是生气了？”

这话不问还好，一问容榕更气了。

她转身就往地下停车场走：“我哪敢生您的气啊？”

刚走出几步，她的胳膊被沈渡拉住了。

沈渡的话里带着笑意：“今天的电影好看吗？”

容榕咬牙：“好看！”

“是吗？”沈渡轻叹一声，凑到她的耳边轻声呼气，“但我一点也没看进去。”

被他牵引着思绪，容榕下意识地问出了口：“为什么？”

“你说你想在贵宾厅看，但是我买不到连座的号。”他略遗憾地抱怨道，“没跟你坐在一起，我怎么看得进去？”

容榕扭捏地抽出自己的胳膊，仰头瞪他：“那你干吗不把话说清楚？”

“我以为你不在意。”沈渡眼中带笑，声音很轻，“原来你在意啊。”

她面色通红，嘴上还要狡辩：“我不在意，我在意了吗？”

夜色下，他的侧脸精致柔和，五官俊逸，声线低哑迷人：“但是我很在意。”

“既然你在意，就别买分开的座位啊，我们都没看进去，不是浪费票钱吗？”

容榕的抱怨脱口而出，说完才惊觉自己暴露了什么，懊恼地捂着唇，一副后悔又羞赧的样子。

“不浪费。”

此时夜色静谧，街边只有昏黄的路灯。

有汽车鸣笛声充斥在耳边，也有凉风轻轻拂过耳边的声音，都抵不过他的一声轻笑。

沈渡的语气轻柔：“至少我知道你在意了。”

她忍下几乎快要晕厥过去的情绪，问道：“所以呢？”

“我家里有家庭影院。”沈渡垂眸看她，笑道，“你还想看电影吗？”

凌晨，因为沈渡的一句话，深知美容觉对自己有多重要的容榕此时完全没有睡意。

现在初春多雨，温度也不高，更何况现在是凌晨时分，凉风都能顺着脖子灌进身体，激起一身鸡皮疙瘩，就算她脸上擦了粉霜，也绝对出油了。

跳过各种不靠谱的臆想，等她在沈渡家待上几个小时后，太阳从东方升起，温暖的阳光从四面八方将她包围，顺便让她一张油脸高清无码式呈现在沈渡面前。

不要，绝对不要。就算她对自己的底子再自信，也没有办法在他面前袒露这样的自己。

她摇头：“我今天不太方便。”

沈渡眉梢微动，语气仍保持着清冷：“哪里不方便？”

“你是男人，你不懂。”

男人哪知道卸妆和补妆的重要性，一晚上不卸妆对皮肤伤害多大啊。

沈渡沉思了一会儿，恍然大悟，薄唇微张，明白她为什么这么难以启齿。

“去买吧。”他低声道。

容榕讶异地看着他：“你知道我说的是什么？”

他点头：“大概能猜到，走吧。”

容榕半信半疑地跟在沈渡后头，直到进了一家二十四小时便利店。

便利店会有吗？

她正疑惑，沈渡只是站在门口，语气很轻："你去找找吧，我就不陪你进去了。"

说完，他侧过头面对着大门口，望着门外沉寂的夜色发呆。

容榕不明白，这有什么好避嫌的？

她走到最里面的货架，看上看下找了好几遍，也没有找到卸妆水和化妆棉，只好对着门口的沈渡喊了一声："没有啊。"

沈渡回头看她，眉头微微蹙起，眼里带着一丝不信。

容榕戴着隐形，捕捉到他这细小的神情变化，指了指自己身边的货架："你来看，真没有。"

沈渡缓缓走了过去，他的腿长，按理来说这么几步路根本用不了几秒钟，但容榕就是有一种他好像宁愿这条路比人生的阶梯还要漫长的既视感。

沈渡走过来，往下一望，语气里充满对她智商上的怀疑："你没看到吗？"

容榕顺着他的目光弓下腰一看："没有啊。"

"你今天没戴眼镜吗？"

容榕确实没找到，又觉得自己现在头脑清醒不可能眼花，抬头瞪着他直接怼了回去："你是不是也近视了？"

一米八几的男人站在这迷你便利店里，比货架还要高出几厘米，只听他深深地叹了一口气，困难地半蹲下身子，指着货架最底层的那排商品说道："这里。"

卫生巾家族正整整齐齐地躺在货架上，都是大众心中熟悉的品牌。

两个人刚开始还只是在怀疑对方的视力，对视了几秒后，开始认真地怀疑起对方的智商。

容榕的脸在滴血，无奈咆哮："不是这个！"

"不是？"沈渡又问，"那是什么？"

容榕伤敌一千自损八百地掐着自己的脸："卸妆的，我要卸妆！"

沈渡轻咳一声，忍不住笑了："刚刚怎么不直接说出来？"

容榕扶额："你是男人，你不会懂。"

"我不懂，但我可以带你去买。"沈渡收敛起笑，恢复了正经，"走吧。"

这个点，哪里还有开着门的日化店？

哪怕刚刚沈渡翻车了，容榕内心还是相信他的。

沈渡调了一下座椅，开着她的车带她找。

微凉的夜晚，樟树影子倒压在公路上，渐渐与浓重的夜色混在一起，而后又被月亮染成银灰色。

月光铺路，容榕眼见正前方的弯弯月牙正一点点地往下落。

到地方了。

容榕看着面前这波浪状设计的金色大楼，此时，就算白天很热闹的广场也略显凄凉。

这是众润负责开发的万向城。

容榕不解："这儿也没开门啊？"

沈渡淡定地说："我现在叫人开。"

容榕刚开始还没懂他的意思，直到他走到保安室，叫来了二十四小时值班的保安。

大门处自动升降的卷轴门缓缓拉开。

商场内空无一人，一直到保安打开大灯，这种空旷感就更明显了。

万向城一楼的专柜都是彩妆品，保安拿出一大串钥匙，冲沈渡笑道："沈总，您是要我开哪些门？"

沈渡又转头问容榕："要哪个？"

容榕惊讶地张着嘴，一句话都说不出来。

她小时候常常做梦，一个人在商场或是超市，没有客人没有收银员，满目琳琅的商品摆在货品架上，她想拿什么就拿什么，想吃什么就吃什么，就好像里面的东西全部是她一个人的。

成年以后，她名下的商铺都由公司代理出租给各个个体户们，每月账户里自动进账，自然不可能闯到别人的店里体验一把这种感受。

如今她的梦居然在这种情况下被实现了。

她茫然地摇头："我也不知道。"

沈渡顺手一指："那就把这一列都打开，你慢慢选吧。"

"别！"容榕急忙阻止，随手指了一家，"就这个吧。"

她只拿了一小瓶卸妆水和化妆棉，因为内心冲击，脸色一时半会还没有缓过来。

沈渡失笑："我会付钱的。"

"我知道，但是我只需要这些。"

"你卸了妆不用化吗？"沈渡看了一眼她肩上的迷你小包，"还是你带了？"

她一愣，包里只有用来补妆的口红和粉饼。

"挑吧。"沈渡指着那些东西，"需要什么就拿。"

她的化妆步骤本来就烦琐，需要的东西也只多不少。

上车后，容榕看着车后座那一袋子化妆品，觉得这种体验实在太刺激了。只为她一个人开放的商场一楼，只为她一个人开门的专柜。

她感叹道："我要是自己做一个品牌当老板，也可以这样了。"

沈渡自动忽略了她后面那句真实目的，语气带笑地恭维她："很有事业心。"

"不过我还是比较适合混吃等死。"容榕抿唇，自嘲，"跟你不一样。"

沈渡的双手搭在方向盘上，眼神稍稍往她这边瞥："你堂姐不止一次向我提过，想让你到公司学习管理，但你一直在推脱。"

容榕闷头没有说话。

在上大学之前，她曾跟着爷爷接触过一点公司业务，虽然看不懂那些所谓的数字，但文字组合的合同内容经过长辈提点，她还是能懂大概意思的。

爷爷跟二叔说："头脑随他爸爸，这方面的嗅觉还挺灵敏，等高考完，让她去读财大，毕业以后直接进公司。"

她躲在门后，眼见着二叔冲容青瓷嗤笑一声："学了四年的管理，还不如你那个都没高考的堂妹。"

容青瓷冷笑着反讽："要不是大伯死了，爸爸，你现在也不过是两手空空的挂名老总。"

清脆的巴掌声又在她的耳边充斥着。

她回过神，语气轻快："我是真的不学无术吧。"

"如果摆脱既定的路线，选择一条截然相反的路去走就叫不学无术。"沈渡侧头看她，语气温和，"那我也是不学无术。"

容榕笑了："你怎么会是不学无术？"

"我只是选了一条相似的路，归根结底还是违逆了父母的期望。"

沈渡的语气低沉，复又问她，“听说你本职是画家？”

容榕轻轻点头。

沈渡肯定了她的价值：“从职业上去否定一个人的社会价值，这本身就是错误的。”

沈渡的声音清冷，说出来的话却着实让容榕的内心动容。

容榕知道他说的是什么。

网红这个职业从来被大众诟病，大多数人觉得当网红，不过是在镜头前露露脸，打个广告，收入就远超普通工薪阶层。

在网红遍地的大数据时代中，能屹立在顶端的那些商业价值极高的网红，能走到如今地位，绝对不是只靠一张脸，或者是铺天盖地的营销。

他们一定也有优于普通人的闪光点，才会被大多数人所喜爱。

沈渡在告诉她，并不是只有做生意当个商人，或是投身科学事业研究学术，才叫有事业心。

三百六十行，行行出状元。

车子开到沈渡家楼下。

容榕一进门就躲进卫生间看自己的脸。她出油不多，但顶了一晚上的妆，面上确实已经泛起了一层油光，她赶紧卸掉。

等她出来后，沈渡还在选影片。

她顺势坐在沙发上，百无聊赖地甩着腿等他。

“想看什么？”

容榕整个人陷在柔软的沙发里，嘻嘻一笑：“《巴啦啦小魔仙》有吗？”

沈渡皱眉：“没听过。”

“你好土哦，这么火的都没听过。”容榕瘪嘴，闭眼喃喃，“你慢慢找，我看什么都行。”

最后，沈渡终于找出了一部适合女孩子看的爱情电影。

他起身，走到容榕身边，刚想开口问她意见，就见她整个人蜷缩成一团，睡着了。

她洗了脸，干干净净的一张脸上是精致小巧的五官。眉毛不疏不密，整整齐齐的。睫毛纤长，却根根分明。鼻尖挺翘，又有些圆润，嘴唇轻抿，泛着淡淡的粉色。

沈渡的喉间一紧。

瞬间，连她轻微的呼吸声，都仿佛带着一股不知名的花香，徐徐地飘进他的脑海里。

他此刻没喝酒，却觉得有些醉了。

沈渡坐在她身边，伸手轻轻掐了掐她的脸，无奈又宠溺地叹息一声："你啊……"

她嘟唇，不耐烦地打掉他的手。

沈渡轻笑，终于低头将唇轻轻覆在她的额头上。温热的触碰，也不知道是他的唇更温，还是她的脸更暖。

轻吻只触及额间，沈渡的动作也小心克制，他不愿惊醒她。

如他所愿，容榕一点也没醒，就连睫毛也安安静静地耷拉在眼皮下，和它的主人一样睡得安稳。

沈渡眼中的情绪复杂难掩，舒了口气，伸出食指点在她的脸颊上。

容榕的侧脸塌了一小块。

阳光初露，透过未拉上的窗帘洒进客厅。

公寓大楼对面就是江景，沈渡看向窗外，嘴角不自觉地勾起一抹笑意。

天亮了，他居然一晚上没睡。

公司稳定下来后，沈渡开始严格管控自己的生活作息，为了弥补初期时消耗身体落下的亏损，沈渡都不记得自己上一次通宵是什么时候了。

沈渡闭眼小憩了一会儿，才轻声开口喊她："榕榕。"

没有回应。

容榕就这样靠着沙发睡着了，双手乖巧地搭在大腿上，头微微仰起，呼吸声轻盈。

他拍了拍她的手，稍稍抬高了音调："去房间睡吧。"

她嘟囔两句，嘴都没张开，含含糊糊得像是敷衍。

沈渡没听清，又叫了她一遍，见她还是纹丝不动，轻叹一声："那你躺在沙发上睡，不然脖子会酸。"

这回她倒是听话，往他的反方向一倒，整个人侧睡过去。

沈渡起身给她让座，失笑："腿也放上来。"

她稍稍一抖腿，踢掉了拖鞋，缩着腿整个人睡在沙发上。

这个姿势应该舒服了不少，容榕调整睡姿，眉头又重新舒展开来。

这时候天气还凉，沙发上铺着薄毛毯，她的手撑在脸颊边，双手向下握住，抓着毛毯，像是猫一样。

米色的毛毯衬得她的皮肤像牛奶一样。

她的骨架小，侧着睡时，身形在腰间下凹，又在盆骨处凸起，膝盖微缩，不及膝的格子短裙有些上卷，露出了里面的黑色打底裤。

沈渡："……"

容榕外头罩了件比较长的风衣，因为夜晚冷所以一直扣着，沈渡这才注意到，原来她的裙子这么短。

还没到夏天，怎么就穿短裙了？

他蹙眉，回房间给容榕拿了一条被子，盖住了她以肚子为分界线的下半身。

沈渡半蹲在沙发前，见她实在睡得香，不禁有些恼怒。

他朝容榕轻轻吹了一口气，容榕皱着鼻子，给了他一些反应。

沈渡偏头，一边瞧着她的反应，一边用指尖点在了她的鼻头上。

她的鼻子更紧了。

这次他用指节轻轻刮过她的鼻子。

容榕伸手挡住自己的鼻子。

沈渡眼里带笑，撩起她的一缕头发，在她的脸上来回蹭。她伸手一巴掌打在自己脸上，把沈渡吓了一跳。

容榕紧闭着眼，梦话般地嘟囔："这么早就有蚊子了？"

沈渡侧头，低促地笑了两声。

他蹲得腿有些麻，才恋恋不舍地站起身准备洗漱一番。

临了又兴趣上头，还是将刚刚找出来的影片放出来，调成静音任由它播放。

容榕是自然醒的。她这一觉睡得头昏脑涨，缓了好半天才意识到自己在哪里。她猛地起身，打量四周，这么性冷淡的装修风格，不是她家。

“醒了？”清冷的男声让她回想起自己为什么会睡在这里。

容榕顺着声音看过去，沈渡正坐在另一张沙发上，手里拿着平板，指尖在屏幕上滑动。

茶几上摆放着一杯冒着热气的茶，已经喝了一半。

沈渡穿着衬衫西裤，神色闲适：“睡得好吗？”

“我怎么睡过去了？”容榕喃喃问道。

沈渡努了努下巴：“看电影睡过去的。”

她看向正前方的大屏幕，电影已经播放完毕，进度条拖到了最后。

“有的人，说好一起看电影。”沈渡喝了一口茶，抿唇，摇头叹道，“结果睡得比谁都香。”

容榕内心的愧疚感呈直线上升，急忙开口赎罪：“下次我们一起看的时候，我保证不会睡着了。”

沈渡的脸上没什么表情，语气敷衍：“唔，好吧。”

她尬笑了一声，又见沈渡穿得正式，不禁问道：“你今天不去上班吗？”

沈渡看向她这个罪魁祸首，挑着眉头：“你说呢？”

“那你平时在家也穿得这么正式吗？”容榕小心翼翼地扫过他的全身，猜想这人该不会睡觉的时候都穿衬衫吧？

“待会儿有视频会议。”

他放下茶杯，杯底在茶几上磕出一声细微声响。

容榕看他的眼神顿时又变得同情起来：“在家还要开会啊？”

沈渡淡淡地扫了她一眼，声音低沉：“你猜我为什么要在家开会？”

容榕攥着指尖没好意思接话。

气氛尴尬了半分钟，沈渡终于不再为难她，起身准备离开客厅。

“我给你买了点吃的，自己去冰箱拿吧。”他淡淡嘱咐道，“等我开完会再送你回家。”

容榕哪好意思麻烦他，连忙摆手：“我自己回家就行了。”

“可以。”沈渡点头，也不阻止她，“你有出入门禁卡吗？”

容榕：“……”

一直到看着呆若木鸡的容榕走进厕所，沈渡才掩去嘴角的笑意，走进了书房。

分屏里是几个西装革履的男人，其中两个是他的下属。

屏幕里的徐北也嘴边的笑意更是意味不明，眼镜边框泛着光："我这接手企划案的第一天，老板就偷懒不去公司，沈总，你是不是对我有什么意见啊？难不成你在躲我？"

徐北也穿着正式，一副斯文英俊的模样，只是说话的语气和脸上神色都痞气得很。

沈渡扯了扯嘴角，一副懒得理会他的样子。

陈律师临时有事出国，暂且将众润与华渊的企划案子交给了律所的状师二把手徐北也。

徐北也作为北臣律所的最大股份持有人，在市内的律政界赫赫有名，由他来接手这个案子也不过分。

沈渡只是淡淡道："家里有事，走不开。"

"哟，沈总这是金屋藏娇了？"徐北也的笑容闲散，语气调侃，"那想必这位娇人很黏人？"

沈渡依旧一副清冷模样："最近养了一只猫。"

"猫？"徐北也笑道，"看不出沈总还是喜欢养宠物的人。"

沈渡轻轻一笑："挺好玩的。"

徐北也耸肩，笑而不语。

闲聊结束，沈渡拿起手边的文件："那么就由徐律师先将合同细节和我说一遍。"

"好。"徐北也咳了一声，恢复了工作时的正经模样，"我先从最敏感的数字说起。"

书房里的气氛渐渐严肃起来。

容榕站在盥洗池前，手里拿着一大袋未拆封的化妆品，她还从来没有试过一整张脸全部用同一个品牌。

E 品牌的彩妆单品，从粉底液到最后定妆的散粉，包装都十分性冷淡。

用她的话说，就是一点也不少女心。这些东西就算摆在沈渡家的盥洗池也丝毫不觉得违和，就跟沈渡本人一样。

容榕在心里笑，忽然觉得这是一个不错的美妆主题，只可惜她没带相机过来。索性就用手机发了条微博，将所有的产品拍进去。

门前一棵大榕树：“今天挑战全脸用E品牌。”

容榕一边化着妆一边刷评论，评论渐渐多了，有眼尖的粉丝发现背景不同。

她曾经为了坐早晚间护肤视频在盥洗池旁拍过图片，这张照片的背景很明显不是她家。

网友将图片放大放大再放大，虽然帧率极低，但还是能看出来，纯黑色精简包装的男士洗面奶。

容榕自己都没发现沈渡的洗面奶被拍进去了，粉丝比她的眼睛还尖。

她心虚，迅速将洗面奶扔到一边，重新拍了一张编辑上去。

只可惜一切都晚了，早已有人截图。

容榕：“……”

容榕抖着手心不在焉地化着妆，早已不在意下手轻重。

此时门口忽然传来门铃声。

容榕下意识地想看看是谁来了。

她忘了戴隐形，一直走到门口才停下，门边平板大小的监控显示屏里，一个熟悉的身影出现在里面。

外置扬声器里响起门外那位女士轻快的声音。

“肚肚，妈妈来看你了，快开门。”

容榕浑身僵硬地后退了几大步，直到后面响起沈渡低沉的声音，像是她的救命稻草，一把将她拉出绝境：“是谁？”

她转身，说话都不利索了：“你妈……”

沈渡皱眉，迅速低声命令她：“你先进房间。”

容榕点头，也懒得管自己进的是哪间房，反正打开门就躲了进去。

她贴着门口听外面的动静。

路舒雅女士的声音听上去有些不满：“怎么这么久才来给妈妈开门？”

沈渡的声音听上去很淡定：“在开会。”

容榕舒了一口气，捂着胸口转身。

正面就是一台电脑，屏幕上是几张人脸。

其中一张人脸容榕再熟悉不过了。

徐北也舔了舔牙，语气阴沉：“小榕子？还是小猫咪啊？”

第十四章
她心已知

原本开会开得好好的，沈渡却忽然说了一声“稍等”，打开房门走了出去。

屏幕里的几个人面面相觑。

有一个下属最先猜测：“沈总家的猫出事了吗？”

另一个茫然地摇了摇头：“不知道啊，沈总从来没这样过。”

第一次跟沈渡视频会议的徐北也只是漫不经心地笑了笑，耸着肩膀语气懒散：“养猫真的很麻烦啊。”

三人边等沈总边闲聊，房门终于被打开了。

三个人同时看去。

身影纤细的女人鬼鬼祟祟地趴在房门口，以窃听的姿势背对着他们。浓密的长发遮住了她娇小的背脊，两条细白的长腿微微弓着，脸颊紧紧贴在门上。

他们都能看见她忽然放松下来的肩膀。

她回过身子，和屏幕里的三人面面相觑。

漂亮的年轻女人就这样愣在原地，杏眸瞪圆，粉唇微张，双手抓着裙摆，脸上的无措为她添上几分楚楚可怜。

徐北也几乎是瞬间就退去了嘴角边玩味的笑，神色中全是不可思议。

纵使此时内心翻江倒海，他依旧低沉着声音，语气中带着几分惊疑："小榕子，还是小猫咪？"

容榕没有回答他，往前跑了几步躲在屏幕后方。

徐北也笑了两声，对另外两个还没有回过神来的男人调笑道："今天这会怕是开不成了。"

房门又忽然被打开，这回进来的是沈渡。

他看到躲在电脑后面的容榕，只迟疑了几秒就恢复如常，语气平静："家里临时有事，今天就到这儿吧。"

两个下属匆匆打了一声招呼，将视频关掉了。

唯独徐北也还开着视频。

沈渡淡淡道："徐律师？"

徐北也没有回应，微微张口，声音有些低哑："沈总的小猫咪，真是让人大吃一惊。"

他也不等沈渡说什么，双眸依旧盯着前方，只是说的话是讲给躲在摄像头外的容榕听的："小榕子，我们见一面。"

他说完这句话，会议视频戛然而止。

沈渡按着眉心，低声问她："你怎么到这个房间来了？"

"我不知道你在这个房间开会。"容榕咬唇，语气低落，"你记得跟他们解释。"

沈渡扬眉，反问她："为什么要解释？"

容榕茫然地眨了眨眼，含糊道："比如说你私生活什么的，这样可能有损你的声誉……"

"为什么家里有异性这件事会影响我的声誉？"沈渡的语气淡然，好整以暇地看着她："这不正常吗？"

容榕呆滞，想了想这确实也正常。

沈渡都快三十岁了，家里从来没有异性踏足过才会影响某方面的声誉吧……越想越觉得这种思想有歧义，她手忙脚乱地解释："我是说别人会误会我们。"

他的表情明明就是什么都懂，但就是非要她自己说出来："误会什么？"

容榕咬牙："误会我们有不正当的男女关系！"

沈渡轻笑，背靠在门上，神色悠然："我觉得这不是误会。"

容榕仰头看他："啊？"

笑意在沈渡的眼底绽开，他抬手轻轻搭在容榕的头上，掌心摩挲了几下她的头顶："我觉得我们现在挺不正当的。"

容榕倏地后退几步，一副要跟他讲道理的模样："怎么不正当了？没证据别乱说。"

"如果你觉得正当。"沈渡将手又搭在门把上，眼皮一掀，声音里难得带着三分痞气，"出去跟我妈打个招呼吧？"

容榕："这不是一码事。"

"你躲在这里，难道不是因为心虚？"沈渡的长腿一迈，见她下意识地又往后退，转而又打开了房门。

容榕连忙冲过去阻止他："不正当，我承认我们不正当！"

沈渡的声音清冷，侧头冲她勾了勾嘴角："乖。"

她望进沈渡深沉的眸子，一时间呼吸急促，话堵在喉咙口说不出来。

谁也没有将目光挪开。

"承认不正当对你有什么好处？"容榕垂眸，问他。

沈渡正要开口，暧昧的气氛却忽然被急切的敲门声打断，空气里的旖旎也刹那间消失无踪。

"肚肚！你是不是在家里藏女人了？！"

路舒雅女士愠怒的声音在房门外响起，双手不间断地敲打着房门："你怎么还不出来？"

被藏着的女人肩膀一抖，被这怒气冲冲的声音吓了一大跳，自己此刻暴露，就相当于把小命也交出去，她仰头哀求地看着沈渡。

沈渡只是叹气："你先待在这里。"

她拼命点头。

这门再敲就有要倒的风险了，沈渡只开了半边门，自己出来后又迅速将房门关上。

路舒雅女士叉腰，语气严肃："你洗手间里的东西是怎么回事？"

他跟着路舒雅女士走到洗手间，发现平时干净清爽的盥洗台上乱七八糟地摆放着一堆化妆品。

路舒雅女士走过去，拿起其中一样：“你别告诉我，这是你买来用的？我宁愿你藏了女人，也不想你说自己是个娘炮。”

沈渡当然不可能说这是自己的：“这不是我的。”

“那这是谁的？”路舒雅女士瞪圆了一双眼，大有不问到答案不罢休的架势，“我也不是反对你交女朋友，但是你不能吃着碗里看着锅里啊？”

沈渡挑眉：“我有吗？”

路舒雅女士深吸一口气，恨铁不成钢地责备儿子：“你前两天还在电话里跟我说，在追那个小姑娘，今天就带女人回家了。我说你们男人就没有一个嘴上说实话的，就算人小姑娘不好追你也不用这么心急吧，要是让人知道你乱带女人回家，你看人家还理不理你！”

沈渡神色清浅：“这就是小姑娘的东西。”

“哪个小姑娘啊？”路舒雅女士白眼一翻，“沈肚肚，你行啊，以前我管着你不许你早恋，你高考完就迫不及待地跑到北京去读大学，好不容易等你读完大学想着我这个全职主妇总算有儿子陪了，结果你又跑出来了。说吧，你口中到底有几个小姑娘？”

“就一个。”

路舒雅女士“啧”了一声：“前两天还在追呢，今天就拐回家了？你以为妈妈是吃素的，连这种鬼话都信？你要是有这手段，人小姑娘早在 D 市的时候就被你拿下了！”

沈渡面色不改，任由母亲说完，等她稍稍缓了一口气准备继续开口教训时，才不急不缓地出言打断她的话：“这是榕榕的东西。”

路舒雅女士双手抱胸：“有证据吗？”

“要什么证据？”

“你打个电话给人家，按免提。”

沈渡淡淡地笑道：“要不我让她当面跟你说？”

路舒雅女士冷哼一声：“跟我拖延时间啊？你要真这么有本事，也不至于快三十岁了还是一条光棍！”

被骂光棍的沈渡也不生气，只是语气不似刚刚那般淡定了：“妈，我一直单身，你也要负很大责任。”

路舒雅女士扬声反问：“你交不到女朋友怪你妈？谁让你读书的

时候只知道上网打架，还非学那个什么电影里的古惑仔，成天扛着个塑料棍子，身上七七八八挂着狗链子，还染个什么乡村杀马特的头，我要是不管着你，谁知道你会不会也学着那些乱七八糟的电视剧，祸害女孩子啊。”

也是奇怪，明明少年时期的沈渡在路舒雅女士眼中看来就是个自以为很帅的小痞子，但偏偏那些女生就喜欢他这一款，而且喜欢得不得了。

她不管能行吗！

沈渡淡定的表情终于出现一丝坍塌："过去的事就别提了。"

"妈早跟你说了，让你十几岁的时候别那么玩，等你长大了肯定会后悔。你烧得掉那时候的照片，你能烧得掉我脑子里的你吗？"路舒雅女士深深叹了口气，语重心长地对他说，"好好追人家小姑娘，别老想着脚踏两条船，做男人要专一，知道吗？"

沈渡听得耳朵都快起茧子了，面无表情地拿出手机。

刚接通，那边就响起容榕小心翼翼地询问声："沈先生，阿姨走了吗？"

路舒雅女士："……"

沈渡好整以暇地回答她："没有。"

容榕丧气了："那我还要在书房躲多久啊？"

路舒雅女士笑意盈盈："榕榕，别躲了，出来吧，阿姨已经发现你了。"

容榕："……"

挂掉电话后，路舒雅女士无声地冲儿子比了个"你是最棒的"的手势。

沈渡的嘴角一抽，暂且不想理她。

容榕不知道自己为什么会坐在沙发上被路舒雅女士牵着手寒暄。

尽管容榕已经向阿姨解释自己到沈渡家来是为了看电影，尽管阿姨笑着点头表示她知道，就是看个电影，但从她眉梢眼角中透露出的不可言说的笑意以及她刨根问底地问到底是什么电影，以及电影时长多长的一连串细节问题让容榕很难相信，阿姨是真的相信自己和沈渡之间是清白的。

她看向沈渡，希望对方为她解释一下。

结果这男人倒好，继续喝着自己的热茶，一派气定神闲的悠哉样，就是不帮她解释。

最后阿姨笑嘻嘻地邀请她以后经常来看电影。

容榕盛情难却，只得借口天色已晚，已经到回家的时间了。

路舒雅女士有些沮丧："我正打算邀请你去吃个晚饭，然后待会儿陪阿姨逛个街呢，肚肚和他老子都绝情得很，从来不陪我逛街。"

容榕茫然地"啊"了一声："从来没有吗？"

"没有，爷俩都懒得很。"

容榕看向一旁的沈渡。

沈渡只是冲她眨了眨眼，笑而不语。

想着阿姨都没人陪着逛街，容榕立刻跟她约好了时间，下次一起去逛街。

女人约逛街效率总是最高的。

路舒雅女士满意地点点头，终于吩咐沈渡送她回家，临走前又忽然想起什么，叫住了玄关处正穿鞋的容榕："榕榕，等一下。"

容榕转头："什么？"

"我这次过来玩，给你带了礼物。"路舒雅女士打开自己的小行李箱，"本来想约你见面，既然今天都见到了，就索性给你吧。"

为了节省空间，路舒雅女士没带盒子来，礼物只套了一层绒布袋。

容榕拿出礼物。

容榕一直觉得这个品牌的包配色无可挑剔，就算是这样简单的纯白色，也让人挪不开眼。

包包的提手处还绑着一条樱花粉色的丝巾。

"这种包型最适合你们年轻女孩了。"路舒雅女士的语气轻快，"你皮肤白，背这个颜色肯定很好看。"

容榕一时间有些无措："这太贵重了，我不能收。"

"我还觉得这个便宜了呢。"路舒雅女士微微一笑，"收着吧，你不嫌弃就好。"

路舒雅女士说什么也要送给容榕，她就像是回到了过年时期收红包，理智和情感在打架，理智告诉她要矜持，情感告诉她喜欢就收着。

一直到她坐上车，才暗暗地打算把钱转给沈渡。

沈渡好像料到容榕会这么做，在她拿出手机的那一刻就用话直接堵死了她的路：“别给我转账。”

容榕：“……”

她沉默了几秒钟，忽然惊呼：“化妆品忘记拿了。”

“放着吧。”沈渡看着路况，“下次还会用得上。”

容榕皱着鼻子：“还来你家看电影啊？”

沈渡轻轻摇头：“不是。”

“那怎么还会用得上？”

沈渡懒懒地掀起眼皮，侧头看着她，声音暗哑：“你猜猜？”

容榕曾经听阿姨说过，沈渡小时候很混，除了那张脸好看，一言一行就是活脱脱的小流氓。

她本来不信，现在是一点也不怀疑了。

容榕撇着嘴不理他了。

一到家，她就迫不及待地拿出包包拍了几张，随便挑了个滤镜上传微博。

门前一棵大榕树：“来自一位绝世美人的礼物。”

并配上了那张包包的图。

“请问这位绝世美人是男朋友吗？”

“所以榕妹真的有男朋友了？”

容榕回复了热评第一：“不是男朋友，是一位长辈。”

粉丝回复：“那男朋友送你什么礼物了？！”

“我没有男朋友啊。”

楼中楼又放出了那张截图：“女人，解释一下吧。”

“这是一个朋友的，不是男朋友。”

之后再多解释就显得刻意了，容榕没有再回复，打开化妆桌前的打光灯，打算发个自拍给粉丝交差。

容榕满足地刷着粉丝们的“彩虹屁”。

她必须虚荣地承认，这种被人追捧的感觉真的很棒。

她又往回看了一下之前的那条微博，不少人都在评论下问包包的牌子，也有粉丝一并在评论中回复了。

直到有一条画风不太对劲的评论吸引了她的注意。是被粉丝的一条条回复顶上来的，赞和回复数完全不成正比。

“不炫项链改炫包包了？说实话这包也没有多值得炫。”

“又是你，B站被拉黑了来评论里酸。”

微博ID是“我老公的亲太太”。

和B站ID一模一样，连头像都没换。

容榕平生第一次点进粉丝的主页，刷了刷这位的最近几条微博，大多是不同国家的定位，这位太太不是在空中餐厅吃饭，就是在各大专柜购物，最常出镜的就是一双手，除了无名指上的那颗五克拉大小的钻戒从没摘下过，其他手指上的戒指几乎每张不重样。

最近的一条微博：“昨天跟老公说要去F品牌开幕式，好怕被那些女明星艳压，今天就收到了老公的从头到脚的一身礼物，论嫁了个好老公的幸福。”

标准的九宫格，从定制礼服到镶钻高跟鞋，旁边还摆着蜡烛，格调满满。

评论只有寥寥几条，最上面是一条是她的回复：“某博主粉丝能不追着我咬了吗？骂我两句你们主子就买得起这些东西了？”

容榕咧嘴，黑粉的微博真的不能逛，越看越气。

经过“兔兔糖”的事，容榕已经充分了解，这种人不当面怼，否则绝对不会罢休。

毕竟她不出声，那就是心虚。不屑计较放在他们眼中，就是不敢反击。

反正上次也怼过“兔兔糖”了，岁月静好的人设早已崩塌，容榕赞了这条评论，被博主赞过的这条回复直接冲上热评第一。

容榕回复：“太太，你老公送你礼物可以发微博，怎么我收到礼物就不能发？”

当场处刑。

她扔下手机去卸妆，没再继续理会评论。等她洗漱好再回到卧室时，手机显示十几条未读消息。

容榕趴在床上跟沐良琴视频。

沐良琴惊呼一声："哦？她要去F品牌的开幕式？容榕，你可以当面怼黑粉了，开心吗？"

容榕扯了扯嘴角："不想碰见她。"

"你那天要是被她比下去，岂不是要被她笑死？"沐良琴眨眨眼，笑道，"你能忍？"

容榕微微眯眼，沉思了片刻，幽幽地说："我还真不能忍。"

开幕式的前一个礼拜，容榕如约陪路舒雅女士一起逛街。

原本容榕想着，陪路舒雅女士买买买就行，但为了一个礼拜后的开幕式，说什么也要放点血，但逛到现在，她的卡也没派上用场。

路舒雅女士坚决不允许她掏卡付款："在肚肚的商场逛街，就相当于你来做客，哪有让客人付款的道理？"

这个逻辑乍一听，很完美。

路过一家珠宝专柜，容榕正日常纠结到底买哪款，路舒雅女士不愧是沈渡的亲生母亲，母子一脉相承，直接一挥手替她做了决定："纠结什么，都要了。"

柜姐嘴角的笑意都快咧到耳朵那儿了，兴奋地去找包装礼盒。

"我真的不能收这么贵重的礼物。"容榕皱着眉，"上次收了您一个包包就很不好意思了。"

等柜姐回来后，容榕手疾眼快地将卡掏出来塞在她手里，笑容甜美："你好，刷这张卡吧，不用记在沈总的账单里了。"

容榕直接将路舒雅女士挑的几条项链礼盒推到她的面前："您送我一个包，我送您这几条项链当回礼。"

路舒雅女士有些惊讶，解释道："阿姨没有别的意思，就是想送你点礼物。"

"我也没有别的意思，就是想给阿姨送点礼物。"容榕眨眼，歪头一笑。

两个会花钱的女人，一层楼还没逛完，手上的购物袋就满了。

在路过一个品牌专柜时，容榕下意识地看了一眼。

"想买就进去逛逛。"路舒雅女士直接说。

容榕摇头："没有，就是看一眼。"

逛了一个下午，终于购物大捷，路舒雅女士负责送容榕回家，两个人在车子后座有一句没一句地瞎聊。

容榕几乎从头到脚都买了新品。

路舒雅女士问她："榕榕，你买这么多东西，是要参加什么晚会吗？"

"是啊，一个礼拜以后有个开幕式。"

"是F品牌开幕式吗？"

容榕有些惊讶："您知道？"

路舒雅女士得意地"哼"了一声："开幕式就在众润地产名下的大厦举行，我怎么会不知道？我正想着要不要去凑凑热闹呢。"

也不等容榕开口，她又笑道："肚肚那天也会去，不过我不想跟他一起，榕榕，你跟阿姨一起吧？"

容榕干脆地点头："可以啊。"

"哎呀。"路舒雅女士拍了拍脑门，"你要是为这个准备，就应该再买条礼服啊？"

容榕"唔"了一声，笑得有些腼腆："我有一条高定一直没机会穿，我打算穿那件。"

她是从去年才开始参加这些公开活动，毕业之前待在国外，不舍得穿的那几条礼服裙放在家里都快发霉了，还要时不时让门店拿去保养检查，早就该派上用场了。

不然钱都白花了。

开幕式当天。

这次的门店开幕式和去年的M品牌不一样，请了不少明星艺人到场压阵，其中大部分是正当红的流量们，一群人站在那儿星光熠熠，容榕刚进场就被满会场的闪光灯挡住视线。

路舒雅女士打算直接从贵宾通道先过去找沈渡，临走前悄悄地塞了一个戒指盒在容榕手上，然后冲她神秘一笑："上个礼拜看你盯着专柜看了好久，我这儿有个戒指买了好久也没什么机会戴，今天借你戴。"

人刚走，沐良琴就好奇地把头凑过来："快打开看看啊，贵太太的戒指肯定贼贵。”

容榕点头，打开了戒指盒，明晃晃的纯净白光直接把她眼睛都闪瞎了。

沐良琴张着嘴盯着戒指，喃喃道：“这得有多少克拉了？”

容榕用眼睛大概比画了一下，小心翼翼地说了个数字：“十克拉往上……吧？”

黑色天鹅绒上躺着的这枚钻戒，它的大小足够令人震惊。非常简单的六爪戒托，没有任何复杂烦琐的切工，这颗钻石已经足够闪亮。光用眼睛看就知道这颗鸽子蛋大小的裸钻 4C 标准绝对是顶级的。

正是因为钻石太过闪耀，反而不需要多么复杂的碎钻点缀，也不需要再做任何多余的设计。就这一颗，足够了。

容榕咽了咽口水，觉得事情实在有些过分巧合。

容榕打开微博，点进黑粉的微博。因为她设置了仅好友可评论，所以很多人都是转发怼她。

容榕翻着转发，终于找到了一条看着有些不对劲的微博，微博名“阔太太 1008610010”。

可以看得出被取名不能重复机制折磨得有多惨。

“五克拉都好意思拿出来炫？我们榕榕有比你更大的钻戒！”

容榕点进对方的微博，就像一个僵尸粉一样，除了转发的几条微博，没有任何原创。

大部分都是转发的她的微博。

“我们榕榕真漂亮！”

“榕榕好美！”

“爱榕榕。”

世界第一榕吹——路舒雅女士。

深藏功与名。

容榕看着这些转发内容，不自觉地笑了。

沐良琴在她面前晃了两下：“被钻石亮瞎眼了？”

她收起手机，将戒指戴上，眉梢微扬：“这戒指好看吗？”

“这钻石比你的手指都粗了，我能说不好看吗？”沐良琴摆手，明明内心很想清高地表示不屑，又抑制不了那双眼不停地在容榕的手指上扫荡，“你这是戴了一套首付在手上啊！”

为了符合开幕式的主题色，大部分人都穿着深色礼服，女士们的妆容又酷又美，在经过那道三百六十度环绕式切面镜走道时，容榕很明显感到有自动摄像头在眼前扫过。

容榕和沐良琴穿过回廊，终于走到拍照处的大名牌那里。

不愧是众星聚集，记者和相机都比嘉宾多。

进会场以后，为了符合暗黑系主题，灯光又暗了下来，容榕眼中一片白光，连人影都难得看清楚。

一进来，沐良琴就迫不及待地拿出手机搜八卦，边搜边感叹：“听说苏安今天也在，不知道她长什么样。”

两个人绕着漆黑的会场走着，忽然看见前方聚集了不少人。

是几个微博大网红，粉丝最多的那个已经超过一千万，流量堪比现在的当红三线。

微博向来是流量聚集地，容榕刚开微博不久，粉丝打不过他们也很正常。

“是苏安！”沐良琴激动地拍了拍容榕的肩膀，伸手示意她看向前方。

被那几个大网红拥簇在中央的正是苏安，虽然她视频里只露了半张脸，但那经典大红唇仍旧让容榕一眼认出。

中性十足的小西装和黑色高跟鞋，干净利落的齐耳短发往后梳，黑色眼线上挑，红唇诱人。

她只淡淡地回应着周围，脸上没有任何多余的表情。

容榕以前一直觉得容青瓷就够御姐了，如今见了这位才发现容青瓷真的很女人。

沐良琴认出那群人中几个比较熟悉的面孔，语气有些一言难尽：“‘兔兔糖’倒台了，川南和霍清纯他们是换了一个大腿抱吗？”

或许是沐良琴说话的声音引起了那帮人的注意，川南最先看到，白眼一翻，撇过头没理她。

倒是霍清纯语气轻快，和容榕打了个招呼：“嗨，大榕榕，来这里！”

容榕走过去，流量大的网红们互相都认识，直接客套几句就又开始闲聊。

苏安依旧没什么表情："你就是大榕榕？"

容榕点头："你好。"

"你比视频里看着漂亮很多。"苏安的夸奖也比其他人朴素，很真实，"今天这妆不错。"

几个网红聊了几句，话题就转到苏安身上。

川南惊呼道："苏小姐，原来你是广东人啊？普通话太标准了，都听不出来。"

苏小姐是粉丝们对苏安的爱称，听说"苏"也是她本人的真姓。

苏安抬了抬眼皮："谁告诉你广东人普通话都不好了？"

川南一口恭维的话被堵在喉咙里，神色有些尴尬。

这时某个网红笑着为她解围："要说普通话，去年万向城的开幕我有幸跟众润的沈总见过，那位好像也是广东籍，普通话相当标准，一点南方口音都没有。"

苏安轻扬嘴角："他在北京待了四年，没口音也不奇怪。"

容榕心中一跳，倒是有人替她问出了疑惑："苏安，你跟沈总认识吗？"

"不熟。"苏安轻抿着红唇，眉尾一扬，轻笑，"一面之缘罢了。"

这个"一面之缘"说得很玄乎了。

容榕从脚底生出一股不爽来。

自然也有其他人察觉到这个词不一般，语气调侃："这个一面之缘是在哪里啊？"

苏安恢复淡淡的神情，回答得并不明朗："我爸爸跟他爸爸有过商业合作。"

这话一出口，在场的人都惊讶地张大嘴。

沈渡父亲的身份常年在网上混的不可能不知道。

霍清纯张嘴问她："那你怎么来当美妆博主了？"

苏安耸耸肩："图个好玩，反正我喜欢买化妆品。"

被沐良琴掐着腰的容榕脸色很不好，低着头在心里默默地将沈渡诅咒了一百八十遍。

自然也没有注意到其他人投在自己身上的目光。

"啊，苏安！"

一道尖锐的女声将容榕的思绪从九霄天外拉回来。

众人转身，面上皆露出神态不一的笑容。

眼前的女人一身钻，可以说是明目张胆地把人民币穿在身上。

“移动的人民币”笑容可掬地走过来，在经过容榕时，非常明显地送了她一个白眼。

容榕想起来了，是微博那位“老公的亲太太”女士。

“你这一身是限量版吧？”“移动的人民币”赞许地看着苏安这一身，“低调又好看。”

说话间，她又撩了撩自己的头发，露出了右手上那颗闪亮的钻戒。

容榕下场怼黑粉还是很有热度的，大家都是同一个圈子里的人，自然都会关注，细细想想也就记起了这位黑粉。

他们也乐得看热闹，没人开口说话。

黑粉赏了容榕一个怜悯的眼神：“哟，这不是美妆区最玻璃心的大榕榕吗？今天怎么连X家的都不穿了，穿的哪个山寨品牌的礼服啊？都没在秀场见过。”

她得意地勾着唇，眼底里的不屑和嘲笑十分明显，一点没端着。

容榕的心情正差，这位黑粉好死不死就往她的枪口上撞。

她不耐烦地挑眉：“你这是过来开钻石展览吗？把你老公送你的钻石首饰都往身上堆？”

沐良琴“扑哧”一声笑出来。

黑粉得意地抬起头：“我这一身都不知道能买你多少个包包了，小姑娘，光会嘴上逞强是没用的。”

“大姐，光会把人民币往身上堆也是没用的。”容榕咧嘴，看了一眼黑粉身上的装束，“全部是去年的款了，你老公是男人不会挑，你就不知道给他点意见？”

“你穿的不知道哪个山寨品牌，还好意思说我？”黑粉咬唇，不甘回击。

沐良琴大笑：“搞笑了，ZM居然也沦为山寨品牌了，继DX之后又一被某位富太太看不起的品牌。”

在场围观的几个网红虽然也没见过容榕身上这一款礼服，都处在观望看戏状态，但听沐良琴这么一说，瞬间就懂了。

黑粉呵呵笑道，语气尖锐：“今年的春夏大秀我都去看过，没你身上这款。”

容榕实在佩服她的无知，只好出声为她科普：“私人高定并不会出现在秀场。”

根据顾客的需求，设计师打造出来的独一无二的礼服，和秀场的高定又是一个质的差别。

容榕身上这件礼服保持着 ZM 这年春夏款主推的海元素，多层裸色薄纱一贯是容榕最喜欢穿的礼服款式，抹胸设计，长及盖地的后尾拖，深蓝的整体色调还原了梦幻般的海洋盛景，裙摆从大腿二分之一处分叉，露出了细白修长的腿。

见黑粉不说话，容榕也学着她的样子撩了撩头发。

喜欢买钻石的一眼就能看出她手上这颗钻石的纯净度和克拉数。

十五克拉，曼哈顿第五大道 TF 总店的镇店之宝，就这样戴在一个年轻女人的食指上，成了一枚简单的装饰品。

“嫁入豪门后，品味最好也跟上。”容榕微微一笑，“老做表面功夫没用，你说对吧，太太？”

刚刚还一脸得意模样，恨不得把容榕的脸往脚底下踩的黑粉满脸涨红，捂着胸口喘着气，眼见就要窒息了。

容榕懒得跟她计较，神色淡淡地偏过头，恰好撞进苏安似笑非笑的目光中。

她的神色一滞，又换了一个方向。

黑粉指着容榕：“你等着！”说完提着裙摆就灰溜溜地走开了。

这副狼狈的模样，让她这句警告意味浓厚的威胁听上去犹如一团棉花摔在地上，令人不禁发笑。

霍清纯勉强扯出一抹笑容，语气里带着一丝小心翼翼：“大榕榕，你真是完全换了个人啊！”

“不行吗？”容榕一个眼神甩过去，霍清纯急忙摇头。

不知道此时周围哪个人群中小声喊了一句：“沈总！”

被人拥簇着的男人，一身黑色西装，气质清冷，和这会场的色调十分和谐，可又没有融在一起。利落干净的短发，五官深邃，容貌俊美。就算明星荟萃，他也毫不逊色。

容榕矫情地撇嘴，脸很黑：“我去上个厕所。”

沐良琴都没来得及叫住她。

拥有身高优势和视力优势的沈渡在人群中找着什么。

苏安理了理身上的西装，抬着头颅朝他走过去。

沈渡似乎注意到她走过来，眼神往这边看过来。

苏安脸上的笑意渐渐放大。

她跑什么？

沈渡看着那一抹黑夜中的深蓝色背影，容榕走得急，裙摆在空中划过一道弧度。

“沈渡，”苏安已经来到沈渡面前，声音轻柔自信，“好久不见。”

沈渡垂眸看着眼前的女人，神色清冷，看了她足足半分钟，然后礼貌地问了一句：“你是？”

苏安：“……”

第十五章
送我回家

或许苏安也没有料到沈渡和她说的第一句话竟然是这个，刚扬起的笑意刹那僵在嘴角上。

她以一种非常不确定的语气问道：“你不记得了吗？”

沈渡的语气依旧淡然：“我们认识吗？”

苏安敛去眼中失落的神情，声音轻盈：“我们高中同校，我还跟着我爸爸去过你家。”

见沈渡脸上依旧没什么表情，苏安深吸一口气，继续说：“你是国际部当年唯一一个收到offer（邀请）还参加高考的人。”

事关自己，他当然记得。

“你好。”

沈渡微微点头，接着便重新抬起眸子，抬脚从她身边走过。

苏安咬唇，眼见着沈渡走到一个女人面前，那女人用手指了个方向，沈渡便又朝着那个方向走了，只留下一个高挑挺拔的背影。

苏安三两步走到那女人面前，紧蹙着眉头问道：“沈渡去哪儿了？”

“厕所。”沐良琴被苏安这副样子吓到，下意识地缩了缩肩膀往厕所的方向指去。

苏安清楚地记得年少时沈渡的一颦一笑，甚至连他每门功课的成绩都悄悄写在日记本里。

她甚至记得学校后山的杨树林，沈渡时常憩在林荫下的长石凳上，拿书盖着脸，双手枕在脑后。细碎的阳光透过树叶小孔成像，在地上散落，其中有些散在他亚麻色的头发上。

怀着这种心情，苏安几乎不愿多想，直接跟了过去。

连着被两个人吓到的沐良琴紧接着又被一群人围住了，她干巴巴地笑道："你们也不知道厕所在哪儿？"

容榕看着镜子里的自己发呆，镜里的人杏眸圆瞪，两腮鼓鼓，一副气闷的样子。

偶有人站在她背后透过镜子瞧她，悄悄说着什么，但也只是小声喃喃几句就离开了。

直到一个熟悉的人影走进来，却跟她一样没有进隔间，而是站在盥洗池前洗手。

苏安的气质本就冷，如今一脸心事的样子，更加显得不好接近。

她似乎完全没有注意到容榕的存在，直到抬起眸子往镜子里看了一眼，才瞥到了一旁的容榕。

这一瞥，自然也看到了她放在水柱下的双手，细长光裸的手指上并没有戒指的痕迹。

苏安淡淡地问她："怎么不戴那个钻戒了？"

容榕对她的感觉有些复杂，但人开口问了也不能不答："已经收起来了。"

"你故意戴着气那个女人的？"苏安很快反应过来，语气略冷，"其实大可不必，那种女人以为有钱就能挤进上流圈子，旁人只当她是个笑话。明眼人都能看出你跟她的差别，太计较反而失了你自己的格调。"

容榕怎么会听不出苏安的意思，深吸一口气，侧头望她："如果我不跟她计较，你肯定她会就此作罢吗？"

苏安没想到容榕会反驳，稍稍抬眉，声音里带着一丝笑意："你要是什么都计较，日子不会很无聊吗？"

容榕倒也没有真生气，毕竟她以前也是这个想法，她只淡淡地回了一句："每个人处理问题的方法都不一样。"

苏安倒是察觉到容榕态度上的转变，倾着身子查看自己脸上的妆，吐出的话却是说给容榕听的："小姑娘，刚刚还一副彬彬有礼的样子，怎么这么快就变脸了？姐姐哪里惹你了？"

容榕听不得"小姑娘"这三个字。

她垂眸，摇头否认："没有，只是你刚刚任意评价我的行为，让我有些不舒服。"

"好吧，我向你道歉。我承认每个人看待问题不一样。"苏安耸耸肩，撑着盥洗台冲着镜子里的容榕笑，尾音上扬，"难得我觉得这里也就你跟我是同类。"

容榕蹙眉："什么同类？"

苏安笑而不语，忽然转了个话题："你认识沈渡吧？"

她更听不得"沈渡"这俩字，因此态度比刚刚更僵硬了："认识。"

"他在清河市这几年，有交过女朋友吗？"

容榕哪知道沈渡有没有交过女朋友？

苏安挑眉："你跟他圈子相同，没听过吗？"

也没等容榕回答，她就先一步自我确认了："也是，他的眼光高着呢。"

容榕实在是好奇，顾不上矫情，直截了当地问出了心中疑惑："你认识他？"

苏安自嘲地笑了："我认识他，不过他早就把我忘了吧。"眼中带着失落和怀念。

容榕攥拳，寒意顿时从自己的脚底蔓延到全身，还真认识啊。

"不跟你说了，我去堵人了。"苏安的食指抵住红唇，冲她挑眉一笑，"替我保密啊，别告诉其他人。"

洗手间的灯光明亮，容榕却莫名觉得刺眼。

容榕跟在苏安身后走出了厕所。

男女厕所中间隔着一条回廊，从转角走出来就是会场。

苏安走在容榕前面，容榕只见她恰巧走到转角处，往旁边看了一眼，脸上便绽放了笑容："沈渡，你在等人吗？"

容榕看不到男人的脸，只能听见沈渡熟悉清冷的声音："嗯。"

容榕咬唇，他是不是就喜欢在厕所门口等人？！

容榕很想上去破坏这一幅多年重逢的美好画面，但是理智告诉她，要淡定。这时候她就应该当没看到才对。

容榕一时间也懒得管这两个到底是多少年的旧相识，提着裙摆，不顾姿态大步流星从苏安身边走过，打算找沐良琴好好发泄一下。

容榕微卷的发尾和轻盈的裙摆弧度相似，所掠之处带起一阵若有似无的香气。

沈渡的嘴角扬起，原本他只是慵懒地靠在墙面上，此时长腿一扬，伸手精准地抓住了那截莹白的小臂。

温热的触感停留在她的肌肤上，带起一阵战栗。

容榕僵着身子回过头瞪他。

沈渡微微愣住，看清了她明亮的杏眸里的那抹恼怒。眼尾处的一道靛青色，将她的眼睛勾勒得清冷妩媚。

“去哪儿？”沈渡的声音微沉，垂眸看着她，“等你这么久，见我就跑？”

容榕：“……”

苏安垂在身侧的手紧紧攥着，走到两人身边，拧眉问道：“沈渡，你们很熟吗？”

“不熟我等她做什么？”

沈渡淡淡回答着苏安的话，眼睛却没分一丝余光给她，只低头盯着面前这个神情尴尬的小姑娘：“生我气了吗？”

容榕：“……”

这人学心理的吗？怎么看出来了？被直接点中情绪的容榕顿时心头的火气泄了一大半。

苏安微微咬唇，语气已不似刚刚那般淡定：“沈渡，我们这么久不见了，就当是老同学叙叙旧，跟我聊聊吧？”

“你收到同学聚会的邀请了吗？”沈渡侧头看她，语气清冷，“到时候再叙旧也不迟，我有些私事要处理，不好意思。”

他说完这句话，大手覆上容榕的头，催促她到另一边去：“你过来，我们聊聊。”

容榕不情不愿地跟沈渡走了，双手不安分地想要打掉他的手：“别按头，我今天做了发型啊。”

苏安看着二人的背影，脸上讽刺的笑意愈加浓烈。这就是她追到清河市的男人，他连叙旧的借口都懒得敷衍。

容榕被沈渡带到一边的角落，这里灯光很弱，两个人面对面站着也只能瞧见彼此眸子里的微光。

容榕靠着墙，仗着沈渡看不到她的表情，冲他吐了个舌头，结果刚收回舌头，就被他掐着脸，沉声威胁："嗯？"

这人的视力真好啊。近视加散光度数不小的容榕嘟唇，用指甲扣着背后的墙壁，小声问他："聊什么？"

"你总跑什么？"沈渡双手抱胸，暗光中勾起的嘴角弧度有丝似笑非笑的意味藏在其中，"闯祸了？"

容榕的语气不善："我上个厕所也不行？"

"那你刚刚跑什么？"沈渡低哼一声，听着也有些生气了。

容榕白眼一翻："我总不能打扰你们老同学叙旧吧？"

"你说那个女人？"

"不然呢？难道说我自己啊？"容榕话里的酸味都快溢出来了，末了还要嫌弃一番眼前的男人，"你太老了，不配当我的同学。"

沈渡："……"

"说吧，你们是认识多少年的旧相识了，她还跟我打听关于你的事，明显就是有备而来。"容榕嘟囔了两句，见面前的人不回答，又加重了语气，"青梅竹马？还是同桌的你啊？"

沈渡没回答容榕的话，只是问了一句话："她打听什么了？"

容榕没好气地说："女人打听男人还能打听什么啊？情史呗。"

"那你怎么说的？"

"我不知道啊，你让我怎么说？"容榕盯着沈渡微微发光的银色领带夹，"我不是那种乱嚼舌根的人。"

沈渡默了半晌，深邃的目光原本停留在她那张微微嘟起的唇上，片刻后又移向她脖颈下方的锁骨处。

她一身蓝，蓝玉髓镶钻，四叶草中那颗精巧的钻石和她眸底深处的光芒同样闪烁，但都比不过她的眼睛。

"榕榕。"沈渡俯身贴在容榕的耳边，"你是因为答不出来，所以才生我的气吗？"

容榕下意识地反驳：“想多了。”

“哦。”沈渡眉梢一扬，笑意隐匿在黑暗中，“那就是吃醋了。”

容榕：“不是！”

沈渡好心情地捏捏她的耳垂，语气比刚刚更轻了几分：“你要是吃醋，我教你怎么气她。”

“……”

“你就说，你知道。”沈渡低笑，“因为你就是我的女朋友。”

这谁把持得住啊？

容榕涨红了脸，无比庆幸现在的灯光很暗，沈渡就算视力再好，也未必能看出她腮红下的红晕。

她的背紧紧贴着墙，靠着仅有的力气维持着自己的身形：“我才没那么不要脸。”

沈渡轻笑：“还生气吗？”

“我没有生气。”她倔强地撇过头，像是自我确认般地又重复了一句，“没有！”

“好吧，你没有。”沈渡直起身子，语气像是哄小孩，“她是我高中同学，但我不记得了。”

沈渡那句“不记得”像一把水枪，一下子就把容榕心口的小火苗浇灭了。

容榕好奇地问沈渡：“你真不记得她了？那你还记得谁？”

沈渡言简意赅：“朋友们，其他不熟。”

“都是男的吗？”

“不然？”沈渡冲她挑眉，嘴角露出一抹邪魅的笑，“跟女生交朋友，打架的时候能带上吗？”

所以沈渡少年时期真是不良少年啊。

“性格也可以整吗？”容榕埋头，头一次对“江山易改，本性难移”这句话产生了怀疑。

沈渡听见这句话后只是扬了扬嘴角：“可能吧。”

容榕舒了一口气，又状似不放心地问了句：“但她好像对你很熟悉。”

“我那个时候比较特别。”沈渡理了理领带，语气听上去有些漫不经心，“几乎全校的人都认识我。”

容榕莫名脑补长成沈渡样子的校园陈浩南，然后和眼前这个西装革履、梳着背头的男人结合在一起。

她忽然一笑：“你找我有什么事吗？”

“我妈说你有可能被人欺负，必要时让我过来帮个忙。”沈渡说完又笑着看了她两眼，“看来她的担心有些多余。”

容榕自然知道沈渡妈妈说的是什么意思，但这种嘴皮子上的较量跟一个大男人诉苦也没什么意思，几句话就敷衍过去了。

“啊，对了。”容榕忽然想起什么，从随身携带的提包里掏出那个戒指盒递给沈渡，“帮我把这个还给阿姨。”

沈渡接过戒指盒，看了两眼后直接打开，眼神比刚刚更加疑惑了几分。

容榕盯着沈渡，看他的神情好像都不太清楚路舒雅女士有这么大个钻戒。

他只看了几秒便关上了戒指盒，顺手又扔给她：“你自己去还吧，正好她一个人待着也无聊。”

“阿姨不在会场吗？”

“这儿太吵了，她原本都不打算过来。”沈渡随意地将手插在西裤侧兜里，神色闲淡，“会场侧门里安排了几间贵宾室，她在最里面的那一间，我带你过去。”

容榕跟在沈渡身后，一直和他保持着几米的距离，生怕被人看出两个人相熟。

没人敢拦着沈渡，工作人员在经过他身边时也只是鞠躬叫了声“沈总”，此时聚光灯全部在台上的几个明星身上，容榕看着眼前那抹俊朗高挺的身影，一时间又有些鄙视自己㞞包。

既然想上前跟他并排走，干吗还在乎那些有的没的。

看电视剧的时候，那些女主角扭扭捏捏她还跟沐良琴吐槽好久，结果到自己身上倒是连小跑两步到对方身侧的勇气都没有。

容榕正暗自叹息，忽然被直接蹿到她面前的几道身影吓得当场愣在原地，肩膀颤了两下，缓了好几秒才勉强看清眼前的人。

是两个成年男人，其中一个男人语气兴奋：“是榕妹吗？！”

容榕下意识地应了一句，那个男人更兴奋了：“是真人啊！”

“啊，你们是？”容榕客气地笑了两声，有些不明白自己为什么会被拦住。

两个男人对视一眼，深吸一口气，异口同声道：“我们是你的男粉！”

容榕挑眉，女性美妆博主居然有男粉？！

容榕惊讶了足足半分钟，怎么看眼前这两位男士都不像会化妆，一时间对他们的粉籍产生了怀疑：“你们也化妆吗？”

其中一个男粉用力摇头：“我们不化妆，我们只是单纯的颜粉。”

这样耿直的回答让容榕更加无言以对。

就好像粉一个明星，对方业务水平到底怎么样粉丝无所谓，就是单纯喜欢对方的脸，只要不毁容，就是对方永远的粉丝。

让人又高兴又无奈。

“你们好。”容榕不禁露齿一笑，“谢谢你们支持我。”

“你今天真的太漂亮了。”男粉神情激动，掏出手机在她的眼前晃了晃，“粉丝群里都炸锅了。”

容榕第一次知道自己原来还有粉丝群。

那男粉将手机拿给容榕，群里刷消息刷得很快，聊天框里的字她都快看不过来了。

男粉有些小心翼翼地问她：“榕妹，能不能请你在粉丝群里说句话呢？”

容榕爽快地点头：“行啊。”

她按下语音键，清了清嗓子，对着手机轻声说了句：“Hello（哈喽），小仙女们。”

群里迅速爆炸，重复的字眼都没什么营养。

那位男粉又举起手机：“榕妹，群里的人都不相信我们，方便合个影吗？去年在D市那次你跟几个粉丝合影了，那几个女孩都吹了半年多了，我们早就看不过去了。”

“可以啊。”

她转个了身站在两个男粉中间，冲着手机镜头笑了笑，因为光线很暗，所以手机的闪光灯功能自动开启了。

男粉笑眯眯地拿过手机，有些惊讶地“啊”了一声：“不小心拍到其他人了。”

容榕探过身看了一眼，她穿着高跟鞋，和两个男粉身高差不多，后面有个男人入镜了。

高他们半个头。侧着脸，轮廓清俊，眼睫毛垂着，没什么表情。

这种死亡闪光灯照相真的非常考验人的肌肤状态，照片里除了容榕，几乎完美无瑕的就是这位不小心入境的男人了。

两个男粉打算重新再拍一张。

那位入镜的男人转过头，眉头微拧，语气冷淡：“拍完了没有？”

容榕尴尬地笑了笑，哎哟，把这位给忘了，她连忙点头：“拍完了。”

沈渡转身就走：“耽误时间，跟上。”

“我还有事，就先走了。”容榕冲男粉们点了点头，“拜拜。”

一直到两个人的背影消失在会场中，男粉们才回过神。

“刚刚那个男人好面熟啊，是不是在哪儿见过？”

“他是榕妹的男朋友吗？”

“不可能啊，榕妹说过她单身。”

“那估计就是认识吧，现在怎么办？照片还发不发群里了？”

这种大好的炫耀机会，怎么能不发，两个人也不顾有没有人闯镜头了，直接将照片发在群里。

群里的人还是重复地刷着“啊啊啊”。

直到有个显微镜投胎转世发现不对。

群里那群刚刚还在质壁分离的女人这会儿全沉浸在意外入镜的那张侧脸里。

两个男粉经过提醒，记起男人的身份了。就他们现在踩着的这栋大厦的土地拥有者，去年靠着几张特写屠了微博热门第一的男人。

两个人吃惊地撇嘴，决定对刚刚的情形缄口不言。生气，不想说话，女人都是大猪蹄子。

容榕跟着沈渡来到贵宾室这边。

一共也就七八间，出来的时候刚好撞上几个走出来的明星。其中有几个是容榕这个不怎么看国产剧和综艺电视的人都很面熟的当红艺人。

在经过时，他们都微微点头，叫了一声“沈总”。

“你认识他们吗？”容榕好奇地凑上前和沈渡并排走。

沈渡的语气很淡：“不认识。”

容榕眨眨眼，有些失望地说：“哦，不认识啊，本来还想让你帮我要几张签名。”

“想要谁的？”沈渡迟疑了几秒，又道，“告诉我名字，我让魏琛去拿。”

“不用了，本来就是随口说说。”容榕摆手，见他这么肯帮忙一时间又有些不好意思，“我不追星。”

沈渡停住脚步，垂眸看她，又像是想起什么，点点头：“我忘了。你也有粉丝，怎么会追星？”

容榕：“？”

沈渡没看她，径直走进最里间的贵宾室。里面正好有说话声，但说话的不是路舒雅女士。

两人推门走进去，路舒雅女士坐在沙发主位，埋头看着手机没怎么搭腔，另外一个人坐在侧位，脸上带着恭维的笑意。

居然是那个“我老公的亲太太”。

那位太太恭敬地站起身，冲沈渡鞠了一躬：“小沈总好，我是令父旗下产业柏林地产董事局王智嘉副董的内人。”

沈渡淡淡地应了一声，朝他身后被挡着的容榕说道：“进去吧。”

那抹熟悉的深蓝色映入眼帘。

路舒雅女士面带笑意，王太太脸上的表情却出现了刹那的凝滞。

王太太哼笑一声：“我当是谁这么有本事呢，走关系都走到这儿了啊。”

“谁走关系？”路舒雅女士脸上的笑意顿时敛去，蹙眉看向王太太，“你说榕榕吗？还是我儿子？”

王太太张了张嘴，一句话噎在喉咙：“我……”

“王副董今年都六十有二了，前太太去年因病过世，新的王太太，你看着刚过三十岁。”路舒雅女士扬唇一笑，“真爱啊。”

沈渡和容榕对视一眼，彼此都很迷茫。

王太太面色发白："沈夫人，怎么又说到我身上了……"

"不说到你身上我干吗让人放你进来？"路舒雅女士动了动手指，"行了，王副董什么眼光我管不着，你出去吧，这里是贵宾室。"

王太太咬唇，低声说了句："我先走了。"

她抓起包包挡着脸就要往门口走，在与容榕擦身而过时，也不知道故意还是无意，胳膊重重地撞到了容榕。

容榕一个踉跄，沈渡及时抓住她的肩膀，声音低沉："王叔叔没有教给你基本的为人礼貌吗？"

王太太狼狈地低下头，悄声说了一句"对不起"，灰溜溜地离开了。

人刚走，路舒雅女士冲门口的容榕抛了个媚眼："榕榕，解气吗？"

"啊？"容榕愣了半晌，喃喃道，"所以您才叫我过来啊？"

她又仰头看向沈渡。

沈渡面无表情："我就负责传个话。"

容榕最后也只低声说了一句"谢谢"。

"这种人就是缺什么秀什么，自己越没有什么就越嫉妒人家有什么。"路舒雅女士无所谓地摊了摊手，"之前看她发在微博上的照片觉得有些面熟，让肚肚爸稍微查一下就知道什么来头了。"

没想到这件事沈叔叔也有帮忙。

容榕实在对沈渡的父亲好奇得紧，从来都是从沈渡和阿姨口中知道关于他的细节，一直也没有机会见面。

路舒雅女士转而笑道："说起来这件事也挺巧的，现在你就等着那女人跟你道歉吧。"

"她刚刚不是已经道歉了吗？"

"这种私下的算什么？她在你微博下面对你的那些诋毁是公开的，所以即使要道歉也必须是公开道歉。"路舒雅女士一脸愤懑不平，仿佛受到诋毁的是自己，"以后有人再敢欺负你，你就跟阿姨说，你不方便出面，阿姨替你出气。"

说完，她还冲容榕挑了挑眉，以示自己的态度。

容榕抿唇微笑，垂下眼睫小心而用力地点头："真不知道该怎么谢谢您。"

"你要想谢我，就替我好好照顾肚肚。"路舒雅女士幽幽地看了眼一直伫在旁边不说话的沈渡，俨然一副慈母样，唉声叹气道，“他一个人在清河市工作，平时也没个人管着他。谁知道他一日三餐有没有按时吃，有没有按时睡觉按时起床，我和肚肚爸的手伸不了这么远，每次想见他还得装个病，回头他还要埋怨我们。榕榕，你替阿姨评评理，肚肚这小子有没有良心？”

容榕此时满脑子都是“知恩图报”“滴水之恩涌泉相报”“结草衔环”此类充满中华民族传统美德精神的词语，路舒雅女士说什么她都只会点头附和。

因此，接收到路舒雅女士幽怨的眼神后，她立刻点头称是：“太没良心了。”

路舒雅女士再接再厉，继续抱怨道：“我们肚肚连请的助理都是大老爷们，你说男人哪比得上女人细心啊？哪有女人知冷知热啊？这要是生个病发个烧什么的，他那个助理能给我们肚肚照顾得无微不至吗？榕榕，你说呢？”

容榕：“对，是的。”

“我们肚肚也没什么关系好的女性朋友，阿姨请求你帮个忙。平时替我多看着点肚肚，监督他工作之余也要注意休息和放松，别一天到晚就知道埋头工作，他稍微懒散点也没什么影响，反正到时候肚肚爸的那点资产还不都是他的吗？”路舒雅女士情真意切地握住容榕的手，言辞恳切，“答应阿姨好吗？榕榕。”

被路舒雅女士的眼神攻势击得溃不成军的容榕一时间也来不及消化这大串话中的逻辑，用力点头：“阿姨，您放心吧。”

路舒雅女士顿时笑开了花：“谢谢你，榕榕。”

“不客气。”

一旁知道自己被卖了但是内心毫无波动甚至还有些想笑的沈渡眼看着面前的两个女人在短短的几分钟内达成联盟共识。

“好，我的一桩心事就此了结。”路舒雅女士长叹一声，“这一趟清河市没白来。”

说完就又看向沈渡：“肚肚，帮妈妈安排一下，我过两天就回D市了。”

容榕有一丝不舍：“您这么急着走吗？”

“我走了这么几天，再待下去肚肚爸该埋怨我了。”路舒雅女士“呵呵”一笑，“你要是想见阿姨随时到D市来，吃住全包，一点都不用你费心。”

容榕点头：“我一定过去找您。”

“到时候你过来，我把你介绍给肚肚爸。”路舒雅女士抬手摸摸容榕的脸颊，眼神温柔，“我们榕榕这么漂亮，肚肚爸肯定会喜欢你的，不对，应该说我们家亲戚都会喜欢你的。”

容榕依旧保持着笑容，只是不太明白怎么就突然扯到了亲戚。

路舒雅女士“啊”了一声，单方面就替容榕选好了日子：“要不就过年的时候跟肚肚一起来D市玩吧，D市过年期间难得冷清，正好你给我们拜个年，到时候我们给你包个大红包。”

这话越听越觉得不对劲。

最后还是沈渡咳了一声，出言打断了路舒雅女士的安排：“这件事到时候再说。”

路舒雅女士猛地一瞪沈渡，神色间颇有些恨铁不成钢。

容榕待会儿还有上台活动，又聊了片刻，沈渡便和她一起离开了贵宾室。

房门关上后，路舒雅女士才笑了一声。

好单纯的小姑娘啊。

她拿出手机给肚肚爸打了个电话。提示音响了几声，浑厚低沉的男低音便从手机那头传来：“都解决了吗？”

“谢谢肚肚爸帮忙。”路舒雅女士坐在沙发上，调整了一个比较舒适的坐姿，又继续说，“不出意外，今年过年你应该就能见到小姑娘了。”

“肚肚爸”轻叹：“先给我看看照片不行吗？”

路舒雅女士厉声拒绝：“不行，小姑娘本人比照片好看太多了，看个照片能有什么用啊。”

“好吧。”

见“肚肚爸”妥协了，路舒雅女士满意地勾起嘴角：“对了，那女人不会去跟你手下那个副董告状吧？对你有影响吗？”

那边低笑一声：“终于不想着儿子和小姑娘，知道替你丈夫着想了？”

路舒雅女士撇嘴：“随口一问。”

“之前顺便调查了一下他的资金往来，倒是让我有了意外发现。”“肚肚爸”顿了顿，语气中带着些侃意，“这回反而要谢谢小姑娘了。”

路舒雅女士惊喜地笑了，语气一转：“不谢谢我吗？”

“谢谢夫人。”“肚肚爸”的声音低沉，幽幽说道，“所以快回来吧。”

挂掉电话后没多久，门口站着的保镖又敲门说有人想要见她。

“谁啊？”

“说是夫人您以前在D市的旧识，姓苏。”

“苏？”路舒雅女士低头，想了片刻后，终于惊呼一声，“哦，打麻将的时候听那个什么苏太太提过，她女儿最近好像就在清河市发展。”

保镖犹豫了一会儿又问道：“那您见吗？”

路舒雅女士懒懒地摆手：“不见，口干。”

听说还跟“肚肚”是高中校友来着。

既然是“肚肚”的高中校友，来见她这个妈干什么？

容榕回到会场时，沐良琴正满脸兴奋地找她。

“你上个厕所怎么这么久？我还以为你掉进厕所里了。”沐良琴急匆匆地抓过她的手，左右看了看，最后才凑到她耳边低声道，“我看到温槐安了。”

容榕惊喜地挑眉：“他也来了？”

“嗯，所以待会儿活动结束以后，你不用送我回家了。”沐良琴“嘿嘿”一笑，拍了拍容榕的肩，“我看看有没有什么办法，能和他说上话。”

“要主动出击吗？”

沐良琴满腔勇气顿时一泻千里，语气有些小心翼翼：“是不是太主动了？”

容榕摇头：“没有，我不是这个意思，就是觉得你突然这么有勇气，有些惊讶而已。”

“我要是再矜持，谁知道他今天要送哪个女人回家啊。”沐良琴不满地抿唇，少女姿态尽露，“那么好的男人，既然我能看上，别人未必眼瞎啊。”

容榕嘴上应了一声，自己却陷入沉默。

“不说我，你和沈总到底有没有进展啊？”沐良琴叹了一口气，迅速转移话题，“之前问你对他什么看法，你一直含含糊糊，难道你不喜欢他？”

两个年轻女人躲在角落里，聚光灯打不到这边，容榕绞着手指，半晌后才轻声开口：“没有。”

周围太吵，沐良琴没听清，凑过头又大声问了句：“你说什么？”

“我说……”容榕深吸一口气，稍稍抬高了音调，“我喜欢他的。”

容榕刚说完这句话，整个人像是霜打的茄子，瞬间就蔫了。

沐良琴意味深长地“哦”了一声：“终于承认了，所以你有什么打算吗？”

“没什么打算啊。”容榕埋头，大有顺其自然的意思，“就先这样吧。”

沐良琴瞪眼：“容小姐，你不要仗着自己长得好看就什么都不做好吗？你喜欢上的男人是什么货色你不清楚吗？你不伸手，无数双罪恶的手就等着往他身上蹭呢，姐妹，有点危机意识好吗？”

“那……”容榕憋着一口气，面色潮红，“我不好意思主动。”

“那你就旁敲侧击，先问清楚他什么想法，再做打算。”沐良琴扶着下巴打量了她一番，“不过我觉得你要是肯色诱，应该事半功倍。”

容榕：“……”

沐良琴见容榕沉默，以为她是在考虑这个办法的可行性，又赶紧添了把火：“你可是打破了网红和明星之间有壁这个定律的神颜啊。”

容榕有些茫然：“啊？”

“你不知道？”沐良琴从包里拿出手机递给她，“你自己看。”

论坛的最新首页飘红帖。

“大榕榕的颜我真的服了，网红和明星之间有壁的定律算是破了吧？”

主楼图是F品牌开幕式的最新生图。

一般这种图吃瓜群众都最乐意看，大部分都是嘲艺人状态不好或是嘲网红见光死的。

然而这次，不变的吃瓜定律被打破了。生图上，大榕榕和一干艺人并排站着，没有凹造型，也没有突出脸上某个最佳角度。

她就那样安静地站着，笑容恬淡。

在高清镜头下，她白到发光，整张脸毫无瑕疵，鼻梁和颧骨处看上去波光粼粼的那一道光，让她整个五官都变得立体起来。

容榕大致看了几页，将手机还给沐良琴。

沐良琴猥琐地笑了："榕仙女？真的不考虑一下我说的方法？"

容榕犹豫了好久，才低声说了一句话，既像是在问沐良琴，又像是在问自己："怎么用啊？"

"你什么都不用做，和他对视就行。"沐良琴双眼微眯，笑得奸诈，"对你而言，只要看着他，就足够诱惑了。"

容榕惊疑："真的假的？"

"你就信我一回，成吗？"沐良琴拍拍容榕的肩，"要是他吻上来了，别拒绝。"

她的脸一热："他不是那种人。"

"我没说他是那种人啊。"沐良琴眨眨眼，笑意渐深，"沈渡再禁欲，再不食人间烟火，也是个正常男人吧？对着喜欢的女人和平时肯定不同。"

两个人正说着，工作人员走过来让她们准备去台上拍大合照，做开幕式的最后收尾。

因为思想受到了侵蚀，容榕的想法也开始逐渐离"纯洁"二字越走越远，转而开始担忧起来："我要是不拒绝，会不会显得太不矜持了？"

"不矜持和不亲，你选哪一个？"沐良琴没好气地反问。

容榕低头对手指："就没有折中选项吗？"

沐良琴点头："有啊，他强吻你。"

拍完大合照后，开幕式正式结束，到场嘉宾陆陆续续准备离场，容榕眼见着沐良琴找到某个男人后迅速提起裙摆追过去，将她这个闺密狠心抛在脑后。

容榕是自己开车过来的，她想见沈渡又不敢，只好等大部分人离开后，才悄悄地溜到停车场里，艰难地找到沈渡的车，躲在一旁的柱子后面等他出来。

还好沈渡没换车，车牌号是重复的数字，挺好记的。

她拿出手机想给沈渡发个消息，顺便打听一下现在他在哪里。她的手指在屏幕上划了几下，最终还是退出了聊天界面。

算了，给他个惊喜吧。但凡他面上露出一点点欣喜的表情，她就再厚脸皮一点，撒谎自己没开车过来好了。

她披着薄外套，靠着墙刷手机。

有人在帖子里放出了那张粉丝合影，眼尖的网友看到了不慎入镜的沈渡，纷纷开始猜测容榕和沈渡之间的关系。

昏暗的室内灯光下，容榕的心跳很快，一点点地刷着有关于自己的言论。褒贬不一，她已经不想看了，又忍不住想看。

她深吸一口气，默默抚了抚自己的胸口，暗示自己不要生气。如果她真的在意这些网上言论，早就被气死了。

她又不是没遭过诋毁，但她已然没有心情给沈渡惊喜了。

容榕拖着脚步打算先开车回家，刚走出去没多远，安静的停车场内响起一个熟悉的声音。

沈渡的声音在空荡荡的停车场内回荡着："我让魏琛送你回家。"

另一个轻快的女声立刻接话："谢谢你。"

"不用。"

容榕顿住脚步，趴在柱子后，侧头往声音源头看过去，是沈渡和苏安。

两个人都穿着黑色西装，面对面站着，看起来很登对。

容榕咬唇，此时也懒得在意有没有将口红都吃进嘴里，嗓子一阵火辣辣地疼，心里也发酸。

她在这里等了这么久，沈渡却和苏安在一起，而且他还要送苏安回家。

她想起刚刚的网友评论，个个都在说她跟沈渡不配，她心里的醋意越积越深，毫不留情地转身离开。

她坐回车上，趴在方向盘上发呆好久，直到有汽车的发动声传进耳朵。

容榕刚抬起头，就看见沈渡的车掠过自己，朝着停车场门口开去。

车玻璃上贴了单面的防窥视膜，黑漆漆的看不到里面，容榕能想象到后座两个人并排坐在一起，就跟以前她和沈渡一样。

容榕烦躁地按响喇叭，在空荡的室内激起几声瘆人的回音。

容榕拿起丢在一旁的手机，打算跟沐良琴说自己不打算试了，反正谁都能被他送回家。

又想起沐良琴现在估计和温槐安在一起，容榕丧气地垂下手，不知道该找谁发泄。

此时，手机响起，容榕无精打采地看过去，却在看清来电的那一刻，刚刚还如死水的一片心湖又泛起了涟漪。

是沈渡打过来的电话。

容榕盯着那个名字看了好久，最后狠心挂掉。

没几秒，电话又打进来。

她再次摁断。

沈渡的微信发过来："你挂我电话？"

容榕没回，闷着气自己一个人发愁。

那边似乎有些无奈，半晌后才打了两个字发过来："抬头。"

容榕疑惑，下意识地遵照他的吩咐，抬起头。

长身玉立的男人就站在车外，脸色微黑地看着车里的她。

他抬脚，朝她走过来。

容榕埋着头，以为自己见鬼了。

直到车玻璃被敲响，容榕放下车窗，耳边传来沈渡不悦的声音："挂我电话干什么？"

她没敢看他，声音有些闷："你怎么还没走？"

"没车。"沈渡的语气淡淡的，"送我回家。"

第十六章
你喜欢梅西吗

骗人！刚刚明明说让魏琛送苏安回家！

容榕鼓着嘴，也懒得戳穿他："你的车子呢？"

沈渡的神色依旧淡定："开走了。"

容榕撇过头："你怎么没跟车子一起走？"

沈渡眉头微蹙，没回答容榕的问题，弯下腰看着主驾驶里神色不太对劲的容榕："不想送我？"

"没有。"容榕有些生气，说话声听上去也不怎么情愿，"干吗要我送？你可以自己打车回家。"

似乎是被容榕的话震惊到了，沈渡愣了片刻，才微微抬了一下眉，点头，转身，背影看上去还带着一丝落寞。

容榕："……"

堂堂沈总真的要打车回家？她暗骂一声，发动车子追上去。

车子以龟速在沈渡旁边挪动，容榕按了按喇叭，催促他："上车啊。"

沈渡扯了扯嘴角，看都不看她一眼："我打车回家。"

"我送你回家。"容榕在心中默默鄙视了自己几秒，扬声叫他，"沈先生，上车吧。"

沈渡依旧很客气："不麻烦你了。"

性能优秀的跑车就这样勉强维持着跟沈渡一样的速度，缓缓朝停车场外开去。

容榕刷卡的时候，沈渡直接从栏杆的空隙边绕出去。

停车场保安在看到沈总一个人无视栏杆轻松走出停车场时，整个人都成了一块木头。

他犹豫了片刻，以为自己老眼昏花，小心翼翼地开口问道："沈总？"

沈渡瞥了他一眼，语气很沉："什么事？"

天啊，真的是沈总。

沈总居然是走着出停车场的，这种破产的既视感真的很强。

保安在心中幻想了无数种沈总走路的原因，最终选了一个最靠谱的，眼里还带着一丝担忧："沈总，您的车……坏了吗？"

"没坏。"沈渡的声音淡淡的，"偶尔也想走路回家。"

虽然保安不知道沈总的家在哪儿，但他真的觉得这个借口烂到他都无力吐槽。

就在他绞尽脑汁怎么能够既不伤老板面子又能劝老板收起他那高贵的脚后跟选择坐车回家时，已经交回停车卡却依旧被横栏困住的小姑娘终于开口催促他，将他的思绪拉回现实："师傅，您倒是快点把栏杆弄开啊。"

"哦哦。"保安回过神，匆忙打开栏杆。

小姑娘气沉丹田，用力呼喊了一声人行速度被车行速度吊打因此还没走远的沈渡："沈先生！"

容榕清甜的嗓音在夜空中转了好几个圈，落入沈渡的耳中。

沈渡此时仿佛耳背，顿了下身形继续朝前走。

保安此时心中有了一个大胆的想法，打情骂俏……

然而下一秒，这个想法就被小姑娘的下一声呼喊无情浇灭了："沈肚肚！"

不远处的沈渡终于停下脚步，转过头，黑着脸看着容榕。

容榕将半个身子探出车子，一脸烦躁地冲他怒吼："你妈妈委托我让我好好照顾你！你这么任性，我要向你妈妈告状！"

可能被告状的沈渡："……"

保安震惊，小姑娘看着年纪这么小，没想到居然是长辈，现在的女人真的很会保养。

见沈渡如容榕所愿停下了，容榕冲保安微微一笑，结果却收到保安的九十度大鞠躬，并附言：“您慢走。”

保安大叔看上去都五十多岁了，服务态度居然这么好？

众润短短几年混到现在这个地步，不是没有道理的，首先他们的企业精神就着实令人佩服。

容榕暗暗记下这个小细节，准备回去跟爷爷提个建议，在扩大商业版图之前，先要提高员工素质，共创和谐企业氛围。

容榕摇下副驾驶座的车窗，冲他一笑：“沈先生，请上车。”

沈渡一副“不认识你”的包拯脸看着她。

“你是要打车，对吧？”容榕咳了一声，学着打车软件里的女声，还尽职地配了提示音，“滴……您已接到尾号 ×××× 的乘客，欢迎使用 ×× 打车服务。”

沈渡侧过头，肩膀抖了两下，长腿一迈，坐上她的车。

容榕松了一口气，车子往他家开去。心里嫌弃自己没出息，人家发个小脾气就投降了，以后要真有点什么关系了，那还得了。

沐良琴说，撒娇的女人最好命。

她的娇还没来得及撒出来，就被沈渡的小脾气打败了。

她也不好意思问沈渡，怎么明明看到他说要送苏安回家，转眼间就到自己面前了。

车子里的气氛很尴尬，好在沈渡此时接了个电话，听称呼那边应该是魏琛：“到家了？”

魏琛不知道说了一句什么，沈渡又“嗯”了一声：“辛苦你送她回家，早点休息吧。”

挂掉电话后，容榕左思右想才问出口：“魏琛送谁回家啊？”

沈渡淡淡地回答：“高中同学。”

连个名字都不配拥有的苏安，被沈渡称为“高中同学”。

容榕继续旁敲侧击：“她怎么还要魏琛送回家？”

“她说没开车来，晚上打车不安全。”

容榕无语，下意识地觉得这借口有点烂，又问他：“你信吗？”

沈渡倒是跟她一个想法："不信。"

容榕立刻抬高了音调："那你还送？！"

沈渡侧头望她，嘴角微扬："我没送，我让魏琛送的。"

魏琛好惨。

容榕知道自己乱吃飞醋又误会沈渡了，有点心虚，稍稍握紧了方向盘："所以你才让我送你回家的？"

沈渡简短地应了："嗯。"

糟糕，她有点开心，就快把之前的气给忘光了。

等红灯的间隙，容榕掏出手机，打算发一条微博直接开怼。可是编辑了又删掉，容榕依旧没有想到要发什么，一直到后排的车子鸣笛，她才猛地意识到绿灯已经亮起。

沈渡发觉了她的不对劲，问道："怎么了？"

容榕也不想瞒他，三言两语把事情解释清楚。

原本网上的风向是朝向她的，只是因为某个不知名的圈内人士爆沈渡曾经找他搭讪的料，一直号称靠脸吃饭的"大榕榕"在沈渡这里栽了跟头，让吃瓜群众兴奋不已。

"他们说你不看脸。"容榕深深叹了一口气，"而我只有一张脸。"

沈渡低笑："需要帮忙吗？"

容榕侧头看他，一脸怀疑："你连微博都没有，怎么帮我？"

沈渡没理她，从兜里拿出自己的手机，在屏幕前滑动了几下，随即进入了微博界面。

"你有微博吗？"

"没有。"沈渡低头看着手机，"但是公司有。"

容榕没理解，直到沈渡说了一声："好了。"

她迅速靠边停车，拿过沈渡的手机，就看见他登陆了蓝 V 认证的众润集团官方微博号，发了一条微博。

众润集团的微博向来只转发一些央视媒体的时事经济新闻，或者更新企业动态，官方又无趣。

沈渡发的微博很简单。

众润集团："我看脸。"

容榕刷了一下，评论瞬间到了五千往上。

“实力破谣！”

“所以大榕榕跟沈总真的认识？”

容榕的手指颤抖着，呆呆地问他：“你这样会不会影响企业形象啊？”

“众润的企业形象不需要靠微博号来维护。”

她还是不放心：“可是这样会上热搜啊，撤热搜要不少钱吧？”

沈渡眉梢一抬：“谁说我要撤了？”

“你不是不喜欢上热搜吗？”

他靠在椅背上，幽幽地说：“分情况。”

容榕整颗心都飘在空中，直到经过一家好利来蛋糕店，才放慢车速重新找到话题：“吃芝士蛋糕吗？”

“不吃。”

容榕强行推荐：“吃吧，很好吃的，我请你。”

沈渡叹气，默认了。

她将车靠边停，兴高采烈地就要下车，却被沈渡一把抓住了胳膊。

“你的裙子太长了，我去帮你买。”沈渡伸手指了指车窗外那家店，“这家？”

“嗯，买半熟芝士。”

容榕刚想跟沈渡说买哪种口味，沈渡已经转身下车了。他高挑的背影被商店门前的白色灯光映照得清晰柔和。

确认了自己的心意以后，容榕看着这个男人，发现怎么看都好看，简直就是情人眼里出西施的“高阶脑残版”。

她盯着店门口发呆，车厢里安静得能听见自己细微的呼吸声。

容榕左思右想，还是打开手机，看了一眼实时热门。

“大榕榕 众润集团”这个话题已经爬到了热搜前三。

她叹了一口气，还是决定发一条澄清微博。

上热搜也就算了，要是把众润一起扯进来，影响他们的企业形象，那她真是无颜面对。

门前一棵大榕树：“谢谢沈总不顾企业形象为我站街，我这张脸还能再打一百年。”

“哇，我还以为那条微博是公开关系，原来只是站街吗？！”

“呜呜呜，我们榕妹和太子爷真的认识，两个神颜之间的友谊吗？”

容榕赞了那条友谊的评论，这下应该不会影响他什么了。

车门被叩响了一下，容榕将目光从手机上挪开，沈渡提着一个袋子回来了。

“不知道你想吃什么口味，每样都买了一盒。”

沈渡也是进去了才知道，原来半熟芝士有这么多种口味。

容榕打开袋子，真是五颜六色的口味都买齐全了。

容榕最近特别喜欢季节限定的抹茶口味，也没多想，直接打开盒子掏出一块，激动地撕下包装，准备往嘴里送。

刚碰到嘴唇，容榕的动作忽然停下来。

沈渡挑眉：“不吃吗？”

“吃。”容榕点头，只咬了小小一口下来。

上层是抹茶芝士，清爽香醇，又微微泛苦的柔软，下层则软糯度适中，咬一口下去仿佛整排牙齿都要融化的松软口感。

只是一小口，她的嘴唇里就已经盈满了抹茶的独特气味。

容榕悄悄背过身，两口解决了剩下的。

转过身来，容榕给沈渡剥了一个，想递到他的手边：“你也吃一个。”

沈渡垂眸看着容榕细白的手指，伸手轻轻抓住她的手腕，将它稍稍抬起。接着，将芝士抬到自己的嘴边，张嘴咬了一口。

他咬住芝士，并未碰到容榕的手，容榕却忽然觉得手指一麻，快要握不住芝士了。

沈渡动着下颚，接着喉结一滑，将芝士吞下去。

这吞咽的动作，优雅又好看，好像不是在吃芝士，而是在吃什么高级餐点。

她呆呆地望着他，问了一句：“好吃吗？”

沈渡给了一个比较中肯的回答：“还可以。”

接着容榕又抬起手，把另一半喂到他的嘴边，他似乎没有想到她这么直接，来不及往回缩，芝士撞在他的唇边，留下了一道浅浅的绿色。

容榕几时见过沈渡的唇边残留食物的痕迹，就好像是清风明月的一个人忽然就沾染上尘世的烟火气味，明明面容清俊，嘴角的痕迹却像是小孩偷吃零食，来不及销毁的最佳证据。

哪怕这男人吃得满嘴都是抹茶，她也一点都不觉得粗鲁。

沐良琴说的话都是假的，要是喜欢一个人，就算他放个屁，那也是香的。

她完了。

容榕眨巴着眼盯着沈渡，自己都没意识到眼神有多勾人，活像要把眼前的男人吞了。清澈的一双眼里，她以为只有呆滞的神情和自己拧巴的少女心意。

容榕的眼睛跟随着自己的心，盯着他，脸上却抑制不住心脏的剧烈跳动，迅速升高的体温蔓延至她的耳根和脸颊，开始呈现出明显的红色。

容榕想挪开眼，又挪不开。

沈渡太好看了，眉毛、鼻子、眼睛下巴，每一个地方都刚好长成她喜欢的样子。

以前她从来不相信一眼万年，现在她信了，只要眼前这个男人就这样一直在她的身边。

别说一眼万年了，就是一眼亿年，她也愿意。只是这一眼没持续多久，就被沈渡亲手打断了。

沈渡有些苦恼地伸手，轻轻盖住了她的眼睛。

容榕动了动睫毛，扫着他的掌心。

沈渡投降，声音喑哑："别看我。"

她动了动唇，用鼻音轻轻回应："嗯。"

沈渡收回手，迅速用指尖拂去唇边的抹茶。

她低着头，愣了半晌，五官皱在一起，像是纠结了好久，才问了一句话出口。

"沈先生。"容榕鼓嘴，红着脸问他，"或许，你喜欢梅西吗？"

先试探一下再说。

不过看着沈渡眼睛里流露出的淡淡困惑，容榕猜到他八成没听懂。

但沈渡还是回答了这个无聊的问题："还可以。"然后就不再出声，一副没什么兴趣的样子。

谁说全世界的男人都对足球感兴趣。

容榕苦笑两声，收好零食："随便问问。"

车子行驶在夜色中，容榕成心不开口，就是想试探试探沈渡会不会主动找话题跟她聊。

结果这男人的闷真是超乎想象，关键是他都不觉得现在这样沉默的气氛有什么不好，将头偏向车窗那边，微垂着眼睫似乎在小憩。

霓虹连成灯海的街头景色，照亮了幽暗的车厢，也将他清隽的眉眼映在玻璃上。

科一到科四全满分通过的容榕很清楚在行驶过程中，司机分心朝旁边看的后果是什么，但她就是觉得旁边这个男人比前面的车屁股要好看。

看不腻。

原以为沈渡微眯着眼，察觉不到她的窥视，谁知在下一个红绿灯十字路口短暂的停车时，沈渡不咸不淡地开口说："待会儿停在路边，我们换个位子。"

容榕茫然："为什么？"

"我来开车。"

容榕以为沈渡嫌弃她开车的技术不好，一时半会有些沮丧，但还是乖乖地和他换了位子

沈渡调整了车座椅，继续开。

车子开出好几百米，沈渡终于说话了："看吧。"

"啊？"

他只侧头睨了她一眼，又专心继续看着前方的路况："开车时要看着前面，知道吗？"

容榕顿时满脸通红，抓着车垫不敢接话。

她恨不得钻进车座和车门之间的缝隙，让沈渡看不到她，但他很显然不肯轻易放过她。

沈渡笑着反问她："怎么不看了？"

"不想看了。"她噘嘴，把锅甩在他身上，"你这人一点都不可爱。"

说完就撇头，学着他对着车窗外，把后脑勺留给他。

沈渡叹了一口气，叫她："榕榕。"

容榕硬邦邦地回了一句："干吗？"

"想吃零食了。"

容榕又将后座的零食袋拿过来，递给他："吃吧。"

沈渡懒惰得一本正经："没手。"

容榕给他撕开包装，又揭下外面那层薄纸，递到他的嘴边："张嘴。"

他咬下一口，慢条斯理地嚼着。

容榕纠结："你不是不喜欢吃吗？"

"我没说。"

"我刚刚问你怎么样，你说'还可以'。"容榕光是重复这三个字就觉得生气，"问你喜不喜欢梅西，你也是'还可以'，跟你这人没话说。"

"那我该怎么回答？"他也没反驳，虚心求教。

容榕哼声："喜欢或者不喜欢，态度要明确一些。"

他点头："好。"

但容榕很矫情："你现在知道也没用了，我已经不高兴了。"

她撑着下巴，盯着窗外的景色发呆。

"榕榕。"沈渡学以致用，直接将自己的情绪表达出来，"我不喜欢你不看我。"

她的心跳加速，转头看他，发现他依旧是冷淡的样子，好像刚刚那句抱怨不是从他口中说出来的。

斑驳的光影下，沈渡的侧脸温柔，似乎是察觉到容榕又看他了，他原本淡漠的嘴角露出笑意，却仍保持着内敛。

不知不觉间，车子已经开到了容榕的小区楼下。

沈渡扣动安全带："下车吧。"

容榕后知后觉地回过神来："不对啊，应该是我送你回家啊。"

沈渡淡淡地问她："那你怎么一直不说？"

她哑口无言，默默解开安全带，说不出自己出神的具体原因。

见沈渡掏出手机，似乎是要打电话。她知道，这人八成是要给司机打电话。

容榕在心里鄙视自己，然后不情不愿地下车，沈渡也跟着下来，将手机放在耳边。

他看着天边的月色，一个"喂"字刚说出口，猝不及防地被人夺过了手机。

沈渡微愣，眼见着容榕将手机别在背后，命令他："上车。"

沈渡顿觉好笑，好整以暇地看着她，半点也没有要挪动脚步的意思。

容榕生气，牵起他的手就往副驾驶座那边走，打开车门推他的肩膀，要将他塞进去。

沈渡直接抓住她的手，微微挑眉："干什么？"

她咬牙："今天我必须送你回家！"

沈渡用大拇指捏了捏她的掌心："你都到家了，快上楼。"

"我不，你上车。"她执拗着不肯听话。

沈渡的语气里没有半分生气的意思，眼神温润："你非要跟我耗在这儿吗？"

"你怎么老不让我送你回家？"容榕丧气，仰头瞪他，"我又不会非要上你家喝杯咖啡什么的，送你到楼下就走。"

沈渡扬起嘴角，略带磁性的嗓音拂过她的耳尖："你要是真送我回家，那就由不得你愿不愿意上去喝一杯咖啡了。"

容榕当场愣住。大家都是成年人，有时候，喝杯咖啡意味着什么，其实谁都懂。

是那个意思吗？

容榕每一次的试探都小心翼翼，希望他懂，又不希望他懂。整颗心悬在半空中，被这种小猫挠爪爪的情绪折磨得心痒难耐。

临近这种暧昧的边缘，再进一步，要不就是柳暗花明，要不就是自作多情。

容榕一想到可能是后面那种情况，就觉得难受。

其实"喜欢"两个字多么简单，让她对着墙说一百遍也不会觉得有什么难为情，但面对眼前这个男人，她前二十年的勇气都快耗光了，还是说不出口。

要是被拒绝该怎么办？要是他对自己没那个想法怎么办？

一向乐观的容榕，在这方面，开始无限自卑起来。

"给我个机会，也让我对你好一回吧。"容榕垂下头，红着脸请求沈渡给她这次机会。

温热的大手忽然抚上了她的头，沈渡微微叹气："刚买给你的零食，配咖啡好不好喝？"

容榕没试过，老实答：“不知道。”

沈渡又问：“家里有咖啡吗？”

“有。”

沈渡轻笑：“向你讨一杯咖啡喝，可以吗？”

容榕第一次觉得家里乱！

玄关，乱！

客厅，乱！

小厨房，乱！

容榕手忙脚乱地将地毯上的衣服都拿起来丢在一边的小沙发上，又将抱枕一一叠好，最后才局促地揪着手指，请他进屋：“进来吧。”

沈渡站在门口，没朝里看，淡淡地问她：“直接穿鞋进去可以吗？”

容榕又手忙脚乱地给他拿一次性拖鞋。

沈渡换好鞋后，将皮鞋拿起，放在玄关处的鞋柜上。

恰好有一个空位，旁边摆着她的高跟鞋。

他不懂高跟鞋，只是觉得这些高跟鞋很好看，而且很适合她。

容榕刚脱下她脚上的那一双，银色亮片的细高跟，鞋后跟处绑着一对冰蓝色丝绸蝴蝶结。

沈渡又去看她穿在脚上的拖鞋，她的脚踝很细，脚掌也小，看着还没有拖鞋头上的那一对蝴蝶结大。

容榕似乎注意到沈渡的目光，抬脚转了一圈脚踝：“可爱吗？”

沈渡平白无故躲开了目光。

容榕本来也没对沈渡的审美抱有什么期望，但因为职业本能，有人看了就会认真解释：“他们家的鞋子算不上好穿，但是真的很好看。”

尤其是配洛丽塔裙，容榕之前跟风买了一款洋娃娃天国少女，蓝纱蕾丝与粉樱，胸前的蝴蝶结恰巧与后鞋跟的蕾丝搭配，她为此特意拍了一个视频臭美，被粉丝好一阵夸。

沈渡不懂女孩子的心理。

女生一旦穿上美美的小裙子，无论相貌和身高如何，总之就是全世界最漂亮的小公主。

容榕在小厨房里找咖啡，她不喜欢喝，但这会儿就算是把家里掀翻了，她也要找出一包咖啡来。

终于找到了。

她家除了她，都只喜欢喝现磨咖啡，这包从印尼带回来的咖啡就理所应当地被她收入囊中了。

“这个你喝吗？”

沈渡点头，坐在沙发上耐心等待着。

茶几上没放什么书，摆着几本日杂，沈渡随意拿起一本翻了几页，因为不感兴趣就又放下了。

沈渡打量了一下她的家。约莫三百平方米的单层公寓，到处充满她的风格。无论是壁橱上摆放着的木制装饰品，还是落地窗前拉上的流苏窗帘，还有他脚下踩着的，像是一个魔法阵形状的粉色地毯。

等容榕泡好咖啡，沈渡还未将家中的细节打量完。

他淡淡地抿了一口咖啡，语气有些漫不经心：“这个家是你自己布置的吗？”

“是啊。”容榕得意地眨眼，“好看吗？”

“好看。”沈渡抵着杯口，略微扬唇，“跟你很像。”

容榕“嘿嘿”一笑，觉得这个忽然闯入的一抹风景，竟然如此和谐。

明明沈渡穿着一丝不苟的黑色西装，浑身上下也没有一个稍微亮点的颜色，坐在她的布艺沙发上，居然也不觉得突兀。

容榕抓着沙发布，盯着他上下滚动的喉结，又一次出了神。

沈渡轻咳了一声，放下咖啡敲了敲她的头：“我走了。”

容榕跟着就要起身，“我送你回家”五个字还没来得及说出口，就被他沉声打断：“你不用送我，早点休息。”

容榕眼见沈渡又去换鞋了，心里的失落感也不知从何而来，但她也不可能开口挽留他。

那样也太不矜持了，又是失败的一天啊。

容榕正暗自沮丧着，突然被人轻轻掐住脸。

容榕抬头，沈渡眼中笑意泛起：“你刚刚问我的问题，我再回答你一遍。”

她呆呆地问：“什么问题啊？”

沈渡提醒她：“喜不喜欢梅西。”

看见容榕意外地睁大眼睛后，沈渡低笑一声，嗓音温润：“我不喜欢他。”

容榕早就猜到了，没太惊讶，“哦”了一声。

沈渡抚在她脸上的手又挪到她的下巴处，像逗猫一样，指尖轻轻摩擦。

半晌，他终于轻声说出那几个字。

“但我喜欢你。”

容榕的少女心炸开了，她的五脏六腑都快融化成糖水了。

沈渡早就料到自己这句猝不及防的告白会让眼前的小姑娘愣住，只是站在她家门口已经快十分钟了，容榕仍是睁着一双杏眸盯着他，粉唇微张，魂游天外的样子。

他原本与她对视，但看着看着，没忍住先回避了目光。

那双眸子太漂亮，她自己好像不知道。

“谢谢你的咖啡。”沈渡揉揉容榕的脑袋：“我等你的回答。”

沈渡说完这句话后，打算离开。

她张唇，下意识地细声问了句：“这就走了吗……”

这失落的语气，容榕自己都不知道怎么说出口的。

沈渡折回，眸中波光流转，与刚刚温润的绅士不同，再开口时有些轻佻：“想过不让我走的后果吗？”

这男人哑着声音调戏人的时候真是绝了，宛若满身清风明月的流氓。

容榕低头盯着自己的脚尖，喃喃道：“路上小心。”

沈渡微微一笑，单手插兜，另一只手挪到她的耳边打了个响指：“榕榕，看我。”

容榕下意识地抬起头来。

因为弯着腰，沈渡的西装领口微微敞开，里面穿的白色衬衫有些皱，熨烫服帖的西裤起了点褶子，描绘出他修长结实的大腿。

他微眯着眼睛，若有似无地扫过她的脸颊，低笑一声：“别让我等太久。”

容榕咽了咽口水。

“晚安。”沈渡用力按着她的头，侧身离开时，有力的手掌擦过她的额前，伸出食指扣在大拇指指腹处，轻柔且快速地弹了一下。

沈渡似乎也没有想过要停下脚步回头看一眼呆滞的她，他原本一双腿就长，不做片刻停留时速度极快，她抚着心脏靠在门上，惊魂未定地大口喘息着。

呼吸差点要停止了。

大门“砰”的一声被关上，容榕冲进卧室迅速倒床，以被遮面，双脚悬空吊在床外不停地扑腾着，尖叫声也和双腿抖动的频率奇迹般重合了。

“啊啊啊！”

容榕呈大字状横躺在床上，伸手挡住天花板上吊灯照下来的亮光，身子转了个圈又抱住旁边的玩偶，两脚紧紧地夹着玩偶的肚子，双手抱住它的头用力锁紧，似乎要将这只可怜的熊揉进身体里。

可即使是把浑身的力气都用在玩偶身上，她仍觉得心脏跳动得厉害。

容榕把下巴撑在它毛茸茸的脑门上，嘟着嘴，手指也不受控制地揪着它的毛。

不论她怎么折磨这只熊，熊也没有给她任何回应。

她将熊扔在一边，又一次趴下。只露出一双清澈眸子，才喃喃道：“还是养只宠物吧……”

最少在她想要放声尖叫时，能给她一点回应，哪怕傻傻地看着她都行。

容榕起身，光脚踩在地毯上，柔软的毛蹭到她的脚心，让人有些受不了。

她小跑到阳台那里，推开落地窗悄悄蹲在栏杆后，伸出半个头往楼下望。

司机来得没那么快，沈渡仍旧站在楼下，靠着树看手机。

因为太远，看上去就那么小一点，都快和夜色融为一体了。

不一会儿，容榕睡衣侧兜里的手机响起，拿出手机，是沈渡发过来的消息：“我的车进不来。”

容榕以为沈渡是要让自己帮忙刷个卡，结果他发来的下一条消息又让她顿住了身子。

“夜里凉，快进屋。”

然后又是一句：“记得穿鞋。”

她缓缓站起身子，沈渡恰巧往上望去，明明相隔甚远，可两人彼此心里很清楚。

他们看到对方了。

沈渡仰头看了她很久，最终转身离开。

小区楼下的木凳、长灯与大樟树，还有修剪整齐的灌木丛似乎在闪闪发光，但都不如沈渡渐行渐远的背影明亮。

容榕回屋，拉上窗帘，深吸一口气。

她喜欢的人，会发光啊。

沈渡的消息还停留在穿鞋那条，容榕知道他不明白自己为什么要问那个问题，但她就偏偏要这么回答。

等以后，他问起来，她正好理直气壮地叉腰埋怨他。

——谁让你不看韩剧。

车上，沈渡内袋里的手机连着振动了好几下。

他拿出来，一连串，都是容榕发来的消息。

“或许，你喜欢梅西吗？”

“或许，你喜欢梅西吗？”

“或许，你喜欢梅西吗？”

连发三条，沈渡不解，回了个问号过去。

那边发来一个得意的表情。

因为老王临时告假顺带接替司机一职，但可以拿双份工资，所以无怨无悔大半夜过来接老板回家的魏琛，透过后视镜看到了老板脸上此时疑惑的表情。

他没好气地问道：“沈总，怎么了？”

沈渡淡淡地叫了一声他的名字：“魏琛。”

魏琛应了一声：“沈总。”

沈渡真的对梅西没什么兴趣。

但是魏琛或许有。

沈渡也不明白这句话的含义在哪里，于是机械式地将这句话重复给魏琛听。

“你喜欢梅西吗？”

“……”

新换的迈巴赫就这么在缓冲带上颠簸了几下，魏琛的手一抖，差点以为自己未来几十年的劳动价值就要交代在这辆车上了。

后座的沈总明显有些不爽了：“怎么，不喜欢吗？”

因为有个热爱看韩剧、韩综，混韩圈、追韩籍明星的前女友，魏琛还挺了解这句话的意思。

那句话来自《举重妖精金福珠》，告白名句。

魏琛浑身冒汗，竟然一时间不知道是该拒绝还是该答应。

拒绝是必须的，但是答应，从此以后就走上人生巅峰了。

可他还是觉得自己过不了心中那道坎。

见助理一直不回答，沈渡猜他估计也不怎么喜欢。

“沈总，您觉不觉得我们总裁办少了点人气？”魏琛勉强一笑，小心翼翼地试探道，“比如，女同志。”

一帮大老爷们虽然工作的时候效率挺高，但哪个男人真能忍受办公室里没有女同事。

闻不到女同志的香水味，也听不到女同志们在茶水间的娇笑声。

关键是有时候开有色玩笑，没个女同志抿嘴害羞，一帮大老爷们比谁更老司机，真是无趣透顶。

沈总惜字如金地表明了自己的态度：“没觉得。”

完了，实锤。

“沈总。”魏琛几乎用全身的力气挤出病假借口，“我最近好累，想请几天带薪假。”

立夏时节已过，伴随着小雨，阳台上的芦荟叶有些湿润，清晨遗落的水滴落在叶尖上摇摇欲坠。

容榕开着直播，怀里抱着一只蓝眼睛的布偶猫。

“这是新成员，叫‘可爱’。”容榕抱起猫放在镜头前，给直播间的观众们看了两眼。

几个月大小的小奶猫，已经能预见长大后的惊艳模样，两只猫爪子乖巧地搭在容榕的手臂前，喵了两声。

当时容榕照着视频挑猫，一窝的小猫咪，她眼睛都快看花了。

不缺钱的颜控当机立断：“拿最好看的那一只就行。”

老板：“品种猫的品相直接决定价格哦。”

“没关系。”容榕豪气一挥手，“要最好看的。”

容榕歪头蹭了蹭“可爱”的脑袋，将它放在地上，又继续自己的直播事业。

她化妆的时候，脸上一直带着若有似无的傻笑，看起来心情很好。

粉丝也发现了，在弹幕里问她。

容榕顾左右而言他：“今天天气好，所以心情好。”

“还以为榕妹恋爱了。”

“以为恋爱了。”

……

算上那天晚上，她好像足足有一个星期没见到沈渡了。

平时瞎聊的时候自己主动搭话倒不觉得尴尬，但话说开了，怎么也不好意思再去打扰他。

容榕化好妆，红着脸拿出另外一部手机给沈渡发了一条消息。

“我有猫了。”

五分钟后，沈渡回了：“我知道。”

“你怎么知道？”

“你在直播里说了。”

容榕顿时浑身僵硬，看向镜头的眼神也变得僵硬。

她颤着手指问他：“干吗看我直播？”

“不能看？”

容榕哑口无言，眯着眼瞥了瞥弹幕，弹幕都因为她此刻的沉默静止而疯狂截屏舔颜。

也不知道沈渡看她直播的时候是什么心情。

“你看我直播干吗也不说一声？”

容榕埋怨着打了一句话发过去，不提前说一声，她没有心理准备，现在一句话都说不出口了。

一想起她刚化好妆冲着镜头搔首弄姿摆姿势的样子，整张脸都在升温。

这句话刚发过去，弹幕就炸了。

“深海潜艇 ×10。”

“大潜艇 ×10”

……

土豪的刷法就是礼物论斤称。

弹幕都在刷“666”称赞这位土豪粉丝。

因为这位土豪粉丝刷的礼物比较多，所以发的弹幕都是有特效的。

“榕妹好可爱。”

“今天也是爱榕妹的一天。”

容榕：“……”

行，她也死了。

第十七章
我有喜欢的人了

也不知道沈渡打出这几句话时脸上是什么表情，明晃晃地抄袭粉丝的“彩虹屁”语录。

容榕懒得理，索性又开始说自己的了。

这次的日常妆整体走日杂杏色风，容榕选择了比较清透水润的粉底液配合同款金盖妆前乳。

因为眼妆偏日常，容榕只用了睫毛打底膏，有些小心机，眨眼时本来就纤长的睫毛根根分明地扇起一阵小风。

容榕琥珀色的眼珠转了两圈，忽然嘟唇，朝着镜头比了个小眨眼，然后自己都没忍住，“扑哧”一声又笑了出来。

“‘DU’向主播‘大榕榕’投喂了‘飞船 ×1’”

……

飞船挡住了仙女的脸，这位土豪粉丝霸屏将近两分钟，粉丝炸了。

容榕不乐意了：“这位粉丝，我不稀罕你的臭钱。”

弹幕原本都在埋怨，听“大榕榕”这么一说，又开始转而纷纷刷屏“233”以托哀思。

容榕自己说了这句话后都忍不住笑了，说了几句话收尾就关掉了直播。心情也不知怎么就忽然荡漾起来，带着傻笑算了算钱，给沈渡转过去。

沈渡一如既往地不愿意收："做什么？"

她很有节操："不要你的臭钱，快收款。"

"不收。"

容榕小跑到衣帽间，手指划过衣架上挂着的几件衣服，一阵酥痒，脚趾在地上画了一道圈后又发了个扛刀威胁的表情包过去。

容榕匆忙退出微信界面，随便看了几眼B站和微博的私信。

她现在开始慢慢地选择参加公开活动了，反正横竖有沐良琴陪着，她一个人也不觉得孤单。

最近的几个品牌邀请她都不是很感兴趣，大部分都在魔都、帝都，她嫌坐飞机麻烦，也懒得收拾行李。

本市最近的活动邀请就一个，"花朝节"。

"花神献瑞，祈福花朝"。

主办方邀请她当天做本市的特邀嘉宾，在汉服游行时站前排，和本市的其他圈内有名的汉服娘一起，然后再上台做个感言宣传一下传统文化节日。

她直接问沐良琴。

"狗良"上班摸鱼，回消息很快："只要你不穿'明华堂'一切好说，老娘不想跟明制富婆走在一起。"

容榕态度很好："没问题。"几秒后，她又回，"我买一套新的。"

"从现在开始绝交，别跟我说话。"

绝交的空档，容榕顺手查了一下哪些汉服店铺最近又可以交定金了。

一直到出门等电梯，容榕还在想，如果真要去，是不是该去找个簪娘搞一套定制的配饰。

等坐上车后，容榕才想起已经冷落沈渡好久了。

沈渡也沉得住气，没回她。

她"啧"了一声，将手机丢进包里，戴上格调满满的墨镜，准备出发。

连续缺了三个礼拜的周日家庭小聚会，容榕将车开进宅子的园林后，才发现花圃里的有些花都已经隐约张开了花苞，盛放之势明显。

靠着围栏里栽着的几颗樱花树，现在正是开放的季节，粉白的花瓣摇摇欲坠，被带着凉意的春风一吹，散落在修建整齐的厚实草坪上。

爷爷院里养的花大多娇弱，到季就会有专门的园艺师打理，因此再娇弱的花骨朵，在这一方天地里也能健康生长。

最近园林正好在整修，几个工人在就地动土。

容榕被这新奇的景象吸引住，停下车后站在石子路上看了好久。

“丫头！愣在那儿干吗呢？！”

浑厚有力的声音将容榕的思绪拉回来，她转头，爷爷正在不远处看着她，一脸不满。

旁边站着一个穿着A字裙，五官精致的年轻女人。

面生，没见过。容榕缓步走过去，亲昵地牵起爷爷的手：“看装修，比之前那样好看很多。”

爷爷“嘁”了一声：“就你眼光好！”随后指着旁边的年轻女人，“这是温知黎小姐，我特意从邻市请过来的，园林的整体改造就由她负责设计，快跟人打个招呼。”

容榕乖巧听从：“温小姐，你好。”

温知黎微笑，语气轻柔：“容小姐，你好。老爷子说得真没错，他这个孙女漂亮得像仙女。”

容榕惊喜地看着爷爷。

爷爷轻咳一声：“就说长得漂亮，像仙女是温小姐你自己说的。”

温知黎失笑，点头：“是我自己脑补的。”

“人家没比你大多少岁，就是设计院的首席设计师了，你再看看你。”爷爷板着张脸，一脸嫌弃，“那个姓谢的毛头小子说什么都不放人，温小姐好不容易才偷偷坐高铁过来的。”

容榕听惯了这类嫌弃，左耳进右耳出，对着温小姐吐了吐舌头。

等工程进度检查得差不多了，容榕送她出门。

临走前，温知黎略眨眨眼睛，语气轻盈：“我总觉得在哪里见过你，但是又想不起来。”

容榕咧嘴：“或许是梦里吧。”

“也许吧，毕竟你这么漂亮。”温知黎坐上车，摇下车窗冲容榕挥手，“有缘再见了。”

送温知黎走后，容榕站在门口发了会儿呆才进去，这才算真的进了宅子。

不知怎么回事，平日里空荡荡的宅子这天感觉格外热闹。

她打开旁边的鞋柜，果然多了好多双鞋，都是男士的。

阿姨接过容榕的包，笑嘻嘻地说：“今天宅子热闹，徐家的三个少爷都来了，老爷子还请了一位贵客过来。”

“贵客？”容榕换下拖鞋，顺口问了一声，“谁啊？”

“是个长得很帅的年轻人。”阿姨“唔”了一声，耸肩，“其余的我也不清楚，二小姐，你过去看看就知道了。”

容榕走过长廊来到饭厅，她这一辈的几乎都落座了。

容青瓷叹了一口气：“你能不能偶尔稍微早一点点到？”

容榕低头看了一眼腕表：“离开餐还有半个小时，是你们太早了吧？”

容青瓷摆手：“行了，说不过你。”

容榕扫过餐桌，徐家三个兄弟坐在一排，同时抬眼看她。只有徐北也快速地瞥过目光，一刻未作停留。

徐东野还是一如既往地冷淡，容榕打了个招呼就不敢看他了，只有徐南烨脸上一直挂着淡淡的笑意。

徐南烨的声音清朗，神色温柔：“榕榕，好久不见了。”

“二哥怎么突然回来了？”容榕面带疑惑，“驻外馆放假了吗？”

徐南烨笑着摇头：“不是，我申请回国了。”

容榕更疑惑了：“在外面受委屈了？”

徐南烨失笑：“不是，回来结婚。”

在座所有人都诧异地望向他，容榕感叹原来她不是唯一震惊的人。

容榕借口洗手，远离了这片是非之地。奇怪的是，洗手间的门是锁着的。

爷爷在二楼，二叔和二婶还没来，阿姨在厨房忙，怎么回事，门坏了？

她使劲动了两下把手，发现真打不开。

容榕猛地想起阿姨说还有客人。她烫手般地缩回了手，想着赶紧跑，以免尴尬。洗手间猝不及防地从里面打开了，一张熟悉的脸映入眼帘。

沈渡原是微皱着眉的，低头发现是容榕后，脸上的不耐瞬间消失了，绅士地侧了侧身。

容榕咽了咽口水："请问您，用完了吗？"

"刚打算用。"沈渡的眉骨微动，语气低沉，淡淡地邀请她，"你这么急，要不要一起？"

容榕："……"

她怀疑沈渡在开车，但她没有证据。

容榕毕恭毕敬地退后两步，还体贴地为他带上门："不了，您慢用。"

沈渡似笑非笑地觑了她一眼，任门关上，切断了两人之间的对视。

容榕亦趋亦步地回到餐桌后，众人还在忙着拷问徐家二哥，没人注意到她。

容榕长吁口气，乖乖坐回自己的位子。

等人差不多都到齐，老爷子才下楼入座。

容家吃饭的规矩多，位子也都是按照辈分排的，容榕年龄最小，再加上这天热闹，被安排在最后。

沈渡因为是特意请来的贵客，就坐在老爷子的旁边。

本着不能冷落客人的原则，长辈们的话题基本上都绕着沈渡转。

老爷子的目光慈爱，怎么看沈渡怎么顺眼，连平日里最看重的徐家大哥都甩一边去了。

就连平日里寡言的二叔，也难得开口多问了几句："听说畔湖湾别墅区快开售了？"

沈渡语气平静："是的，这个月宜开张的日子不多，索性就提前了。"

"这才竣工多久，工商局的审核速度什么时候这么快了？"容青瓷送了一片青菜进嘴，调笑，"前几年嘉源和另一位地产大佬合资开发的住宅区，光是登记就用了小半年，沈总可真是只手遮天啊。"

老爷子的眼睛一瞪："青瓷。"

"爷爷，你都把人家请到家里吃饭了，开个玩笑怎么了？"

容青瓷无辜地眨了眨眼睛，转而冲着沈渡笑道："沈总的背景也不是什么不能说的秘密，这种话其他人也只敢用耳朵听听，没人会较真。"

沈渡也没生气，淡淡地笑了笑。

“青瓷，你今天的话有点多了。”二叔的眉头一皱，用下巴指了指她的碗，“专心吃你的饭。”

容青瓷吊儿郎当地“哦”了一声，低头继续扒自己的饭。

老爷子咳了一声，才继续开口问道：“市场如何？”

“还不错。”沈渡点头，“虽然限房令的政策落实了，但清河算不上热门人口输入型城市，尤其是对高端住宅的房地产开发这一块，这项政策几乎没有影响。”

老爷子的喉头动了动，笑道：“看你的样子，完全不担心卖不出去啊。”

沈渡了然，适时地恭维：“老爷子如果有需要，尽管说。”

“我能有什么需要啊，一把年纪了，刚打算翻新一遍我那个破林子，剩下这几年守着这宅子过就知足了。”老爷子拍拍大腿自嘲，又顺手指了指侧下方的孙女，“倒是我这个小孙女还需要我操心，如果你那儿有多出来的房子，我想厚着脸皮替她盘一套。”

所有人夹菜的动作一顿，同时看向最下方默默吃饭的容榕。没人开口，但眼神已经说明了一切。

容青瓷原本还笑着，被自家父母瞪眼警示后，脸上的笑意也只好收敛。

容榕茫然地抬起头，愣愣地看着老爷子。

沈渡瞥了容榕一眼，轻轻点头：“不知道小孙女中意什么户型？”

老爷子努了努下巴：“丫头，跟沈总说，喜欢什么户型？”

“啊，都可以吧。”容榕抿唇，只有一个小要求，“别太大就行，一个人住太空了。”

“嫌大就老老实实守着你那个小破公寓吧。”老爷子“哼”了一声，语气不满，“那么多套，偏要住最吵的商业区那边，我看你就是闲得慌。”

容榕撇嘴，不敢说话了。

沈渡的眼里有笑意，幽幽道：“最小的户型大约六百五十平方米，独栋三层带私人花园。如果不够大，一千三百平方米的户型正好我这边有一套空余的，不知道老爷子意下如何？”

老爷子语气随意：“价格呢？”

“预估五千万上下，具体的数字还要等文件。”

“行吧。”老爷子大手一挥，“我这里就先跟你预定了，别卖给别人啊。”

“好的。”

容榕作为这套房子将来房产证的拥有者，居然连户型都无法自己决定。

她悄悄用唇语抱怨了几句，结果被老当益壮、眼神清明的老爷子抓个正着，瞪着眼睛反问她：“怎么，不满意？”

容榕㞞得很：“没有，不敢。”

“你个小丫头片子懂什么？要是将来我死了，你又找了一个只会吸你血的穷光蛋，想过自己怎么活没有？”老爷子冷笑，脑补能力一流，“你们这种涉世未深的小丫头就是被保护得太好了，辛辛苦苦把你们养大，偏偏要玩什么千金爱上穷小子那一套，门当户对的男人多了去了，丫头片子的眼睛都长在脚背上呢。”

容榕：“……”

在座的人觉得老爷子平时一人在家无聊，肯定是电视看多了，但没人敢出声反驳。

“爷爷，你对容榕也太没有信心了。”容青瓷摆手，意有所指，“人家眼光高着呢。”

老爷子转移火力：“你就知道了？你就了解了？你这么大个人了连个男朋友还没有呢，说不定你的眼睛也长脚背上呢。”

容青瓷严肃地附和：“是的，我觉得我的眼睛长在脚背上了。”

老爷子哑了两秒，怒气值被点满：“你还好意思说！榕榕这丫头还小我也不急着说她，你都二十六岁了，能不能长点心？带个男朋友回来让我看看？”

容青瓷摸着耳朵，满脸为难：“爷爷，男朋友这东西我们求质不求量，我要给你带一个歪瓜裂枣回来，你不是更气吗？”

老爷子说不过容青瓷，只好把气发在徐家另外两个单身汉身上：“东野，北也，虽然你们爸妈没明着跟你们着急，但他们心里肯定着急，长得一表人才，怎么就找不到个能结婚的？”

闪婚的徐二哥逃过一劫，笑眯眯地吃了一口肉。

“本来觉得你们挺有戏，还想着撮合一下，”老爷子指着容青瓷，又指着徐北也，“结果还是让我失望。”

容青瓷似笑非笑：“徐三少眼高于顶，哪能看得上我啊？”

“我就想活着抱抱曾外孙，这个要求很过分吗？”老爷子目光幽幽地看向两个孙女。

两姐妹异口同声：“不过分。”

“那你们倒是找啊。”

老爷子的眼珠一转，看向某个从刚刚开始由于一直在讨论家庭内部问题而忽略的贵客，语气上扬：“沈渡，你好像也是单身吧？”

沈渡：“？”

老爷子笑容和蔼：“有喜欢的人了吗？”

沈渡惜字如金：“有。”

最边上的容榕心如擂鼓。

老爷子有些失望：“那你是有女朋友了。”

“没有。”沈渡微笑，语气很淡，“还在追。”

老爷子看沈渡那样子也知道他这两个孙女没戏。

一直插不上嘴的二叔终于开口了：“你的条件，还会有女孩端着不答应？”

二婶附和：“那女孩条件难道比你还好？”

沈渡笑而不语，明显不想多透露。

作为唯一的知情人，容青瓷脸上的笑容很神秘。

这顿饭吃得很热闹，刚下桌，容青瓷就抓着容榕，将她带到了后花园。

刚立夏，后花园里就有提早破土的蝉了，原本安静的院子里添上几阵蝉鸣，让人恍若来到盛夏。

正好是午后，阳光洒进花园，容榕坐在秋千上，双腿一晃一晃的，埋着头不敢看面前的人。

“你和沈渡是怎么回事？”容青瓷绕到容榕身后，按着她的背用力推了一把，“他在追你？你没答应？”

就像小时候一样，容青瓷自己不爱荡秋千，但是喜欢推着容榕玩。

秋千荡得越高，容榕就笑得越开心。

秋千发出“吱呀吱呀”的声音，容榕的双手抓着链条，声音很细：“我答应了。”

容青瓷一针见血：“所以你和沈渡谁的语文需要打回小学重新学？”

容榕努嘴：“我只是答应得没那么明显。”

“什么意思？”

“我看着他，说不出那么直白的话。”容榕泄气，一副认骂的软弱样子，“反正我很矫情。”

容青瓷嗤笑：“你倒是挺有自知之明。”

容榕催促她：“再高一点。”

容榕穿着奶杏色的开衫外套，在阳光下，真的就像一颗刚成熟的杏桃。

容青瓷被容榕晃了一下眼睛，失神间喃喃自语：“谁不矫情呢？”

秋千停下，容榕踩在草地上，回头看她。

“爷爷替你打算了那么多，很明显就是放任你去做自己喜欢做的事了。”容青瓷握着撑杆，声音很轻，“傻妹妹，你不再是继承人了。”

容榕笑了：“我知道。”

“你不怕到时候我掌权了，把你赶出家？”

容榕坚定地摇了摇头：“你不会。”

“爷爷总说你的命不好，但我觉得你的命真的很好。”容青瓷从背后环住容榕，感受着那点淡淡的香气，“大伯走了这么多年，爷爷替他想到了能为你做的一切，你随心所欲地做着自己喜欢做的事，被所有人理所应当地宠爱着，就因为你父母双亡，是个孤儿。”

容榕的身体一僵，不敢动弹。

容青瓷轻轻地抚过容榕的脸：“之前爷爷问我跟沈渡合作的时候，对他有没有感觉。”

随即，她语气又冷了下来：“要是我真对沈渡有意思，只怕现在都想掐死你了。”

她放开容榕，再次推动秋千：“不怕你笑，这辈子我真心喜欢的男人只有徐北也一个，他不喜欢我没错，他喜欢你也没错，但我真没那个胸襟，大度到毫无芥蒂地看待你和他。”

容榕转头，刚想张嘴解释什么，就又被她打断。

“你觉得，他能自欺欺人到什么时候？”容青瓷笑出了声，“一辈子吗？”

姐妹俩一个推着秋千，一个坐在秋千上，没有人再开口说话。

直到熟悉的声音在后花园响起。

是徐北也。

“青瓷。”徐北也单手插兜，站在阶梯上，“爷爷找你。”

容青瓷不满：“怎么每次都让你来通风报信啊，爷爷难道不知道我不待见你吗？”

徐北也无奈：“跟我没关系。”

容青瓷叹了一口气，直接从徐北也身边走过去。

偌大的后花园里转眼间只剩下容榕和徐北也，气氛很尴尬，容榕起身想要离开。

徐北也却忽然叫住她：“小榕子。”

她抬头，逆着光看他。

“我觉得我真的挺贱。”徐北也缓步走到容榕身边，蹲下身子仰头看她，语气温柔，“明明知道你不想理我，还是巴巴地凑过来。”

容榕没说话，抓着秋千链也没看他。

他来到容榕的背后，接替容青瓷推动秋千：“我骗不了自己。

“对不起啊。”徐北也苦笑一声。

他难得如此小心翼翼，连说句话还要附送一声“对不起”。

容榕忽然起身，让徐北也的手落空了，他只好又尴尬地收回来。

她只是淡淡地说了一句：“你知道我的答案。”

秋千还一摇一晃的，人却已经不见。

徐北叹了一口气，坐在上面。

容榕闷着头，径直走回宅子，刚躲过阳光，就停下脚步用力喘气。

她按着胸口，好容易才缓过情绪来。

直到一个低沉的声音让她重新慌了神：“怎么不多听一会儿？”

容榕转头，看到了靠在门边的沈渡。

沈渡身形都没动一下，懒懒地靠着墙，勾起嘴角笑了：“青梅竹马之间的感情真让人动容。”

容榕咽了咽口水，后退了几步，神色有些慌张：“你听到了？”

“听了个大概。”他的嗓音沙哑，夹杂着愠怒，“你抖什么？”

容榕又后退了几步：“我劝你冷静，吃醋不是这么吃的。”

沈渡被容榕气笑：“那你说怎么吃？”

“这个时候你不该对我发脾气。”容榕伸手指着门外那个，“你应该出去把徐北也打一顿。”

沈渡居然真的听进去了：“行。”然后转身就要往后花园走。

容榕急了，这要真打起来，那她现在就得被赶出家门。

于是她连忙冲后花园还在愣神的徐北也吼了一嗓子：“快跑！”

正在荡秋千的徐北也一脸茫然。

这一吼没把徐北也从秋千上吼起来，倒是把爷爷家那条年老色衰，躺在窝里养老的德牧吼起来了。

容榕看见一个黑色影子蹿到自己身边。

黑棕色的大型犬气沉丹田地吼了两嗓子，两只尖耳朵竖着，挡在容榕面前。

它看着沈渡，黑黝黝的眸子里满是戒备。

沈渡和它这么对视着，声音很沉：“惩恶扬善？”

也不知道是说给容榕还是狗听，反正一人一狗的脸色都不怎么好看。

容榕弯腰摸了摸德牧的后颈：“花花，我没事。”

站起来应该有普通人那么高的德牧居然叫“花花”。

“花花”呜咽了两声，乖巧地趴在容榕脚边。

徐北也茫然地走进屋子，有些惊讶：“它怎么出来了？”

“你该感谢它救了你一命。”容榕蹲下身子给“花花”顺毛。

徐北也看了一眼她，又看了沈渡一眼，脸色渐渐沉了下来。

他的眉头微微拧起：“沈总，不在楼上陪老爷子说话，怎么好端端地跑到这儿来听墙角？”。

沈渡毫无羞愧之心，掀了掀眼皮看着他，倒打一耙：“听不得？”

徐北也龇牙，哼笑一声：“果然脸皮够厚才能搞房地产。”

沈渡一脸平静：“脸皮不厚也当不成金牌状师。”

“比起沈总还是有一定差距的。”徐北也勾起嘴角，出言讽刺，“不然也不会这么久了连个小姑娘都追不到手。”

徐北也哪能听不出来沈渡在饭桌上说的在追的女孩是谁，敢情都拐骗回家了还没追到手。男人中的废物，废物中的战斗机。

徐北也此刻对自己的临时上司充满鄙夷。

沈渡：“如果像徐律师一样有二十几年的时间，肯定就能追到了。”

作为二人唇枪舌剑的工具，容榕越来越不爽。

说真的，如果她现在说一句“够了！不要吵了！你们不要为了我反目成仇”应该是最应景的。

容榕冷声做出总结，结束了这一场没有硝烟的战争：“行了，别比了，你们的脸皮都厚，厚出臭氧层，厚出银河系。”

那是很厚了。

她翻了一个白眼，牵着“花花”就要带它回窝。

走了两步以后，容榕觉得背后有些不对劲，默契地和“花花”同时转过头。

两个男人跟在她的后面，虽然眼睛没看她，但是身体很诚实地跟着她走。

容榕不满：“你们跟着我干什么？”

两人难得默契：“不行？”

“不行。”容榕绝情地甩手，“我讨厌厚脸皮。”

等容榕跟“花花”腻歪了半分钟，有人不打招呼直接推门进了房间，容榕连头都没回，不耐烦道：“再这样我让‘花花’咬你俩啊。”

“死丫头，你吃火药了！”

伴随着一阵沧桑的斥责，还有跺脚的声音传入耳中，清晰而沉重。

容榕迅速立正站好，笑容恭敬：“爷爷。”

“你到‘花花’屋里来干吗？它跟你不一样，没那个精力气我，更没精力陪你胡闹。”老爷子走过来，抬了抬腿虚踢一脚，低声斥道，“走开！”

然后代替容榕站在狗窝旁边，费劲地蹲下身子揉了揉“花花”的头：“花花，丫头没欺负你吧？”

容榕不满地说：“爷爷，你这样说我就很不高兴了。”

“你高不高兴关我什么事，你还没‘花花’懂事呢。”老爷子跟“花花”对对额头，努了努嘴，“对不对？我的老花花。”

容榕顺势蹲在爷爷身边，将身子靠向他：“爷爷，谢谢你。”

老爷子“啧”了一声：“谢什么？”

“房子啊。”容榕眨眨眼，“嘿嘿”笑了，“刚刚替我盘的。”

“不是嫌大吗？”老爷子睨了她一眼，继续逗狗。

容榕巧舌如簧：“我这是矜持，就像小时候你给我压岁钱，我总要矜持那么一会儿。”

“就你会找借口。”老爷子叹气，扶着膝盖站起来。

容榕连忙扶住他坐在一边的沙发上。

沙发看上去很新，虽然放在狗房里，但是因为“花花”老了，没那个力气玩。

“花花”趴在狗窝里看着爷孙俩，渐渐垂下了头，靠在垫子上喘气。光是这么点路，它就已经累得够呛了。

老爷子忽然笑了。

“我跟‘花花’一样老了，有些事快管不过来了。”他长吁一口气，舒服地将整个身子靠在沙发上，“说不定哪天一闭上眼睛就走了。”

容榕皱眉：“胡说八道。”

老爷子喃喃道：“哪怕你就是当个普通上班族也好，我也不至于这么操心，但你现在当什么网上主播，这算得上哪门子正经职业？”

容榕握住老爷子的手：“挺好的，真的。”

“你别以为我一个老古板什么都不懂。”老爷子侧头看她，声音温和，“青瓷都跟我说了，虽然现在很多人喜欢你，但是你能保证那些人一直喜欢你吗？现实中树倒猢狲散的例子就已经不少，你能保证那些你连见都没见过面的人能保障你的一辈子吗？你们年轻人啊，都只顾当下享乐，从来不为以后考虑。”

“我只是想做自己喜欢做的事。”

“这种光鲜亮丽的工作，谁不喜欢呢？没有人不喜欢被追捧被夸赞。”老爷子的眼神清明，语气缓慢，“说白了，这叫青春饭，这种饭碗吃得最香也最不长久。”

容榕不知道该如何辩解，因为爷爷说的每句话都是对的，她的确也是喜欢这样光鲜亮丽的生活。

“你妈妈如果还在，一定不希望你从事这份工作。”老爷子顿了顿，仍坚定地将话全部说出口，“她是怎么走的……你没忘吧？”

“我没忘。”

原本气氛温馨的谈话，却因为提起这个好久都不曾提起的人，变得沉寂。

“他们夫妻俩都走了这么久了啊……”老爷子转开话题，忽然感叹一句，眼神悠远，“好久都没去看你爸爸养的那匹黑马了，应该比‘花花’要精神很多吧。”

容榕轻笑：“去看看不就知道了？”

老爷子忽然挺直了腰板：“对啊，虽然我老了骑不动了，但今天年轻人多啊。”

说去就去，容榕还没反应过来，老爷子就抖擞着身子站起身来，开始预备活动了。

“开车去马场吧。”老爷子转头看她，“今年还一次都没去过呢。”容榕哭笑不得：“爷爷，你也不用这么兴奋吧？”

“要说没良心还是你这个死丫头最没良心，忘了你以前抱着不放的那匹小白马了？”老爷子挑眉，声音浑厚，“不想去看看吗？”

容榕被老爷子说动，也跟着起身。

容榕小时候深受童话故事荼毒，就喜欢那种连马尾巴都是纯白色的马。

马蹄轻踏，没有穿着披风的王子到梦里来，她自己就是王子。

老爷子的私人马场在宅子十几公里外郊区的一片空地上，开车过去很方便，容榕自己懒得开车，干脆就一起挤上了容纳量足够大的加长车，然后她发现容青瓷也挺懒的。

节奏感极强的 K-pop（韩国流行音乐）回荡在整个车厢里。

“我说你们自己有车的非要挤我这车里干什么？放的是什么乱七八糟的音乐，吵死了。”老爷子满脸烦躁，看着眼前的两个孙女，“我买这么宽的车还有意义吗？”

容青瓷举起酒杯，满足地抿了一口：“爷爷你平时都不怎么出门，今天正好物尽其用。”

“谁允许你喝我的酒的？”老爷子咬牙切齿，厉声喝道，“你给我放下！滚到你爸妈车上去！”

容青瓷毫不在乎：“我坐在他们车上免不了耳朵起茧子，还是跟爷爷在一起比较舒服。”

说完还倒了一杯给容榕，挑眉笑道：“2004年的珍藏，快尝尝。”

容榕只将鼻尖靠近杯口，就闻到了一股苦涩的杏仁可可味。舌尖轻触，是干花的烘烤味，余味很浓，只尝了这么一小点，整个口腔都是富余的酒味。

老爷子珍藏的唐·培里侬，居然就在车厢里被两个年轻的丫头片子当饮料喝。

老爷子气得看向窗外，一直到了马场都没再开口说一句话。

碧草与白色围栏相辉映，一望无垠的天空中泛着透蓝，踩在柔软的草坪上，容榕觉得脚心有些痒。

拂过脸颊的微风吹起耳畔的碎发，容青瓷在不远处冲她招手：“快过来换衣服。”

容榕低头看了一眼自己的短裙以及脚上的过膝靴。

她的个子不算高挑，这种过膝靴尤其显腿长，配上短裙，是早春的不二搭配。

要骑马的人都去换衣服了。

二叔和二婶纯属过来看热闹，跟老爷子一样站在围栏后面闲聊。

老爷子轻笑道：“要是子儒还在，应该跟你一样骑不动了吧？”

“大哥身体好，哪里是我能比的。”二叔双手撑着护栏，眼中满是怀念，“刚刚去看大哥的那匹马，居然还是那么活泼，不愧是他从小养到大的。”

老爷子咳了一声，摇头晃脑道：“身体再好也架不住他那样糟蹋，还不是比我这个老的死得早。”

二婶皱眉打断老爷子的话：“爸爸，这种不吉利的字眼少提。”

“我都不忌讳，你们倒是替我忌讳起来了。”老爷子无奈，指着马场上的那几道身影，“徐家那几个小子出来了。”

三兄弟都长得一表人才，站在哪里都是一道风景线。

“难得能看他们一起。”二婶左顾右盼着，注意力却不在他们身上，

“怎么还没看到沈渡？”

“在挑马吧，毕竟他第一次来这边的马场。”老爷子并不在意，也自然明白儿媳妇怎么会这么关注沈渡，“行了，青瓷和他不来电，那是注定要做别人家女婿的人。”

二婶收回了目光，微微蹙眉：“爸爸，你这话说得也太肯定了，感情的事说不准。”

“我都问过青瓷啦。”老爷子耸肩，撇嘴道，“她都明确表态了。”

二叔也忽然开口：“也许沈渡和榕榕有缘，刚在家的时候，看他们和北也站在一起，似乎很熟的样子。”

老爷子和二婶同时侧头看他，异口同声：“不可能。”

“榕榕那丫头毛都没长齐，就是长相漂亮了些。”老爷子十分识时务，摇头直说，“沈渡成熟稳重，不会喜欢她那种任性的小姑娘。”

二婶附和：“还是青瓷般配一些。”

二叔被联合打压，不说话了。

几个人又将目光转向马场。

等沈渡挑好马上场时，容榕正在跟自己的白马亲近。

还是容青瓷戳了戳她的腰肢：“你上辈子拯救了银河系才钓到这么帅的男人吧？”

容榕望过去，然后非常肤浅地双眼放光。

因为沈渡是第一次来，这里没有他的骑马服，工作人员干脆给他拿了一套新的。

专门为宾客准备的马术服都很精致，和他们这种常来的穿的宽松polo（马术服）衫不一样。

沈渡直接骑着马入场，那匹灰色的马仰着头颅，步履优雅地一步一步踩过草坪。

他牵着马绳，穿着双排扣骑士服，从腿部开始收紧的马裤突显出他精壮修长的大腿，刚及膝的漆皮马靴踏在马镫上，眉眼清俊，姿态悠闲。

居然这么快就跟马熟悉了。

容榕咽着口水，忽然觉得，灰马王子也是可以的。

徐北也“嘁”了声，利索上马，双脚一收，他那匹马以稍快的速度奔出去。

两个英俊的男人分别占据马场南北，哪边都是风景，容榕的眼睛都快看不过来了。

徐北也下了一个口令，身下的马聪慧地转了个方向，往沈渡那边小跑去。

沈渡也看到了他，似乎是有意接受挑衅，居然也不躲。

因为男人骨子里的劣性，徐北也不信他和这匹相处多时的马还比不过沈渡和他那匹一见钟情的马。

然后不知怎么回事，速度渐渐有些快了。

容榕的声音很远很长："你们小心点，别撞上啦！"

徐北也勾起嘴角，要这都能撞上，他这马术也算是白学了。

他刚得意了没两秒钟，又听见容榕一声呼喊："爷爷说沈渡那匹马是新来的，刚来就跟小北哥哥你的马看对眼了！"

徐北也："？"

同样听到的沈渡："？"

两个人同时拉住绳子。

这两匹马很明显是母方比较主动，徐北也辛辛苦苦养了好多年的马就这么朝着那匹灰马飞奔而去。

徐北也只觉得一阵冲劲，他摔了，然后有个柔软结实的肉垫为他扛住了伤害。

他低头看着沈渡。

沈渡沉声问他："没事吧？"

徐北也："……"

这台词听起来好恶心。

两匹马也只是碰了个头，便交颈相缠，冲力不算大，徐北也戴着防护工具，其实也受不了什么伤。

但是沈渡此时充分发挥了人道主义精神，居然甘愿当他的肉垫。

徐北也忽然觉得这个情敌人品其实蛮不错的。

男人之间的情谊来得就是这么快。

他站起身，连衣服都没来得及整理，就赶紧弯腰打算将沈渡扶起来。

容榕有些急促的声音由远至近："你们没事吧？！"

徐北也就这么眼睁睁地看着沈渡忽然蹙起眉，一脸受了内伤的样子。

容榕担忧地蹲在他身边：“摔疼了没有啊？”

沈渡只是微微一笑：“没事。”

徐北也一脸疑惑。

这个死心机男，徐北也刚刚因为沈渡的雷锋精神而升起的淡淡敬佩之情转眼间烟消云散。

男人的情谊，去得也是如此之快。